Bajo aguas oscuras

BAJO AGUAS OSCURAS

ROBERT BRYNDZA

SERIE KATE MARSHALL 2

TRADUCCIÓN DE
AUXILIADORA FIGUEROA

Primera edición: abril de 2022
Título original: *Shadow Sands*

© Raven Street Limited, 2020
© de la traducción, Auxiliadora Figueroa, 2022
© de esta edición, Futurbox Project, S. L., 2022
Todos los derechos reservados.

Diseño de cubierta: Taller de los Libros
Imagen de cubierta: Lolostock | Shutterstock

Publicado por Principal de los Libros
C/ Aragó, n.º 287, 2.º 1.ª
08009, Barcelona
info@principaldeloslibros.com
www.principaldeloslibros.com

ISBN: 978-84-18216-40-4
THEMA: FH
Depósito Legal: B 5779-2022
Preimpresión: Taller de los Libros
Impresión y encuadernación: Liberdúplex
Impreso en España — *Printed in Spain*

Dedicado a Maminko Vierka

El infierno no tiene fronteras, ni está restringido
a un mismo sitio, puesto que donde estamos es el infierno,
y donde esté el infierno deberemos estar siempre.

— *Christopher Marlowe*

Prólogo

28 de agosto del 2012

A Simon le costaba respirar y se ahogaba con cada brazada que daba en el agua helada y salobre para salvar su vida. El embalse era enorme, y el joven nadaba a crol lo más rápido que podía para atravesar aquellas aguas oscuras como la tinta. Tenía que alejarse del zumbido del motor de la lancha y adentrarse en las tinieblas. La luna permanecía oculta tras las nubes del cielo nocturno, y lo único que iluminaba débilmente el embalse y el páramo que lo rodeaba era un resplandor anaranjado proveniente de Ashdean, a unos tres kilómetros de allí.

Antes de abandonar el *camping*, se había atado las zapatillas con fuerza, unas Nike Air Jordan que se habían convertido en dos lastres que le colgaban de los pies. Era como si tanto estas como los vaqueros que llevaba puestos tirasen de su cuerpo para llevarlo hasta el fondo. Estaban a finales de verano y, allá donde la cálida brisa nocturna rozaba el agua congelada, una ligera neblina flotaba sobre la superficie del embalse.

La lancha era pequeña pero recia, y lo único que Simon había visto del hombre que estaba junto a ella en la orilla del embalse había sido su silueta. Con su linterna, Simon había iluminado el cuerpo que el hombre estaba subiendo a la lancha, una figura flácida envuelta en una sábana blanca bien amarrada, llena de manchas de sangre y de barro.

Después, todo había pasado muy rápido. El hombre había dejado el cadáver en la embarcación y había ido directo a por él; Simon no había visto más que una sombra, pero sabía que se trataba de un hombre. Notó un desagradable e intenso olor a sudor cuando le quitó la linterna de un manotazo y lo golpeó con ella. El chico se defendió unos segundos, aunque, para su vergüenza, enseguida fue presa del pánico y echó a correr en dirección al agua. Tendría que haber huido hacia el otro lado para volver al espeso bosque que rodeaba la presa.

Estaba quedándose sin aliento, pero aun así se obligó a nadar más rápido. Los músculos le ardían del esfuerzo. Agradeció sus entrenamientos de natación: contaba hasta tres sin sacar la cabeza y tomaba aire en la cuarta brazada. No obstante, cada vez que llegaba al cuatro, el zumbido del motor se oía más cerca.

Aunque era un buen nadador, las heridas le impedían avanzar más rápido. Con cada respiración, sentía una especie de traqueteo en el pecho. Aquel hombre lo había golpeado en las costillas y el dolor aparecía con cada latido. Sacaba la cabeza intentando tomar grandes bocanadas de aire, pero el oxígeno no conseguía abrirse paso hasta sus pulmones.

Una pared de niebla a ras de la superficie del agua se cernió sobre el joven y lo envolvió en una fría manta. Por un momento, Simon pensó que quizá esta lo salvaría, pero de pronto escuchó el rugido del motor a su espalda y sintió un golpe en la nuca. El impacto lo propulsó hacia delante y lo hundió. El dolor inundó todo su ser cuando la hélice del motor se hundió en su carne.

Creía que iba a perder el conocimiento; estaba viendo las estrellas, y el cuerpo no le respondía después del golpe. No podía mover los brazos. Pataleó con fuerza, pero sus piernas empapadas se movían casi con pereza, como si no quisieran moverse. Volvió a la superficie, sumida en la niebla, y una voz tranquila resonó en su cabeza:

«¿Por qué sigues luchando? Húndete hasta el fondo, ahí no te pasará nada».

El joven tosió y escupió el agua salada que había tragado. Los oídos le pitaban tanto que no percibía ningún otro sonido. El agua a su alrededor comenzó a agitarse y la proa de la embarcación reapareció entre la niebla, golpeándolo en la barbilla, y Simon escuchó cómo se le partía la mandíbula. De una embestida, la lancha lo sacó del agua, lo dejó tumbado bocarriba en la superficie y, entonces, pasó por encima de su cuerpo como si fuese un arado. Simon sintió el casco de la embarcación sobre su pecho y, poco después, notó las aspas del motor abriéndose paso entre la piel y chocando contra sus costillas.

Ya no podía mover los brazos ni las piernas. No sentía la cabeza y tampoco la cara, pero el resto del cuerpo le ardía. Nunca había sentido algo así. De pronto, notó en las manos que el agua estaba caliente. No, no era el agua: era su sangre. Su sangre caliente derramándose en el embalse.

Simon olió la gasolina del motor, el agua volvió a agitarse, y entonces supo que la lancha volvía a por él.

Cerró los ojos y dejó escapar el aire de los pulmones. Su último recuerdo fue el abrazo del agua fría y oscura.

1

Dos días después

Kate Marshall tomó aire y se sumergió en el agua helada. Luego, regresó a la superficie para relajarse unos segundos mientras se mecía con el vaivén del embalse. A través de la máscara de buceo veía el paisaje rocoso de Dartmoor y el cielo gris sobrevolando el horizonte. Entonces volvió a zambullirse. El agua estaba limpia y cristalina. Jake, el hijo adolescente de Kate, había bajado primero y no dejaba de mover los brazos y las piernas para mantenerse en el fondo. Entretanto, las burbujas salían de su regulador y subían hasta la superficie. El chico saludó a su madre con la mano y levantó los pulgares. Kate le devolvió el saludo. El frío se le había colado dentro del traje de neopreno y estaba temblando. Se ajustó el regulador y dio las primeras bocanaditas al oxígeno del tanque que llevaba a la espalda. Sabía a metal.

Habían ido a bucear a Shadow Sands, un embalse bastante profundo que se encontraba a un par de kilómetros de la casa de Kate, cerca de Ashdean, en el condado de Devon. Antes de que se dieran cuenta, las rocas cubiertas de algas desde las que habían saltado desaparecieron, y el frío y la oscuridad aumentaron a medida que la mujer se adentraba en las profundidades detrás de Jake. El chico ya había cumplido dieciséis años y, en los dos últimos meses, había pegado un repentino estirón, de modo que era casi tan alto como su madre. Kate tuvo que patalear con fuerza para alcanzarlo.

A treinta metros de profundidad, el agua tenía un tono verde sombrío. En ese momento, encendieron los frontales y unos arcos de luz se dispararon iluminando todo a su alrededor, aunque sin penetrar en las profundidades. La luz captó la mirada vacía de una enorme anguila de agua dulce que había surgido de entre las sombras y se había puesto a serpentear entre los dos. Kate se alejó de ella, pero Jake no se movió ni un ápice y se quedó mirando con fascinación cómo pasaba haciendo tirabuzones al lado de su cabeza para después volver a las tinieblas. El chico se giró hacia su madre y levantó las cejas debajo de su máscara. Kate le puso mala cara y mostró su desaprobación con los pulgares.

En cuanto Jake había terminado sus exámenes para obtener el título de Educación Secundaria, había ido a casa de Kate a pasar el verano. En junio y julio habían asistido a clases de buceo en una escuela de la zona y participado en varias inmersiones en el mar. También habían descendido hasta una cueva hundida que tenía una pared fosforescente, en el límite del parque natural de Dartmoor. El embalse de Shadow Sands se había creado en 1953 mediante la inundación del valle y del pueblecito con el mismo nombre. Jake había visto en internet que buceando se podían visitar las ruinas de la antigua iglesia del pueblo.

Estaban en la parte alta del embalse, en una pequeña zona cercada para el buceo, a algo más de un kilómetro y medio de las compuertas que conducían el agua a dos enormes turbinas que generaban electricidad. Nadar en el resto del embalse estaba estrictamente prohibido. Sumida en el frío y en la oscuridad, a Kate le resultó terriblemente siniestro el leve zumbido que emitía la planta hidroeléctrica a lo lejos.

Verse flotando sobre un pueblo fantasma tenía su punto. Kate se preguntó por cómo se vería desde más abajo, pues sus linternas solo iluminaban agua verdosa y lodo. Se imaginó las carreteras secas, las casas antaño habitadas y el colegio con niños jugando; ahora, todo aquello yacía bajo sus pies.

Kate escuchó un pitidito y comprobó su ordenador de buceo. Ya habían descendido diecisiete metros cuando la máquina volvió a pitar en señal de que bajaban demasiado rápido. Jake se estiró y agarró a su madre del brazo, pegándole un buen susto. El chico señaló hacia abajo y a la izquierda. Una silueta grande y sólida asomaba entre la negrura. Se dirigieron hasta la figura y, a medida que se acercaban, Kate distinguió la enorme esfera que conformaba la bóveda de la torre de la iglesia. Se pararon a unos metros de distancia e iluminaron la enorme capa de crustáceos de agua dulce que la cubría. Bajo esta, Kate advirtió los ladrillos cubiertos por un manto de algas y las ventanas de piedra en forma de arco. Le daba escalofríos ver aquel edificio construido por el hombre, que un día había tocado el cielo, hundido en las profundidades.

Jake se desenganchó del cinturón una cámara digital con funda sumergible y sacó unas cuantas fotos. Luego se giró en busca de Kate. Esta volvió a comprobar su ordenador de buceo, que indicaba que estaban a veinte metros, asintió y lo siguió hasta la ventana. Antes de entrar, dudaron un momento. Cuanto más miraban el interior de la enorme y vacía cavidad del antiguo campanario, más espeso les parecía el lodo que había en el agua. Los crustáceos cubrían cada centímetro de las paredes interiores, sobresaliendo aquí y allá. A pesar de la gruesa capa de artrópodos, Kate adivinó el contorno del techo abovedado. La torre tenía cuatro ventanas, una en cada pared. La de la izquierda rebosaba de crustáceos, y la que quedaba a su derecha estaba prácticamente bloqueada; solo habían dejado una pequeña aspillera que recordaba a las de los castillos medievales. La ventana de enfrente sí estaba despejada y, desde ella, se veía el tono verdoso del agua.

Kate cruzó la ventana y entró en la torre. Se detuvieron en el centro y ella se adelantó para ascender y ver el techo abovedado de cerca. Una de las vigas que un día debió de sujetar las campanas de la iglesia atravesaba uno de los lados. Estaba cubierta de crustáceos, al igual que el techo, que había perdido sus contornos arqueados, porque estos animalitos habían encontrado ahí su refugio. Un enorme cangrejo de agua dulce de más de treinta centímetros de largo salió de debajo de la viga y cruzó el techo a toda prisa en dirección hacia Kate, que estuvo a punto de gritar del susto y se impulsó hacia atrás al tiempo que agarraba a Jake y agitaba las manos a cámara lenta. Mientras el cangrejo pasaba por encima de sus cabezas, oyeron sus patas repiquetear contra las conchas de todos los crustáceos que estaban apiñados en el techo. El animal se detuvo justo encima de ellos. A Kate se le iba a salir el corazón del pecho.

Comenzó a respirar más deprisa y aspiró con fuerza el oxígeno de su bombona.

El cangrejo sacudió sus antenas y siguió su apresurado camino por la cúpula hasta desaparecer por la ventana de enfrente. A Kate le pareció ver algo flotando a través de la abertura por la que la criatura se había marchado. Se acercó e iluminó con el frontal los talones de un par de zapatillas de color rojo. El agua las mecía junto al arco de la ventana.

El miedo y la emoción abrumaron a Kate. Dio unas patadas y, ayudándose del arco de piedra, se impulsó lentamente para salir de la torre. Los zapatos estaban justo encima de la ventana y cubrían los pies de un cuerpo suspendido en el agua, como si estuviese de pie junto a la bóveda de la iglesia.

Jake salió de la torre detrás de su madre y, cuando llegó a ella, saltó hacia atrás y se dio un golpe en la cabeza con el muro de la torre. Kate escuchó su llanto amortiguado y un chorro de burbujas procedentes del regulador de Jake nubló todo su campo de visión. Kate estiró el brazo y agarró a su hijo, no sin cierta dificultad por culpa de la bombona de oxígeno, y tiró de él hasta alejarlo de la torre; solo entonces se giró para mirar el cuerpo.

Era un chico joven, con el pelo corto y oscuro. Llevaba unos vaqueros azules, un cinturón con hebilla plateada y un elegante reloj en la muñeca. Los jirones de lo que quedaba de una camiseta blanca flotaban alrededor de su cuello. Tenía un físico fornido y atlético. Su cabeza estaba inclinada hacia delante y tanto la cara como el pecho y la tumefacta barriga tenían cortes y laceraciones. Pero lo que más inquietó a Kate fue la expresión de su rostro. Tenía los ojos abiertos de par en par, con una mirada de terror. El cuerpo estaba inmóvil, pero de pronto el cuello se movió y pareció palpitar. Jake la agarró con fuerza y, durante un horrible instante, Kate pensó que el chico seguía vivo. Entonces, la cabeza del joven se sacudió y la mandíbula se desencajó para dejar salir a una anguila negra y brillante, que pasó entre los dientes partidos del chico y ascendió, como una nube que supuraba de su boca abierta.

2

—¿Qué estaban haciendo? —preguntó el inspector jefe Henry Ko.

—Mi hijo, Jake, quería bucear en este embalse. El nivel del agua ha disminuido por el calor…, y pensamos que así se vería el pueblo hundido —contestó Kate.

Estaba sudando bajo el traje de neopreno, tenía el pelo húmedo y le picaba la cabeza por la sal del agua. Jake esperaba apoyado contra una rueda del Ford azul de Kate, con la mirada perdida y el traje de neopreno bajado hasta la cintura. Se lo veía muy pálido. El coche patrulla de Henry estaba aparcado a pocos metros del suyo, en la orilla del embalse. Una extensión de hierba terminaba a diez metros de los coches, marcando el nivel original del agua del embalse, pero la sequía había dejado a la vista veinte metros de rocas que bajaban hasta la orilla actual. Las algas que las cubrían las habían dotado de un color verde, si bien en ese momento estaban achicharradas por el sol ardiente.

—¿Podrías indicar dónde has visto el cuerpo flotando? —preguntó Henry mientras garabateaba con el lápiz en un bloc de notas.

Rondaba los treinta y pocos años, tenía aspecto atlético y era muy educado. Habría encajado mejor en la pasarela de Milán que en la escena del crimen. Los vaqueros se adherían a sus musculosas piernas y se le habían desabrochado tres botones de la camisa. Un collar plateado se asomaba entre sus morenos pectorales.

A su lado había una joven policía en uniforme con la gorra debajo del brazo. Llevaba el pelo negro azabache recogido detrás de las orejas, y su piel, de color crema, se había sonrojado por el calor.

—El cuerpo está bajo el agua. Estábamos buceando a veinte metros de profundidad cuando lo vimos —respondió Kate.

—¿Sabes la profundidad exacta? —El inspector dejó de garabatear y levantó la vista del cuaderno.

—Sí —asintió Kate—. Es el cuerpo de un chico joven. Tiene unas zapatillas Nike Air Jordan y unos vaqueros azules con cinturón. La camiseta estaba hecha jirones. Más o menos tendría la edad de Jake, dieciocho, tal vez diecinueve... Tenía cortes y laceraciones en la cara y el torso.

Descompuesta, la voz se le quebró y cerró los ojos. «¿Lo estará buscando su madre?», pensó. «¿Estará preocupada, sin saber dónde anda?».

Kate era exagente de policía y recordaba todas las veces que había tenido que informar del fallecimiento de una persona a sus familiares. Las muertes de los niños y de los jóvenes eran las peores: llamar a la puerta, esperar hasta que abrieran y ver la expresión de los padres cuando finalmente comprendían que su hijo no volvería a casa.

—¿Has visto si el cuerpo tenía heridas en la parte delantera, en la espalda o en ambas? —continuó Henry.

Kate abrió los ojos.

—No le he visto la espalda. El cuerpo estaba de cara a nosotros, flotando contra la estructura de la torre de la iglesia.

—¿Habéis visto a alguien más? Una lancha, otros submarinistas...

—No.

Henry se agachó junto a Jake.

—Ey, tío, ¿qué tal sigues? —preguntó, arrugando el gesto con preocupación. Jake se limitó a mirar al frente.

—¿Quieres una lata de Coca-Cola? Te ayudará a recuperarte del *shock*.

—Sí, le vendrá bien, muchas gracias —intervino Kate.

Henry hizo un gesto con la cabeza a la agente, que se acercó al coche patrulla.

—El chico... No llevaba máscara de buceo —dijo Jake con la voz temblorosa—. ¿Qué hacía a esa profundidad sin máscara? Era como si le hubieran dado una paliza. Tenía el cuerpo azul y negro.

Se secó una lágrima de la mejilla sin parar de temblar.

La agente volvió con una lata de Coca-Cola y una manta de lana a cuadros. La lata estaba caliente, pero aun así Kate la abrió y se la tendió a Jake. El chico negó con la cabeza.

—Dale un sorbito, el azúcar ayudará a que se te pase la conmoción...

Jake bebió un sorbo y, mientras tanto, la policía le tapó los hombros desnudos con la manta de lana.

—Gracias. ¿Cómo te llamas? —quiso saber Kate.

—Donna Harris —respondió—. No dejes de frotarle las manos, que la sangre se mueva.

—Donna, llama al equipo de buceo de la marina y diles que tal vez tengan que realizar una inmersión profunda —ordenó Henry.

Donna asintió y llamó por radio.

Una densa humedad colmaba el aire, y unas nubes bajas de color gris oscuro se estaban formando en el cielo. A lo lejos, en la otra punta de la presa, se encontraba la planta hidroeléctrica, un edificio bajo y alargado de hormigón. El leve ruido sordo de un trueno llegó desde detrás de esta. Henry dio unos golpecitos en el bloc de notas con el lápiz.

—¿Los dos estáis cualificados para hacer submarinismo? Sé que en el embalse son estrictos con esto, especialmente por la profundidad y por el hecho de que esta agua alimenta la presa hidroeléctrica.

—Sí, nos dieron los certificados de buceo a principios de agosto —contestó Kate—. Estamos capacitados para sumergirnos hasta veinte metros y hemos realizado treinta horas de entrenamiento durante el tiempo que Jake ha pasado conmigo este verano...

Henry revisó las hojas de su cuaderno mientras fruncía cada vez más el ceño, arrugando aquella frente tan lisa.

—Un momento, ¿Jake está «pasando» el verano contigo? —dijo.

Kate sintió que el mundo se le venía encima. Ahora tendría que explicar los acuerdos que había con respecto al lugar de residencia de Jake.

—Sí —respondió.

—Entonces, ¿quién vive en la dirección que has dado cuando has llamado a emergencias? En el número 12 de Armitage Road, Thurlow Bay.

—Yo —contestó Kate—. Jake vive con mis padres en Whitstable.

—Pero ¿tú eres su madre real, quiero decir, biológica?

—Sí.

—¿Y su tutora legal?

—Tiene dieciséis años. Vive con mis padres. Ellos han sido sus tutores legales hasta que ha cumplido dieciséis años. Este año empieza Bachillerato en Whitstable, así que seguirá viviendo con ellos.

Henry los miró detenidamente.

—Tenéis los mismos ojos —concluyó, como si aquella fuese la confirmación que necesitaba.

Kate y Jake compartían un color de ojos muy poco común: eran azules, pero con una explosión de naranja que se abría paso desde la pupila.

—Se llama heterocromía parcial. Es cuando los ojos son de más de un color —aclaró Kate.

Donna terminó la llamada por radio y se acercó a ellos.

—¿Cómo se escribe «heterocromía parcial»? —preguntó Henry, a la vez que levantaba la vista del cuaderno.

—¿Es importante? El cuerpo de un joven está ahí sumergido, y no sé a ti, pero a mí me parece una muerte sospechosa —dijo Kate, que ya estaba perdiendo la paciencia—. Tenía cortes y cardenales por todo el cuerpo, y debe de haber muerto hace poco, porque los cuerpos flotan a los pocos días de hundirse. También es cierto que la descomposición se ralentiza por la presión a esa profundidad y por lo fría que está el agua. No obstante, como ya sabrás, los cadáveres acaban saliendo a la superficie.

Durante todo el tiempo que Kate estuvo hablando, no dejó de frotarle las manos a Jake. Le miró las uñas y le alivió comprobar que iban recuperando algo de color. Esta vez, cuando le ofreció un poco más de Coca-Cola, el chico dio un buen trago.

—Parece que estás muy puesta en esto —apuntó Henry con una mirada inquisitiva.

Tenía unos bonitos ojos color caramelo. A Kate le pareció demasiado joven para ser inspector jefe.

—Antes era subinspectora en la Policía Metropolitana —contestó.

La sombra de un recuerdo mudó el rostro del inspector.

—Kate Marshall —dijo—. Es verdad, estuviste involucrada en aquel caso de hace un par de años. Atrapaste al tío que imitaba los asesinatos del Caníbal de Nine Elms... Leí sobre aquello... Pero, un momento, ¿no estabas trabajando como detective privada?

—Sí, capturé al Caníbal de Nine Elms en 1995, cuando era agente de policía, y atrapé al imitador hace dos años en calidad de detective privada.

Henry comenzó a pasar páginas de su cuaderno. Tenía cara de no entender nada.

—Antes me dijiste que estabas trabajando como profesora de Criminología en la Universidad de Ashdean. Y ahora me cuentas que lo compaginas con ser detective privada y que de joven eras agente de policía. ¿Qué debería poner en mi informe sobre tu profesión?

—Hace dos años me pidieron que me ocupara de un caso sin resolver. Soy profesora de universidad a tiempo completo, solo trabajé como detective privada aquella vez —aclaró Kate.

—Y vives sola, y Jake vive con tus padres en Whitstable...

Dejó de escribir y, confuso, hizo un gesto con el lápiz. Entonces, alzó tanto las cejas que casi se le pegan a la línea del cabello.

—¡Vaya!, el padre de tu hijo es Peter Conway, el asesino en serie...

—Sí —contestó Kate. Odiaba tener que revivir ese momento una y otra vez... Henry resopló y se agachó, observando a Jake con interés renovado.

—Joder, tiene que ser duro.

—Sí, no es fácil organizar las reuniones familiares.

—Quiero decir que tiene que ser duro para Jake.

—Ya lo sé, solo era una broma.

Henry se quedó mirándola durante un segundo, confuso. «Eres agradable a la vista, pero seguro que no eras el más listo de tu clase», pensó. El policía se incorporó y dio unos golpecitos en el cuaderno con el lápiz.

—He leído un estudio fascinante sobre los hijos de los asesinos en serie. La mayoría consiguen llevar vidas muy normales. El padre de una chica de Estados Unidos violó y asesinó a sesenta prostitutas. ¡Sesenta! Y ahora ella trabaja en Target… ¿Conoces Target, la tienda de Estados Unidos?

—Ya sé lo que es Target —interrumpió Kate.

Parecía no darse cuenta de lo insensible que estaba siendo. Donna, al menos, tuvo la decencia de mirar hacia otro lado.

—Tiene que ser duro para Jake —repitió, mientras volvía a garabatear en el cuaderno.

Kate sintió la imperiosa necesidad de quitarle el lápiz y partírselo por la mitad.

—Jake es un adolescente perfectamente normal, feliz y emocionalmente estable —contestó.

En ese momento, Jake soltó un gemido, se inclinó y vomitó en la hierba. Henry saltó hacia atrás, pero uno de sus zapatos marrones de piel, que parecían carísimos, salió mal parado.

—¡Me cago en la puta! ¡Que son nuevos! —gritó, mientras intentaba quitarse la mancha a zapatazos contra el coche patrulla—. Donna, ¿dónde están las toallitas?

—No pasa nada —dijo Kate mientras se agachaba al lado de Jake.

El chico se limpió la boca.

Kate miró hacia atrás, más allá del embalse. Un montón de nubes negras se acercaban volando bajo sobre el páramo. Se oyó un ruido sordo de nuevo y el destello de un rayo.

«¿Cómo murió este chico?».

3

Ni Jake ni Kate pudieron irse hasta firmar la declaración policial. Mientras salían del aparcamiento del embalse, se cruzaron con dos grandes furgones de policía y la furgoneta del forense.

Kate los observó por el espejo retrovisor mientras se detenían en la orilla. La imagen del chico suspendido en el agua regresó a su mente y tuvo que secarse una lágrima. Una parte de ella deseaba quedarse y comprobar que sacaban el cuerpo con el cuidado necesario. Estiró el brazo para agarrar a Jake de la mano y su hijo le devolvió un apretón.

—Tenemos que echar gasolina —avisó al fijarse en el nivel del depósito. Se detuvo en la gasolinera más cercana a su casa, pasó los surtidores y aparcó en la parte de atrás—. Cariño, deberías cambiarte de ropa y ponerte algo seco. Aquí hay baños y siempre están limpios.

Jake asintió, pero seguía pálido. Kate habría preferido que dijese algo; no soportaba aquel silencio. El chico se peinó hacia atrás el cabello todavía húmedo, que ahora le llegaba por los hombros, y se lo recogió con una goma elástica que llevaba en la muñeca. Kate abrió la boca para explicarle lo perjudiciales que eran las gomas para el pelo, pero la volvió a cerrar. Si lo atosigaba, se volvería más hermético. Jake salió del coche y cogió su ropa seca del asiento de atrás. Su madre lo observó mientras se alejaba arrastrando los pies hacia los baños, cabizbajo. Había pasado por muchas cosas, más que la mayoría de chicos de su edad.

Kate bajó el espejo del parasol y observó su reflejo. Su larga cabellera ya mostraba algunas canas. Tenía la cara pálida y por su piel habían pasado cada uno de sus cuarenta y dos años. Volvió a subir el espejo. Era su último día con Jake antes de que volviera con sus padres. Habían planeado ir a comer *pizza* después de bucear y luego bajar a la playa, encender un fuego y tostar malvaviscos.

Ahora tendría que llamar a su madre y contarle lo ocurrido. No había sido el verano perfecto por muy poco. Habían estado a punto de ser una familia normal, pero, por supuesto, entonces apareció un cadáver.

Kate echó la cabeza hacia atrás y cerró los ojos. Las personas normales y corrientes no se encuentran cadáveres. Sin embargo, ahí lo tenían, y para Kate ni siquiera se trataba de la primera vez. ¿Acaso el universo trataba de decirle algo? Abrió los ojos de nuevo.

—Sí, intenta decirte que elijas sitios más agradables para llevar a tu hijo —dijo en voz alta.

Sacó su móvil de la guantera y lo encendió. Buscó el número de su madre y casi apretó «llamar». No obstante, decidió meterse en el buscador de internet y teclear: «Desaparición de un adolescente en Devon, RU». La gasolinera se encontraba en medio de las colinas de Dartmoor, por lo que había poca cobertura. La pantalla se quedó en blanco durante más de un minuto mientras cargaba. No había nada reciente sobre ninguna desaparición de ningún adolescente, pero sí encontró un artículo sobre un niño de siete años en la página web de Devon Live. El chaval había desaparecido una tarde en el centro de Exeter, pero había vuelto con su familia después de unas horas bastante tensas.

Después buscó «inspector jefe Henry Ko, Devon, RU». El primer resultado era de un periódico local.

EL DISTINGUIDO SUPERINTENDENTE DE DEVON Y CORNWALL PASA EL TESTIGO

El artículo era de la semana pasada. Hablaba de la jubilación del jefe de policía, Arron Ko, y decía que había sido el primer asiático en unirse al cuerpo como agente del distrito de Devon y Cornwall en 1978.

Al final había una foto cuyo pie decía: «El hijo del jefe de policía Arron Ko, el inspector jefe Henry Ko, le ha hecho entrega de sus regalos de jubilación: un par de esposas de plata grabadas y una medalla a su larga trayectoria y su buena conducta».

Henry estaba de pie junto a su padre, enfrente de la comisaría de Exeter, sujetando el premio. Arron Ko era corpulento y, comparado con su hijo, tenía sobrepeso, pero Kate les encontró el parecido.

—¡Ajá! Así que por eso eres inspector jefe tan joven. Nepotismo puro y duro —exclamó Kate.

No le gustaba la vocecita envidiosa que hablaba dentro de su cabeza, pero no pudo evitar compararse con Henry. Había trabajado mucho durante cuatro años, sacrificándolo todo para ascender a detective de paisano a los veinticinco. En cambio, Henry Ko tenía treinta y pocos y ya era inspector jefe: dos grados por encima de subinspector. Kate recordó aquellos días en el cuerpo, su vida en Londres.

El inspector jefe Peter Conway había sido el superior de Kate en la Policía Metropolitana mientras trabajaban en el caso del asesino en serie del Caníbal de Nine Elms. Una noche, después de acudir a la escena del crimen de la cuarta víctima, Kate resolvió el caso: descubrió que Peter era el Caníbal, se enfrentó a él, y este casi la mata.

Durante los meses que habían precedido a aquella fatídica noche, Kate y Peter tuvieron una aventura y, sin darse cuenta, se quedó embarazada de Jake. Cuando se recuperó en el hospital, ya era demasiado tarde para abortar.

Los periódicos hicieron su agosto con la historia. Aquello destruyó la credibilidad de Kate dentro del cuerpo y su carrera se terminó de golpe. La etapa que siguió al nacimiento de Jake le había resultado muy dura. Se juntó el trauma que le había provocado el caso con la repentina e imprevista maternidad y la depresión postparto. Su respuesta frente a aquella combinación había sido empezar a beber.

A lo largo de los años, los padres de Kate se ofrecieron en muchas ocasiones a cuidar de Jake. Mientras tanto, Kate se aficionó a la bebida y terminó en rehabilitación. Al final, consiguió mantenerse sobria, pero ya era demasiado tarde. Sus padres obtuvieron la custodia de Jake cuando este tenía seis años; eran sus tutores legales desde entonces.

La abstinencia había sido dura, pero Kate había conseguido reconstruir su vida y veía a Jake durante las vacaciones escolares y los fines de semana. Sin embargo, se había perdido casi toda su infancia, y eso le dolía como si le clavaran trozos de cristal; la pérdida de Jake y la carrera como agente que tanto había amado.

Un golpecito en la ventana la sobresaltó. Jake ya se había puesto sus vaqueros pitillo y una sudadera azul, y sus mejillas habían recuperado un poco de color. Kate bajó la ventanilla.

—Mamá, ¿tienes un par de libras para una empanadilla y una barrita de chocolate? Me muero de hambre.

—Claro —contestó—. ¿Te encuentras mejor?

El chico asintió y sonrió. Kate también sonrió, agarró el bolso y los dos entraron en la tienda de la gasolinera.

Por más que lo intentara, no se quitaba de la cabeza la imagen del joven flotando bajo el agua. Era muy frustrante tener que esperar para ver si decían algo sobre él en las noticias.

4

Seis semanas después

Las puertas de madera del centro social de Ashdean chirriaron cuando Kate salió por ellas. Antes de irse, se detuvo para admirar cómo el agitado oleaje chocaba contra el rompeolas por encima de los tejados. El viento aullaba con fuerza e hizo que el pelo se agitase en torno a su cabeza. Sacó un paquete de cigarrillos del bolso y se dio la vuelta para refugiarse en el toldo y encendérselo.

Habían asistido entre veinte y treinta personas a la reunión de Alcohólicos Anónimos de aquella fría tarde de octubre y, a medida que salían, asentían con la cabeza a modo de buenas noches. Kate los observó mientras se marchaban a toda prisa hacia sus coches, con las cabezas agachadas para hacer frente al viento helador.

Kate no soportó el frío mucho más. Dio la última calada al cigarro a toda prisa, tiró la colilla por la mitad al suelo y la apagó con el talón. Entonces se encaminó hacia su coche, nada entusiasmada ante la idea de volver a la casa en la que nadie estaría esperándola, su hogar. La calle se convirtió en un lugar oscuro por el que no pasaba ni un alma. Había aparcado el coche al fondo, en un hueco entre dos adosados. Cuando llegó hasta él, encontró un BMW pegado a su antiguo Ford azul. De pronto, la puerta del coche se abrió y de este salió una mujer delgada de rostro pálido.

—¿Kate? —preguntó, con un acento de Londres.

Tenía el pelo marrón y se lo había peinado hacia atrás, dejando al descubierto una frente amplia y huesuda. Los ojos estaban hundidos en su rostro y la piel que los rodeaba era oscura, por lo que a Kate le recordó a un mapache. La reconoció enseguida; era una de las nuevas incorporaciones a las reuniones de Alcohólicos Anónimos.

—Sí, ¿te encuentras bien? —preguntó. Tuvo que levantar la voz para que la escuchase por encima del rugido del viento.

—¿Kate Marshall?

Los ojos de la mujer parecían intentar huir del aire congelado. Llevaba un chaquetón largo acolchado de color ciruela, de esos que parecen más un saco de dormir que un abrigo, y unas zapatillas blancas relucientes.

A Kate le sorprendió escuchar a la mujer usar su nombre completo. Había hablado en la reunión, pero solo había dicho su nombre, como solía hacerse en Alcohólicos Anónimos. «Esta mujer es una jodida periodista», pensó Kate.

—Sin comentarios —contestó mientras abría la puerta del coche e intentaba escapar lo más rápido posible.

—No soy periodista. Tú fuiste quien encontró el cadáver de mi hijo… —comenzó la mujer.

Kate se quedó quieta con la mano en el picaporte de la puerta del coche.

—Se llamaba Simon Kendal —continuó, con los ojos clavados en los de Kate. Eran verdes y estaban llenos de una pena que le desgarró el alma.

—Ah. Lo siento —dijo Kate.

—Me han dicho que se ahogó.

—Sí, he visto el reportaje en las noticias locales.

—Eso no es más que un maldito bulo.

Kate había seguido la historia. No podía decirse que hubiese copado las noticias locales, pero sí que habían informado de que el caso se había cerrado. Simon Kendal había ido de acampada con un amigo, se había metido en el agua y se había ahogado. Fue entonces cuando una de las lanchas que se encargan de patrullar el embalse le había destrozado el cuerpo. En las noticias locales también habían hecho alusión a que fue Kate quien encontró el cadáver; por eso Kate había creído que aquella mujer era periodista.

—Tenía el cuerpo destrozado. No me dejaron verlo en la morgue… ¡Mira! —gritó la mujer para que la escuchase por encima del viento.

Sacó un pequeño álbum de fotos de plástico del bolsillo del abrigo, buscó entre las páginas con torpeza y le enseñó la foto de un chico guapo con un Speedo, empapado y de pie junto a una piscina. Llevaba dos medallas colgadas del cuello.

—Este es mi Simon. Era el campeón regional de natación del Reino Unido. Iba a competir a nivel profesional. Perdió la oportunidad de entrar en el equipo de natación para los Juegos Olímpicos de Londres de 2012 por una simple lesión… Una estúpida lesión… —La mujer no dejaba de pasar fotos y hablaba muy deprisa, como si temiese perder la atención de Kate—. ¡Simon no se habría metido en el agua con la ropa puesta y de noche!

—¿Cómo te llamas? —quiso saber Kate.

—Lyn. Lyn Kendal… —Se acercó un poco más a Kate y levantó la vista con gesto suplicante—. ¿Qué crees que pasó? Sé que fuiste agente de policía y he leído que también has sido detective privada.

—No tengo ni idea de lo que pudo haberle pasado a Simon —respondió Kate.

La verdad era que durante las últimas semanas había enterrado aquella historia en el fondo de su mente. Sus preocupaciones se centraban en el trabajo y en Jake, que había estado muy distante con ella desde que había vuelto a Whitstable.

—¿No tienes curiosidad? —Lyn temblaba. Se secó las lágrimas de la cara con las manos, enfadada—. Enseñas criminología. Eras detective. ¿No merece la pena investigar la muerte de mi hijo?

—Por supuesto —dijo Kate.

—¿Podemos hablar en algún otro sitio? Por favor —le pidió Lyn mientras se apartaba los mechones de pelo de la cara, agitados con el viento.

Kate se preguntó si Lyn había bebido. La mujer parecía destrozada, pero eso era algo totalmente comprensible.

—Sí, hay un pequeño café, el Crawford's, en Roma Terrace, al final del paseo marítimo. Nos vemos allí.

5

La cafetería Crawford's era la más antigua de Ashdean y la favorita de Kate. Había fotos de Joan Crawford y Bette Davis en las paredes lacadas de color negro, y un enorme espejo ahumado colgaba detrás de la barra de formica. En este se reflejaban la máquina de café de cobre de delante, los sofás descoloridos de piel roja y las vistas al paseo marítimo casi a oscuras. No había ni un alma aquella fría noche de miércoles. Kate llegó primero y se decantó por sentarse en uno de los sofás del final.

Al otro lado de la calle, la marea crecía hasta el rompeolas y, desde su posición privilegiada, veía todo el paseo marítimo. Las olas rompían contra el muro al tiempo que lanzaban espuma y arenilla a los coches aparcados. Kate escuchó el rugido del BMW blanco en la calle y lo vio aparcar cuidadosamente en el hueco que había quedado detrás de su abollado Ford. Lyn salió, abrió la puerta del copiloto y sacó una larga chaqueta junto con una carpeta de plástico de color verde chillón.

—¿Has pedido? —preguntó, una vez se hubo dejado caer en el sofá de enfrente.

—No.

Lyn puso la carpeta verde en la mesa y sacó su móvil, un paquete de Marlboro 100s y un mechero dorado del bolsillo de la chaqueta. Después se quitó el abrigo, lo hizo una bola y se sentó sobre él. Lyn era una mujer bajita, y Kate se preguntó si había hecho aquello para ponerse a su altura y así no tener que mirarla desde abajo.

Roy Crawford, el anciano que llevaba siendo el dueño del Crawford's desde 1970, se acercó a ellas. Era un hombre alto con el pelo largo y canoso recogido en una coleta y una cara rosada perfectamente afeitada.

—¿Qué vais tomar? —preguntó con una sonrisa mientras se ponía las gafas con montura de medialuna que colgaban de una cadena alrededor de su cuello.

Las dos pidieron un capuchino y él garabateó la comanda en un cuaderno con una floritura.

—Ya sé que lo que habéis pedido no es muy difícil —dijo—, pero seguro que perdería la cabeza si no la tuviese pegada al cuerpo. Lo siento mucho, pero aquí no se puede fumar. Si me llegan a decir que sería el Partido Laborista quien lo prohibiría…

Puso los ojos en blanco con un ademán teatral y se fue.

Lyn se apartó con nerviosismo los mechones de pelo de la amplia frente.

—Háblame de Simon —le pidió Kate.

Lyn parecía aliviada de poder ir directamente al grano.

—Se había ido de viaje con un amigo de la universidad, Geraint. Acampaban cerca del embalse de Shadow Sands —comenzó.

—¿Eres de por aquí?

—Soy de Londres, pero mi último marido era de esta zona y llevo veinte años viviendo aquí. Murió de un infarto. —Kate hizo el amago de darle el pésame, pero Lyn la frenó con un gesto de la mano—. No te molestes, era un matón de mierda.

—¿Qué opina Geraint sobre lo que le ocurrió a Simon?

—Dice que estuvieron en la playa todo el día y llegaron tarde al *camping,* montaron la tienda y se fueron a dormir. A la mañana siguiente, se despertó y vio que Simon no estaba en su saco de dormir. Supuso que había salido a mear, pero la mañana pasó y seguía sin localizarlo.

—¿Se habían peleado?

Lyn negó con la cabeza. La máquina de café que estaba en la esquina comenzó a silbar y oyeron el tintineo de las cucharillas y las tazas de porcelana.

—¿Estaban solos en el *camping?*

—Sí. Nunca se peleaban, eran mejores amigos. Y Geraint no tenía ni un rasguño y su ropa estaba seca.

—¿Puede que hubiesen bebido?

Lyn levantó una mano.

—Ya me he hecho las preguntas más evidentes. Cuando le realizaron la autopsia, dictaminaron que se había ahogado accidentalmente. Simon no tenía alcohol en sangre…

Roy llegó corriendo con los dos cafés.

—Aquí tienen, señoritas —dijo—. Que los disfrutéis, pero cierro en media hora.

—Gracias —contestó Kate.

Lyn esperó impaciente hasta que el hombre dejó los cafés en la mesa y se alejó lo suficiente como para no escucharlas.

—Se ahogó de forma accidental —repitió Kate.

En ese momento recordó aquel cuerpo destrozado flotando bajo el agua.

—Simon no había bebido y era un gran nadador. Incluso si se hubiese metido en el embalse a nadar, habría estado atento a todos los peligros. No se habría bañado vestido y con las zapatillas puestas. El *camping* está a ochocientos metros a contracorriente de la planta eléctrica, y hay otros ochocientos a contracorriente hasta donde lo encontraste. Casi todos los días entrenaba haciéndose cien largos en una piscina olímpica. Eso son casi cinco kilómetros. Además, también nadaba en el mar.

Kate soltó su taza en la mesa y suspiró.

—¿El dictamen *definitivo* del forense es ahogamiento?

Lyn arrugó la nariz.

—Sí.

—¿Y creen que las heridas del cuerpo las causó una lancha que patrullaba por la reserva?

—No dejo de imaginar la lancha atropellando su precioso cuerpo en el agua, una y otra vez.

Kate hizo ademán de tomar la mano de Lyn, pero se contuvo. Estaba claro que era una mujer orgullosa y que, además, estaba enfadada.

—¿Cuándo declararon a Simon como persona desaparecida?

—Geraint me llamó la tarde del 28 de agosto y me dijo que no encontraba a Simon. Entonces, llamé a la policía, y ellos me informaron de que no podían inscribir formalmente a Simon en la lista de desaparecidos si solo habían pasado veinticuatro horas, así que hasta la mañana del día 29 no estuvo oficialmente desaparecido.

—Y yo encontré su cadáver la tarde del día 30.

—La policía dijo que Simon se levantó en mitad de la noche, se metió en el agua a nadar al lado de la presa hidroeléctrica y se ahogó… ¡Él no haría algo así! —exclamó Lyn dando un puñetazo en el tablero de la mesa—. Conoce, conocía, las corrientes y las condiciones del agua. Que la presa hidroeléctrica bebe del agua de la reserva. Que no es una zona de nado. Hay señales por todo el *camping*. Iba a entrenar de nuevo después de varios meses retirado por una lesión. ¡No había bebido! No habría arriesgado su futuro.

—Perdóname por preguntar, pero ¿estaba deprimido?

—No, no, no. No tenía depresión. ¡Por el amor de Dios! Estaba de vacaciones con su mejor amigo. Los dos estaban entusiasmadísimos. Llevaba esperándolo todo el verano… —Lyn se había puesto muy nerviosa y estaba a punto de echarse a llorar. Se sacó un pañuelo de la manga y se sonó la nariz—. Perdón.

—No, no te disculpes. Tienes todo el derecho a sentirte… A sentir.

—¿Conoces ese sentimiento cuando todo el mundo te despacha lo antes posible y ni siquiera te escucha?

—La historia de mi vida —dijo Kate con tristeza.

Lyn bajó los hombros y por fin pareció relajarse.

—Así es como me siento, joder. Puedo entender que Simon estuviese en el agua y que una lancha le pasase por encima, pero, para empezar, parece que a la policía no le importa averiguar por qué mi hijo estaba en el agua.

—¿Cómo has dado conmigo? —quiso saber Kate.

—Te busqué en Google.

Lyn abrió la carpeta y sacó la fotocopia de un artículo del *National Geographic*. Era de hacía dos años. En él aparecía una foto de Kate y de su ayudante de investigación, Tristan Harper, enfrente del edificio gótico de la Universidad de Ashdean, que se alzaba a sus espaldas como un castillo de Hogwarts en miniatura. Los habían entrevistado después de resolver el caso del asesino imitador de Nine Elms. Había sido un momento muy emocionante, y hasta la propia Kate había creído que ella y Tristan conseguirían forjarse algún tipo de carrera dentro de la investigación privada.

—Busqué en internet para ver si tenías una agencia.

—No —contestó Kate con tal decepción que incluso ella lo notó.

—Solo quiero averiguar qué le ocurrió a Simon. Tú tienes un hijo. Has tenido que protegerlo de toda la mierda que te han lanzado a lo largo de los años… Hay muchísimas agencias de investigación, pero quiero que seas tú, *tú,* la que me ayudes. ¿Lo harás?

Kate había visto demasiadas veces la maldad del ser humano. Pensó que, en cualquier momento, los mejores amigos podían dejar de serlo. Un detective siempre tenía que guiarse por la lógica. Si Simon y Geraint estaban solos, la primera conclusión lógica era que Geraint era el culpable.

Lyn cerró los ojos.

—Ya es lo bastante duro que me hayan arrebatado a mi hijo. Quiero saber qué hacía en esas aguas en mitad de la noche. No me gusta tener que suplicar, pero por favor. —Los ojos se le llenaron de lágrimas—. Por favor, ayúdame.

Kate pensó en cómo se sentiría ella en su lugar. Si hubiesen encontrado a Jake en el agua y con el cuerpo lleno de cortes y moratones.

—Muy bien —concluyó Kate—. Te ayudaré.

6

A la mañana siguiente, temprano, Tristan Harper subió corriendo las escaleras que salían de la playa, se paró en el paseo marítimo y tuvo que inclinarse un momento para recuperar el aliento. Estaba amaneciendo, el cielo ya había pasado a ser de color azul claro y comenzaban a encenderse las luces de la larga hilera de casas adosadas que recorría el paseo marítimo.

Un labrador negro corría dando grandes saltos por la playa que había más abajo y se lanzó al mar en calma para atrapar un palo. La marea baja dejaba a la vista las escarpadas rocas cubiertas de algas. El dueño del perro, un hombre alto, vestido con unos vaqueros pitillo y una chaqueta impermeable amarilla, miró a Tristan, que iba completamente equipado para salir a correr, lo volvió a mirar como si lo conociera y le sonrió. Tristan le devolvió la sonrisa y cruzó la calle en dirección al pequeño apartamento que compartía con su hermana Sarah.

Era un joven guapo y alto, de pelo corto y marrón, y con un físico atlético. Se quitó la camiseta y dejó a la vista unos abdominales en los que se podría rallar queso y unos pectorales musculosos. En la espalda, tenía un precioso tatuaje de un águila que mostraba la parte trasera del ave, cuyas alas en expansión le recorrían los hombros. En el pecho tenía el mismo animal, pero visto de frente, con la cabeza agachada y unos ojos de color ámbar que se iluminaban en su esternón. Desde esta perspectiva, las alas también se alargaban hasta los hombros. Se acercó al espejo y miró el papel de plástico transparente que le envolvía la parte superior del tríceps izquierdo. El *film* estaba despegándose de la piel. Dudó un momento y, al final, se lo quitó con cuidado, revelando su último tatuaje, una franja negra y lisa que estaba curándose bien.

—¡Genial! —exclamó el chico mientras admiraba un poco su reflejo—. No ha perdido color.

Después, se duchó, se vistió y realizó el corto camino por el paseo marítimo hasta la universidad. No consiguió hablar con Kate hasta su última clase, Historia Forense. Los alumnos salían del auditorio mientras Tristan guardaba el proyector de diapositivas. Entonces, Kate se acercó.

—Tengo que comentarte una cosa, ¿te apetece un café? —propuso ella.

Las últimas semanas, Tristan había notado a Kate un poco distante y, además, tenía la impresión de que no dormía bien, pero aquel día se alegró al verla feliz y descansada.

—Claro, déjame que guarde el proyector en el almacén —respondió—. Pídeme un *caramel macchiato*.

—¡Puaj! —exclamó Kate—. Y seguro que también le echas azúcar.

—Ya sé que no necesito azúcar para ser dulce, pero sí —contestó con una sonrisa.

Tristan tardó pocos minutos en llegar al Starbucks que había en la planta baja, donde Kate lo esperaba, sentada en una de las mesas que había bajo el largo ventanal con vistas al mar. Le tendió su vaso.

—Gracias —dijo el chico mientras se sentaba en el asiento de enfrente.

Le quitó la tapa al vaso y dejó que Kate se regodease en su imagen añadiendo cuatro azucarillos al café. Le dio un sorbo, asintió satisfecho y sacó el diario de su mochila. Ahí era donde apuntaba la información de todos los compromisos laborales de Kate: cuándo venían ponentes especializados a una clase, qué material tenía que alquilar y la fecha de los exámenes.

—Esto no es trabajo *oficial* —comentó Kate.

—¿Ah, no?

Tristan escuchó a Kate mientras esta le contaba la reunión que había tenido la noche anterior con Lyn Kendal.

—Me ha dado esta carpeta. No hay mucho de lo que tirar —concluyó Kate—. Además, dentro ha dejado quinientas libras en billetes. Nos pagará otras quinientas si descubrimos qué le ocurrió a Simon.

—Eso es mucho dinero. ¿Crees que son sus ahorros? —preguntó con una ceja levantada.

—No lo sé, daba la impresión de que tenía bastante dinero.

Tristan abrió la carpeta y sacó los documentos que había dentro. Eran recortes de periódicos locales que hablaban de lo ocurrido y fotos de Simon Kendal. Sobre todo, había información de los campeonatos de natación en los que había participado. Tristan leyó un artículo.

ADOLESCENTE DE LA ZONA
SE AHOGA EN EL EMBALSE

Simon Kendal, de dieciocho años, presuntamente se encontró en apuros tras colarse en el embalse de Shadow Sands, cerca de Ashdean.

La policía acudió al bellísimo enclave del páramo el martes, donde un equipo de búsqueda submarina examinó la zona y al final recuperó el cuerpo del chico.

La policía no considera que su muerte sea sospechosa.

El inspector jefe Henry Ko ha declarado: «Le envío mis más sinceras condolencias a la familia de Simon en este momento tan desgarrador».

Mike Althorpe, jefe de seguridad de las zonas de ocio de la Asociación para la Prevención de Accidentes, ha comentado: «Entendemos que se sintiera tentado a meterse en el agua a nadar, especialmente teniendo en cuenta las altas temperaturas, pero los lugares de aguas abiertas son muy peligrosos por las fuertes corrientes y los deshechos que a menudo hay bajo el agua y no se ven desde la orilla».

—¿No te da la impresión de que el periódico local se ha esforzado por convencernos de que Simon se ahogó? —advirtió Tristan.

—Se limitan a repetir lo que han dicho las autoridades —comentó Kate—. Pero sí, no han hecho ninguna alusión a que fuese campeón de natación.

Tristan se puso a mirar las fotos de Simon con su equipo de buceo. Le emocionaba la idea de trabajar en otra investigación del mundo real y, a nivel práctico, le venía muy bien el dinero. Su hermana estaba a punto de casarse y en diciembre, después de la boda, iba a mudarse del apartamento que compartían. Cuando eso pasase, se convertiría en el único responsable de pagar el alquiler y las facturas.

—Tenemos muchas cosas ya programadas —avisó—. Los estudiantes de Historia Forense entregarán sus trabajos en dos semanas, igual que los alumnos de Asesinos en Serie Estadounidenses de la Década de los Setenta. También en dos semanas tenemos la excursión a Londres con la asignatura de Iconos Criminales…

Tristan quiso añadir que la boda de Sarah era en seis semanas y que aquello generaría drama para aburrir.

—Tengo la sensación de que concluiremos que fue un accidente —lo tranquilizó Kate—. Si Alan Hexham hizo la autopsia, y creo que así fue, no hay duda de que los resultados son correctos.

—Sería interesante hablar con el amigo, Geraint —propuso Tristan.

—Claro —afirmó Kate—. Le he dejado un mensaje preguntándole si podíamos quedar el sábado para hablar. Estoy a la espera de que me devuelva la llamada. Mañana por la mañana iré a la morgue para ver a Alan Hexham. Me enseñará el informe de la autopsia de Simon.

—¿A qué hora?

—Solo podía recibirme temprano, antes de las nueve.

—Mañana por la mañana tengo que ir a alquilar el equipo. Además, sobre todo después de desayunar, la morgue me sienta regular.

Kate sonrió y asintió.

—Vale, esta vez iré sola —concluyó.

—Cuenta conmigo el sábado. Con suerte, el tal Geraint hablará con nosotros.

—Sí, intentaré que Alan me dé el informe policial. Me encantaría saber qué les contó Geraint. Sería una buena oportunidad para probar su versión y comprobar si se sostiene después de estos meses.

7

A la mañana siguiente, Kate llegó a la morgue de Exeter justo antes de que diesen las ocho. Firmó en el pequeño despacho de la entrada y le indicaron que fuese hasta la sala de autopsias. Jemma, una de las ayudantes de Alan Hexham, estaba ocupada con el cuerpo de una joven que yacía sobre una de las mesas de autopsias de acero inoxidable.

—Buenos días, Kate —saludó Jemma mientras levantaba la vista de su trabajo.

Kate conocía a Alan Hexham desde que había acudido como profesor invitado a una de las unidades de su curso de criminología. El forense se había convertido en un profesor habitual y solía darle a Kate casos sin resolver para que sus alumnos los estudiasen.

Jemma trabajaba como ayudante del forense. Era una joven un poco mayor que Tristan, alta y corpulenta (la fuerza era esencial en el trabajo de forense), y se había especializado en la reconstrucción de cadáveres. Kate apartó la vista del cuerpo sin vida de la chica. Jemma se había esmerado cosiendo la cara de la joven con unas puntadas que se entrecruzaban y ahora estaba enrollando dos bolitas de algodón en el filo de la mesa de acero. Levantó el párpado derecho de la chica y metió la bolita de algodón en la cuenca vacía del ojo, e hizo lo mismo con el ojo izquierdo.

—Sufrió una colisión frontal en la M6; no han podido recuperar sus ojos y la mayoría del cerebro ha... desaparecido —dijo Jemma mientras se alejaba un poco para comprobar su trabajo—. He pasado toda la noche reconstruyéndola porque la familia quiere verla.

—Has hecho un trabajo genial —reconoció Kate mientras observaba a la chica.

Entonces pensó en la etapa que había pasado siendo agente de tráfico y en todos los accidentes que había presenciado. Las colisiones frontales en las autopistas eran las peores y normalmente conllevaban que el ataúd de las víctimas tuviese que ir cerrado.

—Le he rellenado la cabeza con algodón y le he vuelto a pegar los trozos de cráneo lo mejor que he podido. Todo lo demás lo he cosido. Y va a tener mejor aspecto si cabe cuando llegue nuestra tanatopractora.

—¿Podrías darme su número? —bromeó Kate, al ver su expresión de cansancio reflejada en el borde de la mesa de acero inoxidable.

—Yo estuve a punto de llamarla para que me maquillase para la boda de mi hermano, pero me preocupó que usase las mismas brochas que en el trabajo —se rio Jemma—. Alan está al fondo, en su despacho.

—Gracias —se despidió Kate.

La mujer pasó por la larga hilera de puertas de refrigeradores que conducía al pequeño despacho de Alan. La puerta estaba entreabierta, y lo encontró sentado en su escritorio, rodeado de montones de papeles y garabateando algo en un cuaderno mientras sujetaba el móvil con la barbilla. Era un hombre enorme, peludo como un oso, con una cara amable y una coleta en la que recogía su largo pelo gris.

—Genial, gracias, Larry —dijo antes de colgar. Alzó la vista y miró a Kate—. Pasa. Lo siento, solo tengo un minuto. Tengo que salir pitando.

—No te preocupes, gracias por recibirme —lo tranquilizó Kate.

Alan lanzó su móvil al escritorio y se llenó la boca con el último trozo de Egg McMuffin de McDonald's, hizo una pelota con el envoltorio y la lanzó a la papelera. Después, agarró una carpeta del montón que tenía en el escritorio y la abrió. Kate vio que encima de todo estaban las fotos de la autopsia de Simon.

—Simon Kendal —dijo Alan mientras masticaba y tragaba—. Estaba en una excursión de acampada con un amigo cerca del embalse de Shadow Sands. Yo no estaba de guardia el día que trajeron al chico y llamaron a otro forense para que realizara la autopsia.

—¿Eso suele pasar? —quiso saber Kate.

—A veces. Pueden requisar esta morgue para que la usen otros cuerpos policiales por distintas razones... ¿Era Simon Kendal alguien especial?

—¿Especial?

—¿Era hijo de algún político? ¿Alguien VIP?

—No, era un chico cualquiera. Un estudiante. ¿No pone por qué trajeron a otro forense?

—No. Ya te he dicho que otra persona puede realizar la autopsia por cualquier razón...

Alan se deslizó las gafas hasta la frente y comenzó a mirar más de cerca los archivos mientras pasaba las hojas del documento.

—Simon Kendal no tenía nada de alcohol en sangre. Estaba sano. No tenía ninguna enfermedad. Muy poca grasa corporal. Una increíble capacidad pulmonar.

—Era nadador, entrenaba para los Juegos Olímpicos —añadió Kate.

Alan frunció el ceño.

—Y aun así se ahogó.

Pasó las páginas hacia atrás y comenzó a examinar las fotos de la autopsia. Se detuvo en una en particular y la miró de cerca.

—¿Qué es eso? —preguntó Kate.

—Una punción en el pulmón derecho. Mira, aquí —indicó, sujetando el informe y señalándole un primer plano de una herida circular y arrugada en la caja torácica de Simon.

—Me han dicho que la hélice de una lancha con motor fueraborda le pasó por encima —continuó Kate.

—¿Quién te ha dicho eso?

—Lyn Kendal, la madre de Simon. Fue lo que le dijo la policía.

Alan examinó una vez más la foto y alzó la vista para mirar a Kate mientras levantaba una tupida ceja. Y luego volvió a mirar el informe.

—Era un chico musculoso, con unos dorsales trabajados... ¿La hélice de una lancha con motor atravesaría toda esa piel de esta manera? ¿Y también la caja torácica hasta el pulmón? —Parecía que Alan hablaba más para sí mismo que para Kate—. Mmm. No, no sin hacerle un enorme agujero en el costado… Las hélices de los motores fueraborda son curvas. Parece más bien como si le hubiesen provocado esta herida clavándole un objeto punzante en la piel. Lo metieron y lo sacaron muy rápido. —E hizo un gesto como si apuñalase el aire con su dedo.

—¿Crees que la causa de la muerte no es correcta?

—¿Qué? No, no, no —se apresuró a decir Alan—. Cuando se lleva a cabo una autopsia, nosotros somos los que presentamos los hechos y después es la policía la que utiliza esa información para crear una teoría…

«Eso no responde a mi pregunta», pensó Kate. Alan estaba siendo leal a su colega anónimo y era evidente que no quería acusar a uno de los suyos.

El forense pasó las páginas del informe hasta el informe médico que estaba al final.

—Aunque este pobre chico se hubiese caído al agua, se hubiese ahogado y después el motor de una lancha le hubiera destrozado el cuerpo una vez muerto, ¿por qué perdió tanta sangre?

—¿Cuánta sangre perdió?

—Se desangró considerablemente. Perdió la mitad del volumen de sangre que tenía en el cuerpo. Como ya sabes, si hieres a una persona y el corazón sigue latiendo, la pérdida de sangre es mayor. —Cerró la carpeta con un golpe. Parecía preocupado—. Creo que de esto debería encargarme yo.

Mientras Alan pasaba páginas, a Kate le dio tiempo a leer algunos fragmentos del informe y a ver dos firmas en la última página: la del doctor Phillip Stewart y la del inspector jefe Henry Ko.

Alan se levantó de la silla, alzándose con toda su estatura ante ella. Se frotó los ojos y volvió a colocarse las gafas sobre la nariz.

—Y dices que la madre del chico no se cree la causa de la muerte.

—Exacto, no cree que se ahogase.

—Preferiría que no comentases con nadie lo que hemos hablado hasta que no tenga oportunidad de investigarlo mejor.

Kate asintió.

—Por supuesto.

—Vale… Sí.

Alan miró la hora y agarró su abrigo. Se notaba que estaba preocupado. Era un hombre recto, honesto y muy respetado. Se puso el abrigo y cogió su móvil y las llaves del coche. Estaban a punto de salir, pero Kate se quedó dudando en la puerta.

—Alan, de manera extraoficial, ¿crees que la muerte de Simon Kendal fue un accidente?

—Extraoficialmente, y *de verdad* quiero decir extraoficialmente, no. No creo que fuese un accidente, pero ahora me tengo que ir —le contestó.

Kate nunca lo había visto tan preocupado ni con la cara tan pálida. Lo único que deseó fue tener más poder y recursos para seguir las pistas. Echaba de menos ser inspectora en la policía.

8

Tristan llamó a la puerta del despacho de la profesora Rossi. La joven que abrió era delgada, de pelo largo y oscuro. Llevaba unas gafas de montura negra y vestía unos vaqueros ajustados y un jersey rojo.

—Hola, ¿está la profesora Rossi? —preguntó Tristan.

—Sí, soy yo —contestó.

Tenía un ligero acento italiano.

—Ah, hola —dijo Tristan.

—¿Te esperabas a una señorona italiana loca?

—No… —respondió.

Sin embargo, eso era exactamente lo que se había imaginado. La catedrática Magdalena Rossi era la nueva profesora de Filosofía y Religión. Ni su nombre ni sus asignaturas encajaban con la joven, guapa y simpática, que tenía delante—. Bueno, tal vez. Hola, soy Tristan Harper.

Se saludaron con un apretón de manos.

—Encantada de conocerte. Todavía soy la nueva. Incluso después de tantas semanas, todavía me queda gente por conocer.

—No te preocupes, yo me siento igual.

—¿Cuánto tiempo llevas siendo la chica nueva? —bromeó.

Tristan sonrió.

—Hace un par de años que trabajo aquí. El caso es que tu cara me suena. ¿Tienes una escúter amarilla?

—Sí, una Vespa.

—Conduces rápido.

—Bueno, soy italiana —dijo con una sonrisa.

A la mujer le gustaba mantener el contacto visual lo justo más de lo necesario como para incomodar a Tristan.

—Bueno, aquí tengo tu proyector de diapositivas —continuó, y señaló el carrito que tenía detrás.

—Gracias, ¿puedes meterlo dentro? —preguntó, a la vez que abría del todo la puerta.

Su pequeño despacho estaba lleno de muebles de madera anticuados y cada centímetro de pared estaba cubierto de papeles. Tenía una ventanita con vistas al mar, que aquel día estaba picado y gris. Tristan empujó el carrito hasta el interior.

—Apárcalo por ahí, al lado de mi escritorio. Iba a hacerme un café, ¿quieres uno?

Señaló una pequeña cafetera de cápsulas que tenía en la estantería.

—No, gracias, debería irme —respondió Tristan, y sacó su teléfono para ver si Kate le había enviado un mensaje sobre su reunión con Alan.

—¿Seguro? Un chupito de expreso no te quitará mucho tiempo.

Tristan estaba a punto de rechazar la oferta, pero entonces se fijó en un mapa que había colgado en un tablero. Era del embalse de Shadow Sands y de los páramos contiguos. Junto a este, había una cartulina, con el letrero de «MITOS Y LEYENDAS LOCALES», acompañada de artículos de periódico que hablaban sobre las leyendas más famosas de Devon y Cornualles. «La bestia de Bodmin Moor», «El estanque del Rey Arturo», «Los gigantes de Cornualles» y «El sabueso de los Baskerville». Había algunas notas escritas a mano: «Encontrar al hombre lobo de Bodmin Moor», «El Fantasma de la Niebla, ¿demasiado actual?».

Magdalena siguió la mirada de Tristan.

—¿Estás haciendo un proyecto sobre el embalse? —quiso saber.

—No, ¿por qué?

—Es solo que lo he reconocido. Soy de por aquí —comentó Tristan.

No quería entrar en detalles sobre la muerte de Simon Kendal. Se acercó un poco más al tablero.

Debajo de «Encontrar al hombre lobo de Bodmin Moor» había dos fotos de una huella gigantesca. La primera mostraba dónde la habían encontrado, un camino embarrado flanqueado por árboles. La segunda era un primer plano de la huella.

Parecía de un perro gigante. El contorno de las almohadillas y las garras se veía perfectamente. Lo que más impresionó a Tristan fue la enorme y peluda mano humana que había al lado a modo de comparación; la huella era tres veces más grande que la mano.

—Esa no es mi mano, por si te lo preguntabas —aclaró Magdalena.

Tristan pegó un brinco cuando la mujer apareció con dos tazas de expreso echando humo. Era bajita y de complexión delicada. Su coronilla apenas llegaba al hombro de Tristan. Tenía el pelo negro, espeso y perfectamente peinado, y olía a recién lavado, a champú de frutas. El joven pensó que poseía una belleza natural.

—Gracias —dijo mientras agarraba una de las tazas—. ¿Es para una unidad nueva? —preguntó a la vez que señalaba el tablón de corcho.

—No, es para mi tesis. Investigo el origen de las leyendas urbanas. Devon y Cornualles disponen de muchísimo material de estudio. Saqué las fotos de la huella en una granja cerca de Chagford, en los límites del parque natural de Dartmoor. El granjero jura que aquella noche vio la figura de una bestia de tres metros erguida sobre dos patas al lado de una valla de su terreno.

—¿Y qué hizo? —quiso saber Tristan mientras daba un sorbo al fuerte y amargo café.

—Lo mismo que habría hecho yo. Se metió dentro y echó el pestillo de las puertas. No se arriesgó a salir hasta la mañana siguiente, y fue entonces cuando encontró la huella.

—¿Qué coño deja una huella como esa? —preguntó Tristan.

Extendió el brazo para tocar la foto y se le levantó la manga del jersey, dejando a la vista cuatro o cinco centímetros de sus tatuajes que le cubrían el antebrazo.

Magdalena se detuvo un momento y Tristan se percató de que seguía mirándole el tatuaje. Era una imagen en blanco y negro de un conjunto de árboles con el cielo nocturno de fondo.

—Puede que sea de un león, de un lince o de algún cruce —determinó—. Seguro que conoces todas esas teorías sobre que los victorianos ricos se traían crías de leones y de tigres de sus viajes al extranjero y que cuando crecían y se volvían peligrosos los dejaban otra vez en libertad.

—Sí.

—Es la conclusión lógica.

Tristan se terminó el expreso. La huella gigante le daba escalofríos.

—¿Qué es el Fantasma de la Niebla? —añadió el joven, que tenía los ojos puestos en una serie de fotografías minúsculas en blanco y negro de un tramo solitario en una carretera rodeada de árboles. Varios bancos de niebla se aferraban a los surcos del asfalto mientras la carretera descendía y desaparecía tras una curva.

—En este sigo trabajando. Tuve una conversación casual en un *pub* con una chica de la zona y me contó una historia sobre gente joven que desaparece en un tramo de la A1328, la carretera que pasa cerca del embalse de Shadow Sands. Siempre que aparece una niebla espesa…

—¿En serio? No he oído hablar de eso —la interrumpió Tristan.

—Creo que esa chica es, ¿cómo se dice en inglés?, una fuente poco fiable… Seguro que esta historia queda mejor en una película que en mi tesis.

—Es como esa película, *Candyman*. Ya sabes, si dices cinco veces su nombre delante de un espejo, aparece detrás de ti con un garfio.

—Está basada en una historia de Clive Barker, una muy buena.

Magdalena dio un sorbo a su café y ambos se quedaron en silencio. Tristan sintió la necesidad de hablarle sobre la muerte de Simon Kendal, pero se contuvo. Ella se acercó y, con una sonrisa, le subió la manga del jersey.

—Me gusta tu tatuaje —comentó mientras lo acariciaba con los dedos—. Algunas veces pueden quedar chabacanos. Sin embargo, este es una auténtica obra de arte.

—Gracias, el tío al que voy, en Exeter, es genial…

Notó que estaba sonrojándose y que se le ponía el vello de punta. Magdalena volvió a sonreír y le bajó la manga con cuidado.

—¿Eres estudiante de posgrado?

—No —contestó Tristan, avergonzado—. Soy el ayudante de Kate, de la profesora Marshall, y al parecer soy el único que sabe cómo arreglar estos proyectores de diapositivas tan antiguos.

—Ya he oído hablar de tus aventuras con la profesora Marshall —dijo sin dejar de mirarle a los ojos.

Tenía unos preciosos ojos marrones y unos labios carnosos.

—Eso también, sí, pero oficialmente soy de la plantilla, aunque no sea académico ni nada, ni mucho menos.

Magdalena sonrió.

—¿Qué te ha parecido tu expreso?

Tristan bajó la vista para mirar su taza.

—Mmm... —Soltó una carcajada—. Soy más de los que prefieren un Starbucks.

Magdalena comenzó a reírse.

—¡Estás hablando con una italiana! Eso no es café. ¿Qué sueles pedir en Starbucks?

—*Caramel macchiato* —respondió con una sonrisa de culpabilidad.

—Madre mía.

—Has llegado hace poco, pero aquí la mayoría de la gente se reúne en el Starbucks de abajo. Seguro que al final te conviertes.

—A lo mejor deberíamos quedar para tomar un café en el Starbucks —propuso Magdalena al tiempo que ladeaba la cabeza y lo miraba desde detrás de un espeso mechón de pelo—. Podrías convertirme.

—Ah —exclamó Tristan, cayendo en la cuenta de que estaba flirteando.

—Sí, Tristan, estoy pidiéndote una cita... ¿Te interesa? —La confianza que tenía en sí misma lo pilló desprevenido y no supo qué decir—. ¿Me das tu número de teléfono?

—¿Mi número?

—Sí. Ya te habrás dado cuenta, pero no soy el tipo de chica que se queda esperando sentada a que la llamen.

—Claro.

Tristan soltó su taza en el escritorio mientras ella le daba un bolígrafo y un cuadernillo abierto por una página en blanco.

Justo cuando terminaba de garabatear su número, le llegó una notificación al teléfono. Se lo sacó del bolsillo y vio que era un mensaje de Kate.

—Tengo que irme, es la profesora Marshall.

—Te llamaré —sonrió ella.

—Genial —contestó—. Y gracias por el café.

El joven esperó a salir del despacho de Magdalena para leer el mensaje.

GERAINT JONES HA ACCEDIDO
A QUEDAR CON NOSOTROS MAÑANA A LAS 11 AM

Tristan se apresuró a llamar a Kate y su cita con Magdalena pasó a un segundo plano.

9

Geraint les había propuesto quedar en un club de billar de la zona, que quedaba cerca de su residencia de estudiantes y alejada del centro de Exeter.

Kate y Tristan encontraron el sitio al final de una calle llena de tiendas decadentes y aparcaron en la puerta. Un chaval alto y rechoncho con una melena rubia rojiza los esperaba debajo de un toldo verde y descolorido en el que se leía: «Club de billar "La bola negra"». Llevaba unas botas Dr. Martens negras, unos vaqueros mugrientos y una chaqueta vaquera con un forro de borreguito tan sucio como los pantalones. Tenía un rostro redondo y simpático, y, aunque intentaba dejarse barba, tan solo le crecía un poco de pelusa en la barbilla.

—¿Jugáis al billar? —preguntó Geraint a Tristan mientras enseñaba su carnet de socio en el mostrador de la entrada y registraba a sus invitados para que pudiesen entrar al club.

—No —contestó Tristan.

—Yo tampoco —comentó Geraint en voz baja—. Vengo porque aquí te dejan fumarte un cigarrillo mientras te bebes una pinta.

El chico hablaba con un suave y rítmico acento galés y tenía los ojos algo vidriosos. Kate se preguntó si estaría borracho. Este le abrió una puerta sucia y astillada que los condujo a una sala alargada, de techos bajos y con las paredes pintadas de color verde oscuro. No había nadie entre las hileras de mesas de billar, salvo en una que se encontraba cerca de la barra en la que jugaban unos ancianos. Colgando sobre cada una de las mesas había una gran lámpara con una pantalla de terciopelo rojo con flecos que arrojaba una luz tenue a la sala y capturaba la neblina que formaba el humo de los cigarros.

—¿Qué os pido de beber?

—Yo quiero una pinta de Foster's —dijo Tristan.

—¿Aquí ha llegado el capuchino? —quiso saber Kate, que ya se había dado cuenta de que estaban en un club de clase obrera.

—Aquí es más probable que llegue Al Pacino —bromeó Geraint sin cambiar su semblante serio.

—Entonces un café solo —contestó ella con simpatía.

—Sentaos, vuelvo enseguida —les pidió.

Kate y Tristan buscaron la mesa más alejada de la barra, una bajo una pared repleta de brillantes trofeos metidos en vitrinas.

—¿Cómo es que permiten fumar? —preguntó Tristan una vez que se sentaron.

—Es un club de socios. En estos sitios todavía se puede fumar —respondió Kate mientras sacaba su paquete de Marlboro *Light*.

El lugar tenía un ambiente bastante tranquilo y relajado. Solo se escuchaba la conversación en voz baja de los dos ancianos y el sonido de las bolas de billar al chocar.

Geraint volvió con las bebidas y se sentó enfrente de ellos sin quitarse el abrigo. Tomó de un trago la mitad de su pinta y se encendió un cigarrillo.

—Para empezar, siento lo de Simon —comenzó Kate, y Tristan asintió.

—Evil-Lyn es la que os ha metido en esto, ¿a que sí? ¿Ya está removiendo la mierda? —comentó Geraint. Acto seguido, lanzó una bocanada de humo y se quedó mirando fijamente a Kate.

—Ella no nos ha metido en nada. Tan solo se preocupa por las circunstancias de la muerte de Simon.

—¿Sabíais que así es como la llamaba Sim? Evil-Lyn, como la de los dibujos de *He-Man*. —Sonrió durante un segundo, y luego se secó una lágrima—. ¡Joder!

El chico se acabó la pinta y levantó el vaso para que lo viesen desde la barra.

—¿Simon se llevaba mal con su madre? —preguntó Kate.

—No es eso. El forense y la policía han dictaminado que fue un accidente. ¿Qué pasa, que Lyn cree que sabe más que ellos? Ella no estaba allí. Lo que ocurre es que no le caigo bien y quiere meterme en problemas.

—¿Qué crees que le pasó a Simon?

—Creo que Evil-Lyn fue quien lo mató… No directamente, pero lo presionaba muchísimo con el tema de la natación. Si os digo que era una madre pesada me quedo corto. Se gastó una fortuna en un entrenador que era un cabrón de manual; volvió a Sim medio loco. Tendría que haber sido Lyn la que entrenase para los Juegos Olímpicos, ella quería ir más que él.

—Lyn nos contó que Simon se lesionó el año pasado y que por eso no entró en el equipo olímpico —continuó Tristan.

—Las navidades pasadas se hizo daño en un pie. Fue una tontería, se cayó en la acera saliendo de un *pub*.

—¿Iba borracho? —preguntó Kate.

Geraint asintió y apagó el cigarrillo en el cenicero.

—¿Iba borracho y contigo? —insistió Kate.

Geraint sonrió, asintió y se encendió otro cigarro.

—Eso explica por qué no le caigo bien —concluyó después de lanzar una bocanada de humo al techo—. Creía que era una mala influencia, pero la verdad es que era la primera vez en meses que Sim salía a emborracharse y, aun así, solo se tomó una pinta. Era un peso pluma, y fue un accidente tonto. Sim se tropezó y aterrizó en un montón de cristales rotos que había en el bordillo. Todo se llenó de sangre. Lo llevé a urgencias, lo curaron y le hicieron una radiografía. Se había partido un hueso del pie, así que aquello lo dejó fuera de juego. Tuvo que estar en reposo durante seis semanas, así que perdió condición física. Estaba seguro de que iba a competir en los Juegos Olímpicos, y Lyn ya había hablado con un patrocinador, pero llegó junio y se quedó fuera del equipo de Gran Bretaña por cuestión de segundos.

—Dios, tuvo que ser duro —exclamó Tristan.

Geraint asintió.

—Su sueño de estar en el equipo se fue a la mierda, y además tuvo que lidiar con Evil-Lyn, que estaba que echaba humo. Había hipotecado su casa para pagar el entrenamiento de los últimos dos años. En caso de que Sim hubiese entrado en el equipo, un patrocinador se hubiese encargado de los gastos y le habría pagado la deuda… Su madre lo demonizó después de aquello. No dejaba de presionarlo para que entrenase más duro y siempre salía con que había perdido la oportunidad de su vida. Eso le habría dado a cualquiera ganas de suicidarse.

—¿Simon quería suicidarse? —preguntó Kate.

—No lo sé, pero mentalmente no estaba muy allá. Para empezar, comparaba la piscina en la que entrenaba con un agujero de hormigón lleno de cloro.

—¿Por qué escogisteis el *camping* de al lado del embalse?

Geraint sonrió con melancolía.

—En un principio íbamos a ir de *camping* a Gower, en la zona oeste de Gales. Es un sitio increíble para surfear y acampar, pero Evil-Lyn cambió de opinión en el último momento y le dijo a Sim que solo podía perder dos días de entrenamiento. Él entrena, entrenaba, en Exeter. Obviamente, Shadow Sands está muchísimo más cerca que Gower y había un par de sitios a los que ir por los alrededores. Benson's Querry es un buen sitio para nadar y bucear, y hay un montón de tías buenas por ahí… ¿Has estado alguna vez? —preguntó a Tristan.

—No —contestó Tristan.

—Pues deberías pasarte, sobre todo si hace calor. Hay un montón de chavalitas haciendo toples…

El camarero apareció con otra cerveza *lager* para Geraint.

—Gracias, tío —dijo, y acto seguido se bebió la mitad de un sorbo y se encendió otro cigarrillo.

Kate cruzó una mirada con Tristan, que seguía dando sorbitos a su primera pinta.

—¿No había nadie en el *camping* de Shadow Sands cuando llegasteis? —preguntó Kate.

—No, hacía un tiempo de mierda y el *camping* también era una mierda. Está al lado del embalse, pero hay una valla enorme con alambre de espino que impide llegar al agua. Parecía salido de Auschwitz. Los baños estaban medio tapiados y hasta arriba de mierda. Incluso había cosas que los yonquis se habían dejado allí. Llegamos al *camping* entre las ocho y las ocho y media de la tarde. Habíamos estado en la playa de Dawlish, cerca de allí, y tuvimos que pagar un taxi hasta el *camping*. Cuando llegamos teníamos muchísima hambre y estaba anocheciendo… No sé por qué no pillamos un albergue juvenil. Eran unas de esas vacaciones en las que planeas algo, pero después las cosas cambian e intentas mantener viva la idea de vacaciones en un *camping*... —Le dio un sorbo más a su pinta—. Pero acabas en un sitio de mierda como ese.

—¿Bebisteis aquella noche? —quiso saber Kate.

—No, se nos olvidó comprar alcohol. Y para cenar no teníamos más que una lata fría de alubias, sin plato ni nada, y unas barritas *Mars*. La noche se volvió un poco depre. Ojalá hubiésemos tenido bebida, porque Sim se puso melancólico.

—¿Cómo lo sabes? —preguntó Tristan.

—No quería hablar. Agosto había sido un mes duro para él. Todo el mundo hablaba sobre los Juegos Olímpicos. Pero pasamos un día genial. Conocimos a unas chicas en la playa. Sim intercambió su número de teléfono con una que hasta tenía una amiga gorda para mí —añadió con una sonrisa—. Íbamos a quedar con ellas al día siguiente para ir a bucear en Benson's Quarry. Iban a ir un grupo.

—¿Visteis a alguien más acampando o paseando por allí aquella noche? —continuó Kate.

Geraint negó con la cabeza.

—Era inquietante. Ponía los pelos de punta. Da la impresión de que el rugido de la central eléctrica bloquea cualquier otro ruido. No es ensordecedor, pero es constante y se te mete en la cabeza.

—¿Visteis alguna lancha en el embalse?

—No. Yo solo quería meterme en el saco, dormir, levantarme a la mañana siguiente y salir pitando de allí. Montamos la tienda, y yo me quedaría dormido alrededor de las nueve o las diez, no me acuerdo bien. Sim no dejaba de decir que le dolía el cuerpo y que estaba cansado. Solo podía descansar dos días antes del entrenamiento. No creo que estuviese comiendo como es debido. No probó nada en todo el día y prácticamente no tocó las alubias ni el chocolate. A la mañana siguiente me desperté sobre las siete y Sim no estaba allí. Su saco de dormir estaba vacío.

—¿Qué hiciste entonces?

—Al principio nada. Pensé que había ido a mear, o a hacer aguas mayores. Salí de la tienda, puse un té a hervir en el pequeño *camping* gas y esperé. Después lo llamé varias veces, pero tenía el teléfono apagado. Fue entonces cuando... —dudó.

—¿Qué? —preguntó Kate.

—Busqué en su mochila para ver si se había dejado el móvil. No estaba, pero encontré un bote de pastillas. Citalopram. Es un antidepresivo. Me impresionó, porque siempre había creído que Sim estaba lidiando con las cosas a su manera.

—¿Crees que Lyn sabía que tomaba antidepresivos? —continuó Kate.

Geraint se encogió de hombros.

—Busqué en Google citalopram. Es una mierda dura y tiene efectos secundarios que podían afectar a su rendimiento a la hora de nadar. No creo que a Lyn le hicieran mucha gracia esas pastillas.

—¿Qué hiciste después de encontrar las pastillas en la mochila? —quiso saber Tristan.

—Me puse a dar vueltas por la zona, miré en el bosque, volví a los asquerosos baños…

—¿Y no viste nada sospechoso junto a la valla o en la orilla del embalse? —añadió Kate.

—¿Sospechoso en plan qué?

—¿Había sangre en la hierba o en la valla? He visto las heridas que deja una valla de alambre de espino cuando alguien intenta treparla.

—Recorrí un buen trecho de la valla que pasa por la orilla en las dos direcciones; bueno, solo en una dirección, porque me metí por los árboles e hice todo el camino hasta la central eléctrica. No había ningún agujero, nada —contestó Geraint.

—¿Cuándo diste la voz de alarma de que Simon había desaparecido? —continuó.

—Después de comer llamé a Evil-Lyn. Estaba preocupada y me pidió que la llamase en cuanto supiese algo. Tenía que cargar mi móvil, así que volví a la central eléctrica y me metí en el centro de visitantes a tomar un café.

—¿Qué hay en el centro de visitantes?

—Es una galería de arte. Está en la orilla del embalse. Puedes tomar un café mientras miras por la ventana. Era muy surrealista estar ahí con un café sabiendo que Sim se había ido a Dios sabe dónde. Estuve allí hasta entrada la tarde, hasta que Lyn me llamó sobre las cinco para contarme que había hablado con la policía para avisar de la desaparición de su hijo. A día de hoy, sigo sin creerlo. Esperaba que se hubiese pirado con la chavala que habíamos conocido el día anterior…

Geraint agitó lo que le quedaba de la pinta y se lo bebió. Tenía los ojos llenos de lágrimas. Se los frotó para secárselas y, en ese momento, Kate vio una mancha roja en el forro de borrego de la manga de la chaqueta.

—¿Te has hecho alguna herida? —preguntó.

—¿Qué? ¿Esto? —dijo mientras miraba la mancha descolorida en su manga—. No. Es antigua, de la noche en la que Sim se cayó, se cortó el tobillo y lo acompañé a urgencias.

Se quedó mirando un poco más la mancha de sangre y al final se remangó la chaqueta para tapar la mancha del forro.

Tristan gesticuló con los labios si debía pedirle otra pinta, pero Kate negó con la cabeza. Ya le costaba entender lo que decía Geraint y aún tenían más preguntas.

—Así que Lyn llamó a la policía. ¿Tú qué hiciste después?

—Volví al *camping* poco antes del atardecer, recogí nuestras cosas y pedí un taxi para volver a mi residencia. La policía me llamó al día siguiente por la tarde. Al principio, supuse que habrían encontrado a Sim, pero me pidieron que fuese a la comisaría para realizar una declaración sobre su desaparición, que ya era oficial. Estuve allí siete horas. Fueron muy duros conmigo, me preguntaron las mismas mierdas una y otra vez para ver si me pillaban en algo. No me soltaron hasta que anocheció.

—¿Te interrogaron con un abogado? ¿O fue algo más informal y solo dejaste tu declaración? —quiso saber Kate.

—Ellos no dejaban de decir que yo era libre de irme cuando quisiera, pero… Tengo antecedentes penales. Estuve en un correccional de menores con catorce años. Me cayó un año por pegarle con un vaso a un gilipollas que me atacó en un *pub*. También me metí en un lío hace un par de años en otro bar; y otra vez en defensa propia. —Se encogió de hombros—. Que me defienda de unos putos borrachos no significa que haya matado a mi mejor amigo sin razón.

—¿Qué pasó cuando saliste de la comisaría? —continuó Kate.

—Evil-Lyn me llamó un par de veces para hacerme preguntas. Quería que le devolviese las cosas de Sim, su mochila. La segunda vez que me llamó estaba borracha… Me preguntó sobre un montón de gilipolleces: ¿Simon era gay? ¿Nos habíamos acostado…? La respuesta es no, por cierto. La tercera vez que me llamó estaba cieguísima y, entre gritos, me acusó de tener un pasado violento y de haberlo matado por celos.

—¿Y tú qué dijiste? —preguntó Tristan.

—Yo me defendí. Ya sé que era su hijo el que había desaparecido, pero solo estaba siendo cruel por teléfono… No sé si tiene muchos amigos. Sim es, era, hijo único. Su padre murió. Quitándolo a él, no tenía mucha familia. Después de la tercera llamada apagué el teléfono. Cuando lo encendí a la mañana siguiente, me encontré con un montón de llamadas perdidas suyas. Decía que había llamado a la policía para que me interrogasen otra vez… Estaba tan segura de lo que decía que sus palabras me afectaron bastante.

—¿Y la policía habló de nuevo contigo? —preguntó Kate.

—La policía llamó a mi puerta esa misma tarde. Pensé que iban a arrestarme. No obstante, me dijeron que habían encontrado el cuerpo de Simon en el embalse, donde se había ahogado, y habían decretado que se trataba de un accidente.

Empezó a temblarle el labio inferior y apartó la mirada.

—¿Te acuerdas de la fecha exacta en la que eso sucedió? —continuó Kate.

Geraint volvió a mirarlos y se secó las lágrimas.

—Tuvo que ser cuatro o cinco días después.

—¿Puedes concretar más y darnos la fecha exacta?

—Fui a su funeral el 14 de septiembre, y aquello fue exactamente dos semanas después de que la policía apareciese en mi puerta, así que tuvo que ser… el 31 de agosto.

«¿Cómo es posible que la policía decrete tan rápido un ahogamiento accidental?», pensó Kate. Si ella encontró el cuerpo de Simon solo un día antes.

—¿Recuerdas a qué hora se pasó la policía por tu casa el 31? —preguntó.

—A mediodía. Después de comer, sobre las dos —respondió Geraint—. Solo estuvieron unos minutos, me lo dijeron en la puerta. Sim estaba muerto, se ahogó por accidente y yo ya no era sospechoso.

—¿Tan poco tardaron en llegar a esa conclusión? —dijo Tristan, que pronunció en voz alta lo que Kate estaba pensando.

Geraint se encogió de hombros.

—Yo no me fío de la policía. Nunca me he fiado y nunca me fiaré, pero, si dicen que soy inocente, tampoco voy a rechistar... Aun así, ¿cómo podría ahogarse un nadador tan bueno como Simon?

10

—No tiene sentido —dijo Kate cuando se montaron en el coche de vuelta a Ashdean—. Encontré el cuerpo de Simon el martes 30 de agosto, poco antes del anochecer. Llamé a la policía y llegaron bastante rápido, pero es imposible que el equipo de buceo sacara el cuerpo tan deprisa. Después llamaron a un médico para hacer la autopsia a la mañana siguiente...

—La mañana del 31 de agosto —apuntó Tristan.

—Exacto. Una autopsia lleva un buen rato, unas horas al menos. Y después hay que redactar los informes. Estos se envían al agente de policía encargado del caso. Tienen que decidirse más cosas. Incluso si hubiesen acabado la autopsia a las nueve de la mañana, ¿cómo es posible que la policía estuviera llamando a la puerta de Geraint cinco horas más tarde para decirle que la muerte de Simon había sido accidental y que no había nada más que investigar?

—¿Y si Geraint ha mentido? —señaló Tristan—. Quizá siga en el punto de mira de la policía.

—No, ayer fui a ver a Alan y vi el informe: ponía que había sido un ahogamiento accidental. Alan se quedó preocupado, porque él no había realizado la autopsia. Llamaron a otro médico.

—Aquí hay algo que no huele bien —dijo Tristan.

La carretera de Exeter a Ashdean bordeaba la costa y serpenteaba tierra adentro a través de desolados campos labrados y árboles desnudos entre los que una niebla baja se había quedado suspendida. El teléfono de Kate comenzó a sonar y descolgó con la mano que tenía libre.

—Hablando del rey de Roma. Es Alan Hexham.

—¿Lo pongo en manos libres? —propuso Tristan.

Kate asintió y le pasó el teléfono.

—Hola, ¿Kate? —La voz de Alan resonó por el manos libres.

—Hola, Alan. Estoy con Tristan —saludó Kate.

—Ah. Hola, hola. Oye, solo te llamo por la autopsia de Simon Kendal. Quería darte las gracias.

—¿Por qué? —preguntó Kate.

—Me alertaste sobre algunos errores preocupantes en el archivo del caso. Que Simon Kendal estuviese acampando con su amigo me hizo pensar en las piquetas de la tienda de campaña.

—¿Las piquetas de la tienda de campaña? —repitió Kate.

—Sí. En la foto que te enseñé, la de la marca de perforación en la caja torácica. Erróneamente, la causa se identificó como una hélice de motor fueraborda, pero creo que la provocó la punta biselada de un objeto punzante. Una piqueta de metal podría encajar en la descripción del arma... —Kate y Tristan cruzaron una mirada, y Alan continuó—. He informado al inspector jefe Henry Ko, que es el oficial superior en la investigación.

—¿Sabes por qué se declaró tan rápido como muerte accidental? —preguntó Kate—. Hemos puesto todo en una línea temporal y...

—Kate, lo siento, pero ahora mismo no puedo comentar nada sobre la causa de la muerte.

Tristan lanzó una mirada a Kate. Alan parecía muy incómodo.

—Vale, Alan, la única persona que estaba en el *camping* con Simon era Geraint. ¿La policía lo está investigando como una muerte sospechosa?

Hubo un largo silencio.

—Tampoco puedo hablar sobre eso.

—Entonces, ¿Geraint se ha convertido en sospechoso?

—Kate, te he llamado como un gesto de cortesía. No puedo contarte nada más, y yo no formo parte de las decisiones que toma la policía... Bueno, ahora sí que tengo que dejarte —dijo, antes de colgar el teléfono.

Kate vio un área de descanso justo delante y detuvo el coche. Estaba al lado de un enorme campo de aspecto desolador que había sido recién roturado para el invierno. Los dos se quedaron callados un momento.

—¿Hemos malinterpretado a Geraint? —preguntó Kate.

—En ese caso, es un actor de la hostia y controla muy bien la situación —contestó Tristan.

—No, si lo tuviera todo bajo control, no se habría paseado por ahí con la mancha de sangre de Simon en la chaqueta ni habría respondido con tanta tranquilidad cuando le hemos preguntado por ella —comentó Kate—. Y después está la cuestión de cómo se metió Simon en el agua. ¿Geraint estaba con él? La valla divide el *camping* y el embalse. ¿Caminaron un par de kilómetros para rodearlo y llegar a la otra orilla? ¿Simon escaló el alambre de espino? ¿Lo escalaron los dos? Recuerdo las manos de Simon; no tenían cortes ni moratones en la piel. Geraint también estaba ileso. No concuerda.

—Para empezar, ¿seguro que fueron al *camping*? —continuó Tristan—. Nos hemos creído todo lo que nos ha dicho Geraint a pie juntillas.

—Exacto. ¿Cómo no he caído en las piquetas? ¡Es un arma homicida tan obvia!

Kate le dio un golpe al volante, lo que hizo que el claxon retumbase por todo el campo y asustara a un grupo de cuervos que se alejó volando entre graznidos.

—¿Alan te comentó algo cuando fuiste a verlo? Sobre si la policía había encontrado una piqueta en el *camping*.

—No. Incluso si hubiesen encontrado una, dudo que quedasen muchas pruebas forenses después de tantas semanas expuesta a los elementos.

—Aun así, eso seguiría sin responder a la pregunta principal: ¿por qué el forense y la policía se han dado tanta prisa en dictaminar que la muerte de Simon fue accidental? —concluyó Tristan.

* * *

Geraint se quedó una hora más en el club de billar «La bola negra», y le dio tiempo a beberse alguna que otra pinta. Al salir, el frío de la calle lo sacudió y, tambaleándose, emprendió su camino a casa. Vivía en un estudio en un bloque de pisos a un kilómetro y medio del club de billar. La calle donde estaba su casa era una mezcla de casas adosadas desvencijadas y bloques de hormigón de dos plantas de la posguerra. Justo antes de llegar, comenzó a llover, así que se subió el cuello de la chaqueta para no mojarse demasiado. No vio los coches de policía que estaban en la puerta de su edificio hasta que giró junto a los contenedores de la esquina del pequeño aparcamiento que había delante.

Tres coches de policía y seis agentes lo esperaban bajo la marquesina de hormigón de la entrada. Las luces del vestíbulo estaban encendidas y vio a una de sus vecinas, una señora mayor que vivía al final de su planta, hablando con la policía. La mujer levantó la vista y lo descubrió.

—Ahí, ese es —dijo al tiempo que lo señalaba con un cigarrillo apagado.

Geraint echó a correr, aunque en realidad no tenía ningún motivo. Podría haberse quedado quieto y tranquilo, pero el alcohol que fluía por sus venas y las luces azules que no dejaban de dar vueltas en el techo de los coches patrulla hicieron que entrase en pánico.

—¡Quieto! ¡No des un paso más! —gritó uno de los agentes, aunque no tenía de qué preocuparse.

Geraint perdió el equilibrio en la esquina donde estaban los contenedores y se cayó en una pila de bolsas de basura mojadas. Entonces, algo se le clavó en la barriga. Los agentes se abalanzaron, formando una torre sobre él, como en una melé en *rugby* y, antes de que pudiese recuperar el aliento, lo inmovilizaron con las manos detrás de la espalda. Acto seguido, lo esposaron, le leyeron sus derechos y lo levantaron. Todo le daba vueltas y sentía un dolor terrible. Estaba viendo las estrellas y, de pronto, vomitó.

—Madre mía, cómo va —escuchó.

Un agente asiático y delgado salió de uno de los coches de la policía y se acercó hasta ellos. Vestía de paisano: vaqueros pitillo, polo blanco y chaqueta Ralph Lauren impermeable de un amarillo intenso. Geraint pensó que iba arreglado como para salir de fiesta.

—Es porque os habéis tirado encima de mí —replicó Geraint.

Tosió y volvió a vomitar. No dejaba de escupir y seguía con las manos esposadas a la espalda.

El agente asiático se acercó a él y lo miró desafiante a los ojos. Geraint pensó que iba a darle un puñetazo. En cambio, sacó su carnet de identificación de la policía.

—Soy el inspector jefe Henry Ko. Geraint Jones, quedas arrestado por el asesinato de Simon Kendal.

—¿Qué coño? —dijo Geraint, conmocionado.

—Tienes derecho a guardar silencio y todo lo que digas podrá usarse como prueba ante un tribunal —añadió Ko.

—Quiero un abogado —dijo.

—Y tendrás uno… Lleváoslo, pero no lo metáis en mi coche —ordenó Ko.

Los agentes lo arrastraron hasta el coche patrulla más cercano.

11

Kate dejó a Tristan en su apartamento y quedaron en que al día siguiente se llamarían si había novedades de Geraint.

Kate vivía en una enorme casa antigua de dos plantas, al final de una calle que recorría el borde del acantilado. Estaba un poco alejada de Ashdean, en una pequeña aldea que se llamaba Thurlow Bay.

Junto a la casa de Kate, había una tienda de surf que atendía las necesidades del *camping* durante el verano. La dueña del negocio era Myra, su amiga y madrina de Alcohólicos Anónimos.

Kate vivía en un lugar hogareño y agradable, aunque según Jake era de abuela. Los armarios del salón eran *kitsch,* y las estanterías, con todo tipo de novelas y ensayos académicos, se extendían a lo largo y ancho de las paredes. Un antiguo piano estaba apoyado en una de ellas. La casa iba aparejada a su trabajo de profesora en Ashdean, y llevaba ocho años viviendo allí de alquiler. Su parte favorita era el salón y la hilera de ventanas con vistas al mar desde la cima del acantilado. La cocina era lo más moderno de la casa, con encimeras de madera clara y armarios blancos.

Kate sacó las bolsas de la compra en la cocina y abrió el frigorífico. Siempre tenía una jarra de té helado en la balda de arriba. Agarró un vaso de cristal, lo llenó de hielo hasta la mitad y de té helado hasta el borde. Acto seguido, cortó un limón y colocó una rodaja sobre el hielo que cubría la parte de arriba. La ceremonia para prepararse un té helado era exactamente igual que para un cóctel, aunque sin alcohol. Alcohólicos Anónimos se oponía a cualquier tipo de apoyo o reemplazo, pero Kate había descubierto que aquello le funcionaba para seguir limpia.

Dio un buen trago al dulce y frío té y sacó el móvil. ¿Debería llamar a Lyn? Iban a dar las cinco de la tarde. Recordó las palabras de Alan: «Una piqueta de metal podría encajar en la descripción del arma». En caso de que Geraint hubiera apuñalado y asesinado a Simon con una piqueta, ¿dónde la habría escondido? Reflexionó sobre el día que fueron a bucear al embalse. Parecía que no tenía fondo, como si más allá de la luz de sus linternas solo hubiese una oscuridad infinita.

Envió un mensaje a Jake para preguntar si seguía en pie el Skype de esa tarde. Esperó unos minutos y, como no respondía, abrió el frigorífico y se rellenó el vaso.

Daría lo que fuera por un *whisky*. Un Jack Daniel's con Coca-Cola. El sabor final ahumado del *whisky* mezclado con el dulzor de una Coca-Cola bien fría y burbujeante.

Dio un sorbo al vaso que se acababa de servir.

«No, no es lo mismo». El problema de la abstinencia era que, una vez que conseguías estar sobrio, ya nunca te abandonaba la irritante sensación de que podrías sobrellevarlo mejor con una copita de vez en cuando.

Se sentó a la mesa y encendió un cigarrillo. ¿Acaso se había tragado la actuación melancólica del pícaro galés de Geraint? ¿Sería todo mentira? Si al menos estuviera en la comisaría con acceso a HOLMES, la base de datos de la policía, podría investigar si sabían algo del paradero del equipo de *camping*... tal vez lo hubieran incautado como prueba.

Llamaron a la puerta de atrás, que se abrió sin esperar respuesta. El rugido del mar al pie del acantilado era ensordecedor y el aire se coló por la cocina, agitando las notas y las fotos que estaban pegadas al frigorífico.

—He visto las luces encendidas —saludó Myra.

Tenía sesenta y tantos años, la piel arrugada y de color aceituna, y el pelo rubio y descolorido repeinado hacia atrás. Entró a la cocina y, tras cerrar la puerta, se quitó las katiuskas y las puso sobre unos trozos de papel de periódico que Kate dejaba al lado de la puerta.

—Ya veo que estás con el té helado —comentó mientras se quitaba la chaqueta encerada y la colgaba en una silla.

Iba vestida con el estilo personal que tanto la caracterizaba: unos viejos vaqueros anchos y una camiseta de Def Leppard. El dedo gordo del pie izquierdo le asomaba por un agujero en su calcetín de pelito rosa. El calcetín azul oscuro que llevaba en el otro pie estaba en mejores condiciones.

—Mataría por un Jack Daniel's con Coca-Cola. Lo digo en serio, mataría a alguien por uno —dijo Kate.

—Yo cometería doble homicidio por una Newcastle Brown Ale con un chupito de Teacher's —contestó Myra mientras se acercaba al hervidor de agua y lo encendía—. Y eso que tengo veintiséis años de abstinencia a mis espaldas.

Kate apoyó la cabeza en la mesa y Myra se acercó a darle una palmadita en el hombro.

—Ya sabes lo que tienes que hacer. No des tu brazo a torcer. Aprieta los dientes. Imagínate que estás echando un polvo increíble —le recomendó.

—Lo odio.

—¿Odias echar polvos increíbles?

—No, es solo que me dan estos antojos cada dos por tres.

—Aprieta, aprieta y aprieta los dientes, cariño. No dejes de apretar —la consoló mientras le frotaba la espalda—. Prepararé una taza de té para cada una y tiramos la casa por la ventana con unas galletas de chocolate. Cuéntame, ¿por qué estás así? —preguntó Myra a la vez que rellenaba el hervidor y sacaba la tetera del mueble.

—Es por ese chico que murió, Simon… Ahora la policía cree que lo asesinó su mejor amigo.

—¿Y tú qué crees?

—Creo que es posible, pero que también es muy conveniente.

—¿Conveniente para quién?

—Esa es la pregunta del millón.

12

Tristan habría preferido estar solo en su piso para tener un momento de paz y tranquilidad que lo dejase pensar en la reunión que habían tenido con Geraint, pero cuando entró oyó a su hermana Sarah hablando con Gary, su prometido, en el salón.

El vestíbulo daba paso a una salita en la que cada centímetro, incluido cada mueble, estaba hasta arriba de cajas apiladas con alcohol libre de impuestos.

Sarah y Gary se habían sentado en la mesita de la esquina a organizar el croquis de las mesas para la boda mientras la tele sonaba de fondo.

—Oye, Tris, ¿te importa si Georgina, mi amiga del trabajo, se sienta a tu lado en la mesa presidencial? —preguntó Sarah, levantando la vista del plano.

—No, me parece bien —contestó Tristan.

Sacó el móvil y la cartera del bolsillo, y los dejó en el bol que había en la repisa de la chimenea.

—Ey, ¿cómo te va? —preguntó a Gary.

—No me puedo quejar. Al fin y al cabo, voy a pasar el resto de mi vida con esta de aquí —respondió, y acto seguido se abalanzó sobre Sarah para darle un beso.

Ella lo apartó con una mano, sin dejar de garabatear con un lápiz en el croquis de las mesas.

—Vale, pondré a Georgina con lápiz, por si acaso —continuó su hermana.

Tristan tuvo que esquivar algunas cajas para llegar a la pequeña cocina y agarró una Coca-Cola del frigorífico.

—¿Por si acaso? —preguntó de vuelta en el salón.

—Por si, no sé, invitas a alguien más —contestó Sarah mientras se recostaba en la silla.

Volvió a hacerse la coleta y dejó que Gary le diese un beso en la mejilla.

—¿Y si invito a Kate?

—No permitiré que esa mujer ocupe un lugar tan importante —soltó Sarah.

—Kate no ocupará un sitio como si fuese alguien importante. Es mi jefa y mi amiga.

—Tristan, cada plato de esta boda cuesta veintisiete con cincuenta más IVA —replicó Sarah, que estaba dando golpecitos con el lápiz en el croquis de la boda—. Estamos siendo muy generosos, y además hay barra libre —añadió, y señaló las cajas que estaban apiladas por toda la habitación.

—Kate no bebe alcohol —replicó Tristan.

—Ya, pero llamará la atención... Darren, uno del trabajo, está obsesionado con las novelas basadas en crímenes reales. *Además,* la gente puede pensar que eres su juguetito sexual.

—No soy su juguetito sexual.

—Y no me apetece pasarme toda la recepción explicándoselo a todo el mundo. Lo que quiero es que admiren lo guapa que voy con mi vestido, que tampoco ha sido barato. Y no creo que repita modelito más veces.

Gary miró a Tristan y levantó las cejas, incómodo. Tenía cuarenta años, quince más que Sarah. Cuando se conocieron, Gary tenía muchas canas. No obstante, ahora se teñía de negro y llevaba zapatos de suela alta, porque Sarah le sacaba una cabeza.

—Voy a ducharme —concluyó Tristan.

—¡Tienes que encender el calentador! —gritó su hermana cuando él ya estaba subiendo las escaleras.

Tristan oyó a Gary murmurando algo a Sarah para tranquilizarla.

—No, Gary, es mi boda, ¡y no invitaré a nadie por compromiso!

Cuando Tristan bajó las escaleras veinte minutos después, Sarah y Gary habían recogido el croquis del banquete y estaban sentados en el sofá viendo la televisión. Los dos lo miraron con expectación. Sarah sonreía.

—¿Qué? —quiso saber Tristan, apretujándose entre las cajas para ir a la cocina a por algo de comer.

—Te ha sonado el teléfono mientras estabas en la ducha —respondió Sarah.

—¿Era Kate? —preguntó, esperando que hubiese novedades.

A Sarah le cambió el rostro por un segundo.

—No, no era Kate. No sabía de quién era el número, así que he contestado, por si se trataba de algo importante… Era «Magdalena».

—Ah, vale —dijo Tristan, recordando que le dijo que lo llamaría.

—Sonaba muy italiana.

—Es que *es* italiana.

—Quería saber si la llamarías para tomar un café —continuó su hermana, que ya estaba que no cabía en sí de la felicidad.

—Vale, gracias.

—¿Quién es? ¿Dónde la has conocido? ¿Vais en serio? ¿Es atractiva? Parecía atractiva por teléfono, ¿a que sí, Gary?

—Yo no he oído nada. Eres tú la que ha hablado con ella, no yo —le respondió Gary.

Sarah lo fulminó con la mirada.

—Confía en mí, Gary. «Sonaba» atractiva, y Tristan también es atractivo. Yo puedo decirlo porque soy su hermana y, como tal, espero que atraiga a alguien tan *sexy* como él.

Gary sonrió.

—Gracias —dijo.

—¿Qué?

—Bueno, por eso mismo, tú eres atractiva, lo que me vuelve atractivo a mí también…

Sarah hizo oídos sordos y se giró hacia Tristan.

—Háblanos sobre Magdalena.

—Es una profesora del trabajo que me pidió el teléfono —explicó Tristan.

—¡Una profesora! Llámala —ordenó Sarah, tendiéndole el teléfono.

—¿Puedo terminarme el té? —espetó.

Le molestaba que Sarah se entrometiese en su vida. Él solo quería ir a tomar un café con Magdalena y ver qué tal funcionaban.

—Como mujer, te digo que odiamos cuando los hombres se andan con rodeos. Gary siempre fue directo conmigo, ¿a que sí, Gary?

Gary abrió la boca para decir algo, pero Sarah ya estaba buscando el contacto en el móvil de Tristan.

—Le he dicho que llamarías. Toma. Ya está llamando.

Tristan le arrancó el móvil de las manos y colgó.

—¡Madre mía! Eres insufrible, Sarah.

Salió de la estancia, se puso los zapatos, agarró el abrigo que estaba en la entrada y se marchó. Se acurrucó en el portal del edificio. Ya hacía frío, el paseo marítimo estaba oscuro y el aire picaba la mar. Marcó el número de teléfono y tapó el auricular con la mano para que se escuchase mejor. Magdalena contestó después de varios tonos.

—Hola, gracias por llamarme —saludó—. ¿Tu hermana siempre es tan «diligente» respondiendo a tus llamadas?

—Lo siento, es que estaba en la ducha —se disculpó.

Se hizo el silencio. Tristan iba a preguntarle por el embalse de Shadow Sands cuando ella dijo:

—Ya sé que propuse ir al Starbucks, pero ¿te apetece ir al cine? Soy muy fan de David Lynch y el domingo por la tarde van a echar *Eraserhead* en el Commodore.

—Sí, por mí genial —contestó Tristan.

—Envíame tu dirección y te recojo a las siete y media —dijo Magdalena, y colgó.

Confuso, se quedó mirando el teléfono durante unos segundos. Oficialmente, era una cita.

Cruzó la calle y bajó las escaleras que llevaban al paseo marítimo. Estar rodeado de personas que no necesitaban esconder sus sentimientos lo hacía sentir muy solo. Sarah y Gary se enfadaban muchísimo, pero envidiaba la manera que tenían de no censurarse el uno al otro. Dio un paseo por la oscura playa con el sonido de fondo de las olas chocando contra los guijarros, disfrutando de las tinieblas, fuera del alcance de las farolas que iluminaban el paseo marítimo.

Justo cuando llegó a la otra punta de la playa, le sonó el teléfono, lo que le dio un buen susto. Era Kate.

—Tris, ¿estás en casa? —preguntó.

—No, ¿por qué?

—Acaban de empezar las noticias locales de ITV. Están hablando de una noticia sobre Geraint. Lo han arrestado por el asesinato de Simon Kendal.

Sin soltar el teléfono, Tristan se dirigió a toda prisa hasta la cafetería cutre que había al final del paseo marítimo; allí siempre tenían la televisión puesta. Cuando llegó, estaba prácticamente vacía. Pidió una taza de té y un sándwich de beicon, y preguntó al camarero si podía poner las noticias de la ITV.

Se quedó mirando la secuencia de imágenes de cómo arrestaban a Geraint, le ponían las esposas, lo sacaban de un coche policía y lo metían en la comisaría de Exeter. Después mostraron una foto de Simon Kendal en una de sus competiciones de natación.

—La policía ha arrestado a Geraint Jones, de veintiún años, por el asesinato de Simon Kendal, y ha incautado objetos personales que podrían estar relacionados con su asesinato.

En ese momento se vio a los agentes saliendo por la puerta de entrada a un bloque de pisos y portando un equipo de *camping*. Hubo un primer plano bastante largo de unas piquetas envueltas en plástico y metidas en una bolsa de pruebas de plástico.

—Además, han recuperado una chaqueta que se cree que contiene restos de sangre de la víctima. Simon Kendal y Geraint Jones estaban acampando en el *camping* de Shadow Sands la noche del 27 de agosto, cuando Simon desapareció. Poco después, encontraron su cuerpo en el embalse de la misma localidad.

El reportaje mostró algunas imágenes de archivo del *camping* vacío y del embalse visto desde la central eléctrica. Las noticias acabaron con un periodista en la puerta de la comisaría de Exeter leyendo en voz alta un número al que cualquiera podía llamar para aportar información.

—Han atado cabos muy rápido —comentó Tristan.

—Así es —añadió Kate desde el otro lado del teléfono—. Sea quien sea el que lo ha arrestado, ha querido que la información pase a ser de dominio público.

—No pinta nada bien para él —dijo Tristan. En ese momento le llevaron el sándwich de beicon, pero de pronto había perdido el apetito—. Las piquetas metidas en la bolsa de plástico, desfilando delante de las cámaras de televisión. ¿Crees que han encontrado el abrigo que tiene la manga manchada con la sangre de Simon?

—Si tenemos en cuenta que la policía ha informado a los medios sobre restos de sangre en la ropa de Geraint, sí —contestó Kate.

—¿La policía puede hacer eso? Creía que no podían hablar de los detalles del caso con la prensa.

—Ha sido una filtración intencionada. La policía está usando a la prensa para crear esa narrativa.

—¿Los asesinatos necesitan una narrativa? Creía que esto iba de hechos —se asombró Tristan.

—Así debería ser, pero aquí está pasando algo raro. Resolvieron muy rápido que la muerte de Simon había sido un accidente. Cuando pedí a Alan que revisara la autopsia y encontró algo sospechoso, todo cambió, y ahora la prensa informa de una investigación por asesinato… Se han asegurado de que las cámaras capten las piquetas: la posible arma homicida. Piensan que alguien con tan pocos recursos como Geraint no puede permitirse una representación legal decente…

—Si las piquetas han estado envueltas en plástico en el piso de Geraint…

—Tienen que conservar material forense, a no ser que las hayan limpiado —continuó Kate.

—Seguro que Lyn está contenta. Supongo que habrán cambiado la causa de la muerte de accidente a homicidio. Es lo que ella quería —comentó Tristan.

—Lo sé, pero no quiero que aceptemos su dinero. Creo que esto no está para nada resuelto. Solo han surgido más preguntas —contestó Kate.

Cuando Tristan colgó, se quedó mirando el reflejo de su rostro en la ventana de la cafetería. Comenzó a pensar en lo afortunado que era comparado con Geraint. Los nuevos acontecimientos pusieron sus problemas en perspectiva. ¿Qué se sentiría al ser sospechoso de asesinato?

Le dieron escalofríos solo de pensarlo.

13

El domingo, Kate se levantó temprano, se puso el bañador, salió de casa por la puerta de la cocina y se abrió paso acantilado abajo para darse su baño matutino de primera hora. El día había amanecido frío, y el sol lanzaba rayos dorados a través de un banco de nubes bajas, esparciendo diamantes en el agua.

Había empezado a practicar natación en aguas abiertas porque había leído que ayudaba a combatir la depresión. Hacía falta valor para acudir cada día a su cita con el mar, pero el agua fría se había convertido en una droga, y la agradable sensación que sentía después de nadar la acompañaba casi todo el día.

Se adentró en el oleaje y se lanzó de cabeza a una ola que estaba a punto de romper. El agua fría la despertó. Estuvo nadando mar adentro unos minutos y, después, se detuvo y se puso a flotar en la superficie. Disfrutaba del vaivén de las olas y de la sensación que notaba en la raíz del pelo cuando estas lo agitaban, moviéndolo y abriéndolo como si fuese un abanico en el agua. Al sumergir la cabeza, oía el suave eco de las olas al chocar contra las rocas.

Kate se sentía tan libre en el mar… Aquello le hizo pensar en Simon. ¿En qué momento habría empezado a nadar? ¿Habría experimentado alguna vez esa sensación de libertad? El placer de estar en el agua sin que nadie le dijese qué hacer. Solo nadar y pararse a flotar. Geraint les contó que Simon había llegado a odiar las sesiones de entrenamiento de primera hora de la mañana y que se sentía prisionero de la piscina. ¿Cómo lo había llamado? «Un agujero de hormigón lleno de cloro».

Kate nunca habría imaginado que un nadador describiría así una piscina. Este caso le inquietaba, no solo por la muerte de Simon, sino porque habían señalado a Geraint como el sospechoso principal. Les había mostrado un gran cariño y amor fraternal por Simon. ¿Qué ganaba él asesinándolo? La violencia se manifestaba de muchas formas: podía producirse por un ataque de ira, en cuyos casos era desorganizada, sin planear; igual que las peleas de Geraint en los *pubs* y los bares para defenderse. Si hubiesen encontrado el cuerpo de Simon con varias puñaladas en el *camping*, o tirado en el bosque, Kate se habría inclinado más por la idea de que Geraint era el culpable, pero ¿cómo había acabado Simon en mitad del embalse, tan lejos del *camping*? Si Geraint lo había apuñalado con una piqueta, ¿dónde estaba el rastro de sangre? No había un camino despejado que llevase desde el *camping* hasta el agua; estaba bloqueado con una enorme valla con alambre de espino. ¿Cómo había podido Simon escalar la valla con una herida de arma blanca? ¿Por qué no tenía las heridas y los cortes que dejaba el alambre de espino?

El teléfono sonó cuando Kate entró en su casa. Fue corriendo a contestar, sin caer en que todavía llevaba la toalla puesta. Era Lyn Kendal.

—Kate, gracias —dijo entusiasmada—. No esperaba unos resultados tan inmediatos. Estoy muy impresionada.

—Han arrestado a Geraint. Ahora cuentan con noventa y seis horas para acusarlo formalmente —contestó Kate.

—Hasta donde he oído, ya lo han acusado.

—¿Te lo ha dicho la policía?

—Sí, me ha llamado un agente, Henry Ko… ¿Sabías que ese cabrón de Geraint estaba en libertad condicional por atacar a un tío en un club?

Kate se sentó en el filo del sofá; todavía no se había quitado la toalla. Se le cayó el alma a los pies. Lyn continuó.

—Lo atacó sin que si ni siquiera lo provocase. Lo único que hizo ese tío fue quedar con una exnovia de Geraint. ¿Tú lo sabías?

—No.

—Yo tampoco… Simon nunca me contaba nada. ¿Quién sabe de lo que ese chico es capaz? Nunca me gustó que Simon se juntase… con la gente equivocada. —Lyn se echó a llorar. Mientras tanto, Kate intentaba ordenar sus pensamientos.

—Lyn, hay muchas cosas en este caso que no tienen sentido.

—Henry me dijo que fuiste tú la que alertó sobre un problema en la autopsia de Simon y que eso los ha llevado hasta esta nueva prueba, e-el arma homicida, las piquetas… —Y siguió llorando.

—Sí. ¿Le dijiste a Henry que me habías pedido que investigara el caso?

—No, no le he dicho nada.

—¿Henry Ko te ha contado algo más? ¿Han demostrado que las piquetas son el arma homicida?

—Me ha dicho que están haciéndole análisis de ADN a todo el equipo de *camping* que han requisado… Es que es un alivio pensar que la policía por fin está haciendo su trabajo y quería llamarte para darte las gracias —contestó entre sollozos—. ¿Podemos hablar en unos días? Tengo mucho que digerir. Necesito un tiempo.

—Sí, por supuesto —dijo Kate.

Se quedó sentada un momento después de que Lyn colgara.

Alan Hexham debía de haberle dicho a Henry que Kate estaba investigando la muerte de Simon. Alan era una persona muy recta. Le había ofrecido su ayuda a Kate en el pasado, pero en última instancia su lealtad se la debía a su trabajo y a las autoridades. Kate sospechaba que pronto recibiría una llamada de Henry Ko. A la policía no le hace gracia que los detectives privados se metan en sus asuntos.

Miró por la ventana y observó que unas nubes bajas habían tapado el sol, formando una capa de niebla sobre el mar.

Kate comenzó a tiritar. El frío le había calado hasta los huesos, así que subió a la planta de arriba para darse una buena ducha caliente.

14

Magdalena Rossi empujó su Vespa amarilla por el estrecho pasillo alicatado del apartamento que compartía con dos estudiantes de posgrado y salió por la puerta de la calle.

El bloque de pisos se situaba en una calle tranquila de la parte alta de la ciudad, desde donde se veía el paseo marítimo que había más abajo. El abrigo de color rojo intenso, los vaqueros azules y las botas de montaña de charol verde eran una explosión de color en comparación con las casas grises de piedrecitas. Magdalena se puso su casco con visera de espejo, pasó la pierna por encima del asiento de la escúter y se impulsó con los pies. No encendió el motor para bajar la empinada colina que llevaba al paseo marítimo; quería disfrutar de la sensación de velocidad.

Cuando llegó al final de la calle, se inclinó para tomar la curva cerrada a la derecha que daba al paseo. Atravesó la mitad de la playa y, al lado del puesto de helados cerrado a cal y canto, se paró a arrancar el motor. No vio ninguna señal de Tristan cuando pasó a toda velocidad por su apartamento. Su futura cita hacía que sintiese mariposas en el estómago. Estaba buenísimo. Y era muy *sexy*. Le había enseñado una foto de él a sus compañeros de piso, Liam y Alissa, y los dos habían opinado lo mismo.

Magdalena apartó a Tristan de su mente para concentrarse en su excursión. En la previsión del tiempo de la noche anterior habían dado en el blanco cuando dijeron que habría niebla costera: el aire era húmedo y denso, y la niebla, que se acercaba desde el mar, solo se veía interrumpida por los bocinazos de la sirena de niebla a lo lejos.

Su proyecto comenzó con el granjero que encontró las enormes huellas en sus terrenos. Ella fue a hacerle una visita para sacar algunas fotos y, después, los dos fueron a comer a un *pub* de la zona para hablar más detenidamente. El granjero le presentó a otros vecinos con los que estuvo hablando sobre la Bestia de Bodmin Moor y, al final, la conversación se desvió a otras leyendas locales. Dos camareras le contaron historias sobre una chica y un chico que vivían en un orfanato y que se desvanecieron en la niebla en el mismo punto de la carretera que lleva a Ashdean. Una de las camareras le dio el teléfono de una tercera mujer que podía contarle una historia sobre las abducciones de la niebla. Magdalena le dejó un par de mensajes, pero nunca obtuvo respuesta.

La camarera también le habló de su propia experiencia con la niebla.

«Aparece de pronto sin saber de dónde, te atrapa y te quedas desorientada, te entra un pánico ciego», le había comentado. La mujer le dijo que había salido a recoger moras por los acantilados un día frío de junio, cuando de repente vio la niebla avanzar hacia ella. Pasó una hora deambulando a ciegas, perdida, y estuvo a punto de caerse por el acantilado a las rocas y al rompeolas.

Magdalena quería que aquel fuese el punto de partida de su proyecto de investigación. Tenía las suficientes pruebas para saber que no había ningún fantasma de la niebla que hiciese desaparecer a la gente. Podían haberse perdido o haber caído al mar o entre los matorrales. Los caminos y los campos se extendían por toda la costa, lo que significaba que había muchos lugares por los que caerse y toparse con una muerte prematura. Hoy había planeado hacer algunas fotos buenas de la niebla costera avanzando hacia la tierra. Magdalena también albergaba la ilusión de encontrar los restos de alguna de esas víctimas. Deseaba encontrar una grieta con una pila de huesos dentro y que estos permaneciesen medio vestidos con la misma ropa que hubieran llevado el día que desaparecieron.

Cogió la A1328 para salir de la ciudad y, antes de darse cuenta, las casas y las tiendas dieron paso a los campos y a los árboles. Era la carretera costera que unía Ashdean con Exeter.

Los acantilados estaban a su izquierda, escondidos tras una espesa fila de árboles que descansaban sobre los campos recién arados para el invierno. Estaba pasando por el camino de tierra que hacía de separación entre dos campos cuando comenzó a disminuir la velocidad. La niebla rodaba por los acantilados y acercándose a ella por el camino.

Dio media vuelta y tomó el desvío del camino de tierra. Un tractor había dejado unas enormes huellas de neumático, y le pareció mucho más fácil conducir por el suave y sedoso barro compacto que había quedado prensado en surcos perfectos.

La primera vez que Magdalena había escuchado la expresión «niebla rodante» le había parecido una tontería. Las pelotas ruedan, la niebla no; pero hoy la niebla se acercaba a ella justo como lo describía la expresión, rodando, como si alguien hubiese derramado una cantidad tremenda de esta y avanzase por el camino, volteándose, con dedos huesudos que trataban de enroscarse y atrapar a su víctima. Era como si estuviese viva y aquella masa viviente fuese persiguiéndola a tientas.

Magdalena apagó el motor y bajó el caballete de la Vespa. Estaba rebuscando la cámara en su bolso cuando la pared de niebla pareció acelerar y la envolvió con un frío blanquecino. Respiró el sabor frío y un poco salado, que le dejó la lengua húmeda, y notó cómo se le condensaba la humedad en el pelo y las pestañas.

Era una mujer práctica que no creía en las leyendas urbanas y que, a lo largo de todos sus estudios, había conseguido mantenerse dentro de la lógica. Los fantasmas, los duendes y las criaturas mitológicas no existían, pero, al verse envuelta en aquella masa de niebla tan densa que no le permitía ver más allá de unos metros, entró en pánico. La Vespa no quería arrancar y el motor no dejaba de toser y chisporrotear con un sonido como «brr brr brr». La niebla avanzaba y cada segundo la engullía más.

«Solo es agua condensada», se dijo.

Al final, la Vespa resucitó con un rugido y Magdalena salió pitando de allí. Durante unos largos treinta segundos, tuvo que utilizar el rastro de los neumáticos para no salirse del camino y, de pronto, emergió de la blancura y volvió a los campos, mientras los delgados dedos de la niebla se desprendían de ella.

Siguió a toda velocidad durante otros treinta segundos y después comenzó a ir más lento, hasta que se detuvo. El corazón se le iba a salir del pecho y tenía la respiración agitada.

Aparcó la Vespa y se subió al arcén de hierba a hacer algunas fotografías de la niebla, que seguía avanzando hacia ella.

Al lado del arcén había una zanja cubierta de retamas y juncos secos. Separó los matorrales y se inclinó sobre la grieta. Era profunda y, entre las sombras, solo se veía una mancha negra y aceitosa de agua.

Si se caía en la zanja y se ahogaba, o si se caía y se partía un hueso, ¿quién acudiría en su ayuda? Estaba en mitad de la nada. Simplemente, se la tragarían los matorrales... Puede que allí estuviese el cadáver de alguna chica o de algún chico; de una pobre criatura cegada por la niebla que hubiese dado un paso en falso. Puede que el cuerpo se estuviese descomponiendo lentamente en el barro.

Enfocó bien la lente para hacerle un par de fotos a la zanja y, en ese momento, vio algo moverse en el agua. Se acercó un poco más. De repente notó un movimiento y lo siguiente que vio fueron unas alas batiéndose en su cara. Un pato salió volando entre los juncos mientras Magdalena gritaba.

La joven se inclinó hacia atrás para sentarse sobre unos juncos secos que le hacían cosquillas a través de los vaqueros. El chaquetón la abrigaba, pero la niebla le había dejado una gruesa capa de humedad en el pelo que le había empapado la cabeza. Tenía hambre, frío y estaba un poco asustada, así que decidió volver a Ashdean.

Llegó al final del camino y volvió al asfalto. La niebla empezaba a dispersarse en el mar, pero el aire seguía cargado de neblina. Por la carretera vio un Volvo color crema aparcado a lo lejos. Estaba cubierto de barro y tenía las ruedas traseras levantadas con un gato.

Un anciano estaba sacando a duras penas una rueda de repuesto del maletero. Cuando pasó con la moto, vio que llevaba unos pantalones de pana anchos de color azul, unas botas y una chaqueta de *tweed* de imitación con los codos deshilachados. Un montón de pelo canoso asomaba por debajo de una boina y tenía una poblada barba gris y unas gafas de pasta gruesa.

Por el espejo retrovisor vio al anciano peleándose con la rueda para moverla, pero se le caía una y otra vez. Dejó de intentarlo y se agarró la espalda. Magdalena se consideraba una mujer lista y espabilada, pero venía de un pueblecito del norte de Italia en el que se respetaba muchísimo a las personas mayores. ¿Qué diría su madre si se enterase de que no había ayudado a aquel anciano que estaba en la cuneta? Volvió a mirar por el retrovisor.

—No, no, no —pronunció en voz baja.

Redujo la velocidad, dio media vuelta y se dirigió hacia el hombre mayor.

—¿Necesita ayuda? —le preguntó al anciano mientras se ponía a la altura del coche.

La chica se levantó la visera del casco. El hombre estaba jadeando y había dejado el neumático apoyado en la rueda trasera que pegaba con la carretera.

—Ay, eres muy amable —le contestó el hombre con un marcado acento de Cornualles—. Solo... —Tuvo que parar para recuperar el aliento, que cansaba solo de escucharlo—. Solo necesito llevar el neumático al otro lado. Creo que he pinchado con un cristal o una chincheta.

El anciano dejó caer el neumático y este empezó a rodar por el asfalto, pero justo entonces apareció un camión. El conductor del vehículo tuvo que reducir la velocidad y esquivar la rueda que se había volcado en el asfalto, y tocó el claxon con fuerza. El camión pasó por su lado a toda prisa, dejando una nube de arena tras de sí.

Magdalena aparcó su moto detrás del Volvo, se quitó el casco y lo enganchó en el manillar. Había un pequeño gato debajo de la rueda trasera del coche. Cogió la rueda de repuesto y volvió hasta donde estaba el anciano. Pesaba bastante, pero podía apañárselas.

—Por ese lado, por favor —le pidió, mientras le señalaba el eje de la rueda trasera que pegaba al arcén.

—Gracias —añadió mientras iba detrás de ella—. Tengo llave inglesa.

Cogió un torquímetro y un trapo del maletero abierto.

El Volvo estaba aparcado justo en la zona de hierba alta, que a su vez estaba bordeada por una zanja. El retrovisor del lado del conductor sobresalía de la hierba, entre la carretera y la zanja, y le bloqueaba el paso hacia delante. El anciano se había quedado parado entre Magdalena y su moto. A través de las mugrientas ventanillas vio que el asiento trasero estaba lleno de mantas viejas.

—Voy a quitarme para que puedas pasar hasta la rueda —dijo Magdalena mientras intentaba apretujarse para pasar por su lado.

El anciano le cerró el paso. De pronto le pareció más alto y se dio cuenta de que era muy corpulento. Tenía una enorme nariz de gnomo. A través de los gruesos cristales, Magdalena vio unos ojos de un color muy poco común.

—¿Quieres pasar un buen rato? —propuso.

Le había cambiado la voz. Ahora usaba un tono suave y pegajoso. También había perdido el acento.

—¿Qué? —contestó.

El hombre le dio un fuerte puñetazo en la cara, pero la agarró por la correa de la cámara y le dio un brusco tirón de la cabeza. Aturdida, apenas pudo asimilar el dolor. Tardó un momento en darse cuenta de que el hombre estaba atando la correa de la cámara a la baca del Volvo. De pronto sintió la presión alrededor del cuello.

—¡Noooo! —gritó, pero tenía la boca hinchada, entumecida y llena de sangre.

—¿Quieres pasar un buen rato? —repitió mientras le pegaba un botecito marrón a la nariz.

Un olor químico la embriagó y le dio la sensación de que le explotaba en la nuca. La sangre le corría a toda prisa por el cuerpo. De pronto, le fallaron las piernas. La correa de la cámara frenó la caída, agarrándola por debajo de la barbilla y estrangulándola.

Magdalena sintió como si su alma abandonara su cuerpo mientras veía cómo el hombre cogía tranquilamente la motocicleta y la tiraba a la zanja. Fue como si los matorrales se la tragaran de golpe. Mientras tanto, ella seguía pendiendo del cuello. La correa de la cámara le apretaba la garganta a la vez que sus pies se esforzaban por conseguir recuperar la estabilidad y ponerse de pie.

El hombre volvió y pegó su cara a la de la chica.

—¿Quieres tocar las estrellas? —susurró con una voz suave.

Tenía los ojos de un extraño color azul púrpura. Volvió a colocarle el botecito debajo de la nariz, y Magdalena sintió otra explosión en la cabeza, tuvo la sensación de que se caía y entonces se hizo la oscuridad.

15

El lunes, Kate volvió al trabajo decaída. Había visto el telediario del fin de semana, pero no habían dicho nada más sobre la acusación a Geraint por asesinato ni sobre los progresos que la policía estaba haciendo en el caso.

Había estado ocupada todo el día con clases y reuniones, así que no había tenido oportunidad de hablar con Tristan hasta el martes por la tarde. Estaban subiendo las escaleras a su despacho, que estaba en la parte de arriba de una de las torres del edificio universitario, cuando por las escaleras escuchó el eco de dos voces masculinas murmurando.

—¿Quién está en tu despacho? —preguntó Tristan.

Kate negó con la cabeza y lo adelantó para subir hasta el último tramo de la escalera de caracol. La puerta del despacho estaba entreabierta y vio al inspector jefe Henry Ko sentado en su escritorio ojeando sus papeles. Un hombre mayor, corpulento y con la cara flácida sujetaba un libro que había sacado de la estantería. Llevaba un traje arrugado que le quedaba pequeño.

—¿Necesitáis algo? —dijo mirando a los dos hombres.

Tristan apareció detrás de ella un segundo después.

—¿De ti? No —espetó Henry—. Es a Tristan a quien estamos buscando.

El hombre se levantó del escritorio de Kate, y el otro agente volvió a colocar el libro en la repisa.

—Soy el inspector jefe Henry Ko y este es el inspector Merton… —Los dos sacaron sus carnets de policía. Kate se giró hacia Tristan y vio el gesto de alarma y confusión de su cara—. ¿Dónde está Magdalena Rossi, Tristan?

—¿Quién? —preguntó Kate.

—La profesora Magdalena Rossi. Trabaja aquí. Creía que usted estaría al tanto, «profesora» Marshall —le respondió Henry.

—Es una profesora invitada. Da clases de filosofía y religión —explicó Tristan a Kate.

—¿Cuándo fue la última vez que la viste? —quiso saber Henry.

—La semana pasada. El viernes. Le llevé unos equipos a su despacho —contestó Tristan.

—Y hablaste con ella por teléfono el sábado e ibais a quedar el domingo por la noche —añadió el inspector Merton, que no había abierto la boca hasta entonces.

—Pero no apareció —aclaró Tristan.

Kate observaba la escena desconcertada. No entendía por qué de pronto la policía se interesaba por una profesora invitada ni por qué Tristan iba a quedar con ella.

—¿Qué tiene eso que ver con que entréis en mi despacho a husmear sin una orden? —les preguntó Kate. Henry abrió la boca para protestar—. Necesitáis una orden si vais a venir a buscar entre mis cosas.

—Uno de los de administración nos ha dicho que te encontraríamos aquí —replicó Henry—. Ayer por la tarde se denunció la desaparición de Magdalena Rossi. El domingo salió de su casa y ya no volvió. La única persona con la que iba a quedar la profesora Rossi era tu asistente.

—Se suponía que el domingo a las siete iba a recogerme en mi piso. Habíamos quedado para ir al cine, pero no apareció —repitió Tristan.

Kate se dio cuenta de que el chico estaba temblando.

—¿Dónde estuviste entre la una del mediodía del domingo y las nueve de la mañana del lunes?

—El domingo por la mañana me quedé en casa con mi hermana y su prometido. Fui al gimnasio después de comer y luego, por la tarde, vinieron los del *catering*.

—¿Los del *catering*?

—Mi hermana se casa en pocas semanas. Vinieron para que probásemos un menú. Después me arreglé para quedar con Magdalena, pero no llegó a venir.

—¿La llamaste por teléfono o fuiste a su piso para ver por qué te había dejado plantado? —intervino el inspector Merton.

—La llamé un par de veces, pero saltaba el contestador, así que al final salí con mi hermana y su prometido a comer una *pizza*.

—¿A qué pizzero fuisteis? —preguntó Merton.

—El término correcto es «pizzería» —corrigió Kate.

Él hizo como que no la había oído.

—¿A dónde fuisteis?

—A Frankie and Benny's, en la calle principal —respondió Tristan.

—¿A qué hora llegasteis? —quiso saber Henry.

—A las ocho, puede que un poco después.

—¿Qué pediste? —le preguntó el inspector Merton mientras se acercaba a él.

Cuando se dio cuenta de la diferencia de estatura, comenzó a mirarlo desde abajo.

—Yo pedí… una *pizza Italian Hot*.

—¿Y qué hay de los otros dos comensales? —Contraatacó el inspector Merton.

—No me acuerdo, una cuatro quesos, creo. Sarah debe de tener el recibo…

—Ya está bien —exclamó Kate—. ¿Vais a seguir esta estrategia? Si Tristan no se acuerda de lo que pidió todo el mundo para cenar es motivo de, no sé, ¿arresto?

—¿Arresto? —dijo Tristan.

Henry dio un paso atrás y se cruzó de brazos. El inspector Merton y él intercambiaron una mirada.

—Tenemos que verificar todo lo que nos has dicho —contestó.

—No creo que os cueste mucho —le espetó Kate—. Tristan estuvo con su hermana, después con alguien del *catering*, fue al gimnasio, volvió y salió a un restaurante. Eso implica muchísimos testigos y cámaras de videovigilancia a las que podéis recurrir. ¿Dónde ha desaparecido la profesora Rossi?

—Si lo supiésemos, no estaría desaparecida —espetó el inspector Merton.

Kate puso los ojos en blanco ante su petulancia.

—¿Le dijo a alguien adónde iba?

—Le dijo a un compañero de piso que iba a hacer una excursión para sacar unas fotos en la A1328 —le contestó Merton.

—¿No hay un tramo de la A1328 que pasa por los acantilados y el embalse de Shadow Sands? —preguntó Kate en voz alta, mientras visualizaba mentalmente esa parte de la carretera y recordaba a Simon Kendal—. ¿Tus agentes han buscado allí?

—Estamos peinando la playa, y las lanchas de vigilancia no dejan de patrullar las aguas del embalse —le contestó Henry.

—Una lancha de vigilancia solo da con un cuerpo si está flotando. Como recordarás, encontré el cuerpo de Simon Kendal hundido a bastante profundidad —contraatacó Kate—. ¿Magdalena llevaba sus pertenencias cuando desapareció?

—Salió de su casa con una cámara, el bolso y el móvil, y se fue en su moto. ¿Estás seguro de que Magdalena no se pasó por tu casa, Tristan? —insistió Henry.

A Kate no le gustó su tono incriminatorio.

—Tristan ya te ha dicho que estuvo ocupado casi todo el domingo. ¿No aprovecharíais mejor el tiempo si os dedicaseis a comprobar su coartada? —intervino Kate—. Te diste mucha prisa en dictaminar que la muerte de Simon Kendal fue un accidente y al final tuviste que dar marcha atrás. La profesora Rossi ha podido tener un accidente en el páramo, puede haberse caído al embalse o puede haber decidido marcharse por propia voluntad. Tristan puede probar dónde estaba en el momento de la desaparición. La próxima vez que queráis hablar con él, tenéis que llamar antes para pedir una cita. Seguro que está encantado de atenderos junto a su abogado.

Se dirigió a la puerta abierta de su despacho y les hizo un gesto de que ya podían marcharse.

—Solo por curiosidad, ¿habéis acusado a Simon Geraint de la muerte de Simon Kendal? —le preguntó a Henry cuando pasó por su lado.

—Sí —contestó.

—Pues buena suerte demostrando cómo levitaron los dos chicos para pasar por la valla cubierta de alambre de espino que separa el *camping* del embalse.

Henry la fulminó con la mirada.

—Lo más seguro es que queramos volver a hablar contigo. —Y señaló a Tristan con su cuaderno a modo de despedida.

El inspector Merton se despidió de ellos con un gesto de la cabeza y desapareció detrás de Henry.

Kate cerró la puerta y Tristan se desplomó en el pequeño sofá que había debajo de la ventana.

—¿Qué has querido decir con «un abogado»? —preguntó.

—Les estaba recordando que necesitan más que una corazonada para presentarse aquí a intimidarte.

—¿La policía cree que soy sospechoso?

—¿Sospechoso de qué? —dijo Kate—. Ni siquiera saben si ha desaparecido o simplemente ha huido. ¡No hay cuerpo!

—Ya sabes que tengo antecedentes penales —comentó Tristan.

—Tienes una multa por romper la ventana de un coche abandonado cuando eras adolescente y estabas borracho. Eso no tiene nada que ver con estar en libertad condicional por atacar a una persona en un club, por si pensabas en eso —le aclaró Kate—. Dime, ¿qué hay entre Magdalena, la profesora Rossi, y tú?

Tristan le contó por encima cómo se habían conocido, el proyecto sobre mitos y leyendas en el que trabajaba y la llamada posterior. A Kate le preocupaba Tristan, pero le picaba la curiosidad. El embalse de Shadow Sands había vuelto a salir en una conversación.

—¿Por qué no me dijiste nada? —le riñó Kate—. Quiero decir, sobre que estaba trabajando en un proyecto relacionado con el embalse.

—No sabía que su proyecto estuviera tan relacionado con el embalse. Tenía un mapa colgado en la pared de su despacho, pero también había un montón de cosas sobre mitos y leyendas. Iba a preguntarle más cuando fuésemos al cine.

—¿Dónde está su despacho? —quiso saber Kate.

—En la planta de arriba de la otra ala del edificio —respondió Tristan.

—¿Me enseñas el mapa?

Tristan miró a Kate.

—Si la policía no está ya en su despacho, estará cerrado.

—Tú tienes llaves, ¿no? Para cuando tienes que traer y llevar los equipos —insistió Kate.

No había nadie en el pasillo en el que estaba el despacho de Magdalena. Kate intentó disimular que estaba «vigilando» mientras Tristan buscaba en el manojo de muchas llaves la correcta. Había una ventanita estrecha y rectangular en la puerta, y Kate vio que las luces estaban apagadas.

—Esta es, vamos allá —dijo Tristan mientras giraba la llave.

Entonces, la puerta se abrió. Él entró primero y encendió las luces. Kate pasó detrás y cerró la puerta tras de sí.

Los tubos fluorescentes arrojaron luz sobre los muebles de madera barnizada e hicieron que el mar y el cielo, donde ya oscurecía, se volviesen de un color azul oscuro. Kate miró entre los libros y las carpetas que estaban desparramados en el escritorio. El despacho, salvo por la pequeña máquina de café de la esquina, era exactamente igual que el del resto de sus compañeros. A la mayoría de los profesores les gustaba aprovechar los descansos para el café como excusa para salir de sus despachos. Se preguntó si Magdalena sería tímida o si es que todavía no le había dado tiempo a conocer a ninguno de sus colegas de profesión.

—Aquí está el proyecto —indicó Tristan, señalándole un tablón de corcho.

Kate observó las fotos, los recortes de periódico y el mapa del embalse de Shadow Sands.

—¿Y dices que no te mencionó el embalse? —preguntó Kate.

—No, cuando le pregunté me dijo que estaba centrándose en los alrededores. Había quedado con un granjero de cerca de Chagford que había encontrado en sus terrenos la marca de una huella en el barro —explicó mientras le enseñaba las fotos—. Después, los dos fueron a un *pub* y Magdalena estuvo hablando con un par de chicas de la zona que le contaron que había historias sobre unos jóvenes a los que se tragó la niebla por la zona de la A1328...

—Que pasa por el embalse —intervino Kate, volviendo a mirar el mapa.

Alargó el brazo y le quitó las chinchetas para despegarlo del tablón de corcho. Miró en la parte de atrás, pero no había nada.

—¿Te dijo algún nombre? El del granjero o el de las chicas del *pub*...

—No.

Kate echó un vistazo al resto del despacho, buscó debajo de los documentos y comprobó el enorme pergamino de papel secante que había en el escritorio. Tristan fue hasta donde estaba ella.

—¿Nada?

—En las carpetas solo hay trabajos de clase de sus alumnos —respondió Kate.

Abrió los tres cajones del escritorio, pero lo único que había eran artículos de oficina y un par de novelas románticas en italiano. Kate pensó en el ordenador de mesa, pero estaba protegido con contraseña, y, además, la mayoría de los profesores se llevaban sus propios portátiles.

—¿Has encontrado algo? En plan, pósits o notas.

—No.

—¿Te dijo dónde vivía?

—No, pero podemos mirar en el directorio del personal.

Kate miró la hora.

—Sí, vamos a aprovechar.

Antes de salir del despacho, Kate hizo unas cuantas fotos del tablón de corcho y Tristan cogió el carrito con el proyector de diapositivas.

—Si alguien pregunta, he abierto la puerta para recoger esto —dijo.

—El «Fantasma de la Niebla» que secuestra a chicas jóvenes —leyó Kate en voz alta en el tablón.

—Y el domingo había niebla espesa.

—Es una coincidencia inquietante —comentó Kate mientras un escalofrío recorría su cuerpo.

16

Para cuando llegaron a casa de Magdalena, ya había anochecido y hacía mucho frío. Un chico alto y australiano les abrió la puerta. Era el típico surfero de melena rubia que, a pesar del frío, solo llevaba puesto un bañador y una camiseta. Parecía que estaba adormilado, como si se acabase de despertar.

—Hola, somos compañeros de Magdalena —se presentó Kate, y a continuación le enseñaron los carnets de la universidad—. Sentimos mucho lo que ha ocurrido. Hemos venido para ver quién se está encargando de custodiar los informes de su investigación y sus libros.

Kate sabía que estaban improvisando y pasándose de la raya, pero lo único que querían era dar con la manera de contactar con las personas con las que Magdalena había hablado sobre el «Fantasma de la Niebla».

—Sí, es muy fuerte. Magdalena es una chica encantadora. La policía acaba de irse —les anunció el joven—. ¿Vosotros sois policías?

—No, trabajamos con Magdalena en la universidad —respondió Kate.

—Es verdad, perdonad. No llevo puestas las lentillas. La policía ya ha venido y se ha llevado un montón de cosas suyas.

—¿Te han dicho cómo se llamaban? —preguntó Tristan.

—Sí, me han dicho sus nombres, pero no me acuerdo. Uno era medio asiático y bastante mono.

—¿Cómo te llamas?

—Liam.

—¿Qué se han llevado exactamente? —quiso saber Kate.

—Su portátil, los libros de texto, sus trabajos de investigación… Hasta se han llevado parte de su ropa; han dejado la mitad del armario vacío. Si ya de por sí tenía pocas cosas…

—¿Te han dado un papel para que lo firmes?

Liam negó con la cabeza.

—Me han enseñado la placa y han estado aquí media hora... ¿De verdad creéis que la han secuestrado? —les preguntó.

—Eso no se puede saber. ¿Te dio la impresión de que Magdalena se estuviese comportando de forma rara antes de irse? —continuó Kate.

—No la vi. El domingo no me levanté de la cama hasta por la tarde. En algún momento la escuché arrastrar la moto por el pasillo, creo que eso fue a primera hora de la mañana. La otra compañera de piso, Alissa, lleva fuera un par de días. Yo no la conozco mucho. Al final cada uno hace su vida, pero nos llevábamos bien. Espero que no le haya pasado nada. ¿Creéis que ha sido un psicópata?

—¿Podemos pasar y mirar si se han llevado los trabajos de sus alumnos? —mintió Kate, aunque se sintiese mal por ello.

—Claro, entrad —les invitó a la vez que se hacía a un lado para dejarlos pasar—. Voy a darme una ducha, con que cerréis la puerta al salir es suficiente.

Magdalena tenía una habitación grande con vistas al paseo marítimo y a la bahía de Thurlow. Había una cama de matrimonio, un armario y un escritorio con estanterías incorporadas. El cargador de su portátil seguía encima del escritorio y no quedaba nada en las repisas. Kate vio la línea de polvo que delataba dónde habían estado los libros.

—¿La policía puede llevarse las cosas de una persona si ha desaparecido? —quiso saber Tristan.

—Sí, pueden llevarse todo lo que necesiten como prueba, pero tienen que llevar un registro de lo que cogen —le comentó Kate—. Parece que a Henry Ko le ha parecido suficiente con llegar, enseñar su carnet de policía y llevarse todo lo que ha podido.

—¿Para qué querrán sus libros? —continuó Tristan.

—No sabemos exactamente qué había en estas estanterías. Puede que se hayan llevado documentos personales, diarios... Su portátil —le aclaró Kate, que al ver que no habían dejado ni un objeto personal había perdido un poco la esperanza.

Volvieron a la planta baja y Kate se fijó en el salón. Aparte de una televisión grande y seis pufs desperdigados, no había ni un mueble. De allí pasaron a la cocina.

—¡Qué limpia está! Hasta la vitrocerámica —advirtió Tristan. Kate le echó una mirada—. No es una observación relevante para la investigación, es solo un comentario.

A Kate le llamó la atención el frigorífico. Estaba lleno de imanes y de cartas de restaurantes con envío a domicilio. Escondido entre todo esto había un pósit con dos nombres y un número de teléfono. El de arriba era Barry Lewis y el de abajo Kirstie Newett. Kate le hizo una foto a la nota con el móvil y después buscó a Barry Lewis en Google.

—Vale, creo que tenemos a nuestro granjero de la zona —anunció Kate mientras le mostraba los resultados.

Había cuatro entradas, y la tercera era la del dueño de la granja Fairview, en las afueras de Dartmoor.

—Kirstie Newett es un nombre bastante típico. En Facebook hay diecisiete perfiles de Kirstie Newett y la búsqueda de Google ha dado un montón de resultados.

Oyeron la puerta del baño abrirse, y Kate se acercó al pie de las escaleras.

—Hola, ¿Liam?

El chico se asomó por la barandilla. Tenía la melena mojada y solo llevaba puesta una toalla atada a la cintura.

—¿Sí?

—Perdona, pero ¿Magdalena te ha hablado de una mujer que se llama Kirstie Newett?

—Nop.

Tristan se unió a Kate en las escaleras y miró a Liam.

—¿Y sobre un proyecto sobre mitos y leyendas locales? —insistió Kate.

—Sí, estaba muy nerviosa por una reunión con ese tío del pueblo, un granjero que había encontrado una huella muy extraña.

—¿Barry Lewis? —intervino Tristan.

—Sí. Quedó con él por la mañana, pero después se fueron a un *pub* y me llamó para avisarme de que estaba allí; me dijo que había mucha gente rarita.

—¿Cuándo fue aquello?

—La primera semana de octubre. Le dije que si quería podía ir a recogerla, pero después me llamó desde el *pub*, me dijo que no pasaba nada y al final volvió a casa... Aquella vez.

En ese momento se dio cuenta de lo que pasaba y su expresión cambió por completo.

—Liam, ¿te acuerdas del nombre del *pub?* —le preguntó Kate.

El chico se llevó la mano a la cabeza y comenzó a pasarse los dedos por el pelo húmedo.

—Era algo que sonaba a inglés antiguo. El «Viejo»... No... El «Roble Salvaje», cerca de Chagford.

—Gracias. Aquí te dejo mi número, por si te acuerdas de algo más —le dijo Kate mientras escribía en un trozo de papel y subía un par de peldaños.

Liam alargó el brazo para cogerlo.

—¿No debería llamar a la policía si recuerdo algo que tenga que ver con la desaparición de Magdalena? —le preguntó Liam.

—Es solo que estamos preocupados por Magdalena.

—Porque somos sus compañeros —añadió Tristan.

—¿La policía te ha preguntado por tu coartada? —quiso saber Kate.

—Sí. Un chico se quedó en casa el domingo y el lunes, él ha respaldado mi coartada —contestó, con una sonrisa tímida.

El mar soplaba con fuerza desde abajo cuando volvieron a salir a la calle. Kate miró la hora.

—Mierda, tengo la reunión de Alcohólicos Anónimos en diez minutos y después voy a hacer una llamada de Skype con Jake... ¿Te llamo luego?

—Claro —dijo Tristan.

—¿Estás bien? No te preocupes por la policía.

Tristan asintió, pero a Kate le dio la impresión de que seguía dándole vueltas.

—Me he topado con muchos Henry Ko en el cuerpo. Utilizan sus truquitos de macho para compensar el hecho de que no saben hacer bien su trabajo. Eso no quiere decir que tú tengas nada que ver con la desaparición de Magdalena... ¿Quieres que te lleve a casa?

—No, gracias. Prefiero ir andando. No está lejos y necesito que me dé un poco el aire —le contestó.

—Vale, luego te llamo y hablamos sobre estos nuevos nombres.

Kate se metió en su coche y vio a Tristan llegar hasta el final de la calle y girar hacia el paseo marítimo. No aparentaba estar bien: iba con la cabeza gacha y no quería hablar. Tendría que estar pendiente de él. Arrancó el coche y se fue a su reunión de Alcohólicos Anónimos.

17

Al llegar a casa, a Tristan se le hizo un nudo en la garganta ver a Gary y Sarah sentados en el minúsculo sofá del salón. Estaban viendo *Eggheads*, el concurso de la tele, con el volumen altísimo.

—Oye, Tris, te hemos dejado un par de trozos de *pizza* en la cocina —saludó Sarah sin apartar la vista de la televisión.

Fue a la cocina, para lo que tuvo que esquivar las cajas de botellas de alcohol libres de impuestos de la boda, y vio la caja de *pizza* de marca blanca en la encimera y un par de trozos raquíticos en la sartén parrilla. No había nada más deprimente que la *pizza* congelada del supermercado. ¿Por qué ponían «al estilo italiano» en la caja? ¿De dónde más podía venir la *pizza*? Metió un par de trozos en el microondas. Entonces escuchó a Gary y a Sarah hablando sobre algo entre susurros. Lo único que Tristan deseaba al llegar a casa era encontrarse con un lugar tranquilo y sin ruido donde pudiese pensar. Quedaban seis semanas para que Sarah y Gary se casasen y se mudasen a su nuevo hogar, y para que Gary dejara de ser una presencia constante en su día a día.

Cuando el microondas pitó, puso la *pizza* en un plato, cogió una lata de Coca-Cola del frigorífico y fue al salón. La mesita de la esquina estaba llena de papeles de la boda desparramados por el tablero. *Eggheads* estaba a punto de terminar.

—No vayas a manchar de tomate mi croquis de la boda —advirtió Sarah.

Tristan colocó el plato en la silla e hizo una pila con los papeles. Entonces por fin se sentó y se puso a comer.

—Hoy la policía nos ha hecho una visita al banco —dijo Sarah.

Los dos lo miraban atentamente desde el sofá.

«Mierda», pensó Tristan. Tendría que haber caído en que la policía iba a ponerse en contacto con ella.

—Querían confirmar que fuimos a cenar juntos el domingo.

—Que lo hicimos, así que ese no es el problema —aclaró Gary.

—¿Por qué no nos has contado que han declarado desaparecida a la chica esa, Magdalena? —le preguntó Sarah.

—Yo me he enterado cuando la policía ha venido a hablar conmigo al trabajo, hace unas horas —contestó Tristan.

Gary cambió de canal y puso las noticias de la tarde de ITV.

—Nos han dicho que el domingo salió a dar una vuelta con la moto y ya no volvió…

—Mira, está en las noticias —exclamó Gary.

Subió el volumen y los tres miraron atentos el reportaje.

—Anda, su madre y su padre han volado desde Italia —comentó Sarah—. ¿No os parece que los italianos visten muy bien? Tienen que estar rondando los sesenta y aun así llevan una ropa preciosa.

Una mujer y un hombre, los dos bajitos y con el pelo oscuro, habían acudido a una rueda de prensa que había organizado la policía de Devon y Cornualles. Estaban sentados en una mesa larga junto con dos policías vestidos de uniforme. Parecían destrozados. Apareció una fotografía de Magdalena en un viñedo. Salía sonriendo, llevaba un vestido largo rojo y su largo cabello negro le caía sobre los hombros bronceados.

—Era una muchacha muy mona. Es una pena que no te diese tiempo a quedar con ella antes de que desapareciese —dijo Gary.

—Eso es muy poco sensible —lo corrigió Sarah.

—Es solo un comentario.

—Que nadie te ha pedido.

Tristan estaba masticando la *pizza,* que más bien parecía corcho. Había perdido el apetito y estaba temblando. Aquello lo asustaba tanto y le parecía tan surrealista… Vieron la rueda de prensa, en la que la policía hacía un resumen de los hechos que habían tenido lugar entre la noche y la mañana anterior a que Magdalena desapareciese. A continuación, mostraron unas imágenes borrosas de Jenner Street, una perpendicular al final de la calle de Magdalena, que habían captado las cámaras de videovigilancia la madrugada del lunes. El conjunto de vídeos a cámara rápida de entre la una y las cuatro y media de la madrugada hicieron que le diese un vuelco el estómago. En ellos solo se veía a un joven deambulando por la calle vacía. Dos eran entre la una y la una y media y después volvía a aparecer a las cuatro y media.

—Se parece a ti, Tris —bromeó Gary.

Tristan se tragó el trozo de *pizza* reseco. Podía sentir cómo iba perdiendo el color de la cara.

—Tris, ¿ese eres tú en Jenner Street? —preguntó Sarah.

—Mmm, no —dijo, atragantándose.

—¿Dónde está el mando?

Sarah se lo quitó a Gary y pulsó en la opción de «pausa de la tele en directo». Pasó la noticia hacia atrás para volver a ver las imágenes de las cámaras de videovigilancia.

—Sarah —la llamó Tristan, que estaba entrando en pánico.

Notó la *pizza* en la boca del estómago. Sarah se había puesto de pie y ahora estaba en medio del salón mirando la tele.

—Tristan, es tu chándal. El negro con las rayas rojas, verdes y azules... Y la gorra *vintage* blanca, roja y azul que te compraste en Estados Unidos. Eso era lo que llevabas puesto el domingo cuando fuimos a cenar a la pizzería. —Sarah volvió a pasar la imagen—. Hasta tiene tus andares.

—¿A qué te refieres con andares? —preguntó Gary mientras se levantaba y se ponía a su lado.

—La forma que Tristan tiene de andar. Su lenguaje corporal.

Volvió a poner el reportaje en directo justo cuando aparecía en la pantalla un número de teléfono para aportar cualquier información.

—¿Qué coño, Tris? —exclamó a la vez que se giraba para mirarlo.

A Tristan le temblaban las piernas. No podía controlarlas. Ni siquiera sabía que había cámaras de videovigilancia en Jenner Street. Sarah y Gary estaban mirándolo a la espera de que dijera algo, pero él ni siquiera sabía por dónde empezar.

—¡Di algo! ¿Qué coño haces en una grabación de las cámaras de videovigilancia de la policía...?

—Esa cámara no es de la policía —contestó con la voz temblorosa—. Es Jenner Street.

—¡Sale en las putas noticias! Si yo te he reconocido, ¡seguro que alguien más también lo hará!

—Solo fui a dar un paseo —se excusó—. No podía dormir.

—Tristan, ¡la policía ha venido al banco! Les he dicho que el domingo saliste con nosotros a cenar y que estuviste toda la noche en casa, hasta la mañana del lunes. ¡He firmado una declaración!

—Yo no te he pedido que lo hicieras —contestó.

Tristan empezó a pensar en cómo había tratado la policía a Geraint sin tener pruebas sólidas. Estaba aterrado.

—¡Puede que haya cometido perjurio en el trabajo!

—Sarah, cariño, no estabas bajo juramento —intervino Gary, alargando el brazo para cogerle la mano—. Soy el subdirector, yo puedo proteger…

—¿Qué persona normal se levanta en mitad de la noche para dar un paseo? ¡En octubre!

Sarah y Gary habían empezado a atacarlo, y le parecía que las paredes del diminuto y estrecho salón estaban cerrándose sobre él.

—¿Sabes qué, Sarah? Tú eres la única persona «normal» de este planeta, por eso puedes juzgar a todo el mundo.

—Vamos, tío, no te pases —dijo Gary.

—¿O qué? —le espetó Tristan, mientras se ponía en pie.

Le sacaba más de una cabeza de altura, así que podía mirar a Gary y a la luz del techo reflejándose en la calva de su coronilla desde arriba.

—¡Ya está bien! Sentaos los dos. Sentaos —saltó Sarah.

Gary fue obediente y volvió a sentarse en el sofá.

—Tristan… —comenzó su hermana.

Este puso los ojos en blanco.

—Tristan, tienes que llamar a ese número o ir a la policía y explicarles lo que estuvieras haciendo. No creo ni por asomo que tengas nada que ver con esto, pero ¿por qué nos has obligado a mentir?

—Y, Tris, van a preguntarte qué estuviste haciendo tres horas y media por Jenner Street —añadió Gary.

Sarah abrió la boca, pero pareció darse cuenta de pronto de que su hermano no caminaba por Jenner Street; estaba merodeando.

—¿Qué demonios estuviste haciendo durante tres horas y media en mitad de la noche en Jenner Street? —inquirió Sarah—. ¿Por qué pasaste por la calle de Magdalena tres veces?

Ahora los dos lo estaban mirando como si él fuese capaz de haber hecho algo tan horrible como secuestrar o asesinar a alguien. La *pizza* se le estaba revolviendo en el estómago y tuvo que salir corriendo del salón y subir las escaleras para llegar al baño justo antes de ponerse a vomitar. No dejaba de jadear y escupir mientras se sujetaba a la taza del váter y veía las estrellas del dolor. Escuchó unos toques en la puerta.

—Mmm, tío, soy Gary… Tío, ¿estás bien?

—No.

Se quedaron callados, y Tristan escuchó el sonido que hacía Gary al respirar al otro lado de la puerta, que parecía de papel.

—Sarah me ha pedido que te pida que bajes al salón. Quiere que le cuentes qué ha pasado. Tío, estamos de tu lado.

Tristan tiró de la cisterna, se incorporó y abrió la puerta de un tirón, apartó a Gary de un empujón y bajó al salón.

—Sarah… —comenzó.

Su hermana salió de la cocina secándose las manos. Parecía muy asustada.

—Dime.

Tristan abrió la boca para decir algo, pero Gary apareció en la puerta del salón.

—Oye, Tris… Tío. Espero que no te moleste que te lo diga, pero para mi gusto estás actuando un poco como un pirado —le dijo con las manos levantadas—. Sarah, a lo mejor deberías quedarte en mi piso esta noche, hasta que Tristan se haya tranquilizado.

—¿Puedo hablar un momento con mi hermana?

—Prefiero no dejarla sola —contestó Gary.

Aquello fue la gota que colmó el vaso. Tristan quería explicárselo primero a su hermana, sin que el puto Gary estuviese delante, como siempre, en medio, apareciendo de la nada como el molesto idiota que era. Abrió la boca para decir algo, pero no salió nada. Cogió su abrigo y salió de casa dando un portazo. Echó a andar por el paseo marítimo, con el viento aullador de frente y lágrimas en los ojos.

18

Kate salió de la reunión de Alcohólicos Anónimos una hora después. Tenía un mensaje de Jake; decía que lo habían invitado al cine y que si podían hablar otro día. Ya era la segunda vez que cancelaba una llamada.

Hacía un tiempo horroroso mientras conducía por el paseo marítimo de vuelta a casa, pero aun así no tenía muchas ganas de llegar a su frío y solitario hogar. Kate vio a un chaval sentado en el rompeolas que había junto a la facultad. Cuando pasó por delante, vio una ola chocando contra el muro y lanzando un chorro de agua a veinte metros del joven. Solo entonces se dio cuenta de que era Tristan.

—¿Qué haces? —preguntó tras aparcar el coche en el bordillo de la acera.

Salió del coche y corrió hacia él mientras otra ola rompía, disparando un chorro de agua que los empapó. Había muchísima distancia hasta la playa rocosa que tenían debajo.

—¡Tristan! Joder, ¿qué haces? —gritó.

El chico giró la cabeza, pero tardó un momento en reconocerla.

—¿Estás borracho?

Vio otra ola negra como el azabache bajo sus pies, se acercaba al rompeolas, que los empapó al estrellarse con el hormigón. Kate tiró de Tristan hacia atrás, por encima de la pared, y se las apañó para mantenerlo de pie. En ese momento pareció recobrar la cordura. Tenía las manos heladas. Los dos se quedaron allí, mojados de la cabeza a los pies.

—¡Tristan! ¿Qué pasa?

A Tristan se le arrugó el gesto en una mueca de dolor y empezó a llorar desconsoladamente. Kate se quedó perpleja. Le impresionaba verlo así.

—No pasa nada —lo consoló, mientras estiraba el brazo para abrazarlo.

Otra ola chocó contra la pared y la espuma del mar volvió a empaparlos.

—Vamos, mi coche está aquí al lado.

El chico no dejó de llorar en todo el camino hasta el coche. Kate lo ayudó a entrar y agarró unas mantas viejas que llevaba en el maletero. Los dos se quedaron sentados en el coche hasta que el llanto disminuyó un poco.

—Ha salido en las noticias... Lo de Magdalena —comenzó.

Le explicó lo de los vídeos de las cámaras de videovigilancia, y que había ido a ver a alguien, pero rompió en un llanto.

—¿Por qué tiene que ser tan difícil? ¿Por qué no puedo ser normal? —sollozó—. No se lo he dicho a nadie... No puedo más con esto.

Tristan bajó la cabeza, incapaz de mirarla a la cara, mientras su labio inferior no paraba de temblar. Kate le agarró la mano.

—Tristan, creo que lo sé y está bien, no pasa nada —lo tranquilizó y le apretó la mano. Al pobre le temblaba todo el cuerpo—. ¿Decirlo en voz alta empeorará las cosas?

Se hizo un largo silencio.

—Soy gay —dijo con la voz ronca.

Se aclaró la voz y repitió:

—Soy gay.

Siguió llorando, aún más desconsolado.

—Está bien, no pasa nada, ¿me oyes? —dijo Kate, inclinándose para abrazarlo. Notó cómo le temblaban el pecho y los hombros por el llanto.

—No importa —añadió.

Odiaba a la sociedad por hacer que Tristan se sintiese así consigo mismo.

El chico soltó un largo suspiro, como si fuera la primera vez que espiraba en meses. Kate buscó un pañuelo y se lo dio para que se sonara la nariz.

—No pareces sorprendida —comentó.

Todavía tenía los ojos colorados, pero ya estaba más tranquilo.

—Me lo imaginaba. Nunca me ha parecido que estuvieses interesado en las chicas, y podrías haber salido con la que quisieras. Muchas de las de la facultad incluso se cortarían un brazo por tener una cita contigo.

—Mi hermana se va a casar y actúa como si el mundo se fuese a acabar si no voy con una chica a su boda.

—¿No puedes ir con un chico?

Tristan la miró.

—No me lo perdonaría jamás.

—Tristan, no quiero hablar mal de Sarah, pero es tu vida. Es lo que eres.

—Ella no es mala, Kate, es solo que piensa de otra manera.

—Igual que tú, igual que yo. Todos somos diferentes. Así es el mundo… ¿Cuándo supiste que te gustaban los chicos?

—Cuando tenía trece años y estaba viendo *Ghost*. Hay una escena al principio en la que Patrick Swayze y su amigo están sin camiseta y dando martillazos en la pared con Demi Moore… Me hice mayor, pero no conocía a ningún homosexual, y ser gay no es algo que encaje ni con mi familia ni con mis amigos.

—Tristan, hay millones de personas gais en el mundo y es absolutamente normal. Me parece una locura hasta el simple hecho de que pienses que tienes que contarme que te gustan los chicos. Es una mierda enorme… Bueno, entonces, ¿fuiste a ver a un chico y te captaron las cámaras de videovigilancia?

Tristan asintió.

—Lo conocí el día anterior. Él estaba paseando a su perro y hablamos un poco. Nos dimos los números de teléfono y me invitó a su piso, ya sabes.

Kate asintió.

—Salí de casa sobre la una de la madrugada y fui hasta su piso. No tuve cojones de llamar a la puerta, así que di una vuelta a la manzana. Y volví después, y esa vez sí llamé y estuve allí hasta las cuatro y media de la madrugada, cuando volví a casa.

—Vale… ¿Es guapo?

—Mucho.

—¿Cómo se llama?

—Alex. Es estudiante de Bellas Artes. Tiene el pelo largo y negro, los ojos marrones…

A Kate le encantó darse cuenta de que Tristan sentía que podía hablar con ella.

—¿Volveréis a veros?

—No lo sé.

—Y ¿él ha salido del armario?

—Sí, su compañero también estaba allí… Pero no es lo que crees. —Se apresuró a decir—. Es que trabaja por la noche. Es pintor. Antes de irme, tomamos un té todos juntos.

—Tienen que contarle a la policía por qué estabas en su calle.

—No veo por qué no lo harían… Dios mío. Tengo que llamar a Sarah y a Gary.

—Creo que te quitarás un buen peso de encima cuando se lo cuentes.

—¿Y si Sarah me odia o no le gusta lo que soy?

—Si te odia, es su problema, no el tuyo. Si quiere rechazar a un hermano porque no le gusta su forma de pensar, entonces ella se lo pierde.

Tristan miró por la ventana y asintió, agotado.

—No ibas a saltar del rompeolas, ¿verdad?

El chico se encogió de hombros.

—En ese momento, no me disgustaba la idea de que me tragase el mar. He oído que ahogarse puede ser una muerte muy tranquila.

—Cuando empecé en la policía, yo era una APF, una agente de la policía femenina, como nos llamaban por aquel entonces. Me llamaron para que acudiese a West Norwood, al sur de Londres. Un niño estaba haciendo el tonto en un arroyo cerca del cementerio cuando se desató una tormenta horrible. De pronto, hubo una crecida, el arroyo lo arrastró hasta una alcantarilla y el brazo se le quedó atrapado en una de las rejillas. El brazo se le hinchó y no podía sacarlo. Yo estuve allí, viendo cómo subía el agua. Llamamos a una ambulancia, pero no llegaron a tiempo. Intenté liberarle el brazo. No obstante, solo pude mirar con impotencia cómo el nivel del agua ascendía hasta cubrirle la cabeza. Intenté darle oxígeno. Sin embargo, el agua llevaba mucha fuerza… Le vi la cara mientras se ahogaba, y no había ni una pizca de tranquilidad. No tienes que suicidarte porque te gusten los hombres en vez de a las mujeres. ¿Está claro?

Tristan había enmudecido. Asintió.

—¿Qué hago ahora?

—Contárselo a tu hermana. Y mañana tenemos que hablar con la policía para aclarar todo el tema de las cámaras de videovigilancia. No queremos que esto los distraiga de la investigación de la desaparición de Magdalena.

19

Magdalena yacía en la oscuridad. No tenía la menor idea de cuánto tiempo llevaba ahí.

Cuando se había despertado por primera vez, había pensado que estaba en un hospital. La cama era cómoda y firme, y al menos la parte con la que pegaba su espalda estaba seca, pero cada vez que recobraba y volvía a perder la consciencia, el desasosiego penetraba en su descanso, un recuerdo lejano de algo… malo.

La oscuridad la confundía; tardó un rato en discernir si aquello era real o no, y le costó más tiempo ser completamente consciente de su situación, pero, cuando lo fue, el pánico se apoderó de ella. No había ninguna diferencia entre si tenía los ojos abiertos o cerrados y tampoco podía oler nada. Una costra de sangre seca le obstruía la nariz. El hombre le había dado un puñetazo. El cuello le dolía de cuando la había estrangulado con la correa de la cámara.

—¡No! —gritó con todas sus fuerzas, y el sonido de su voz le ayudó a hacerse una idea del espacio de la sala—. ¡No! ¡No! ¡Socorro! —continuó.

Tenía la garganta sequísima, pero no dejó de gritar: «Socorro. Ayuda. ¡Socorro!», haciendo que el sonido rebotase por toda la habitación.

Magdalena abrió los brazos en la oscuridad y notó que podía moverlos a su alrededor sin encontrar ningún obstáculo. A un lado había una pared alicatada con unos azulejos lisos al tacto. Después intentó escuchar algo. Nada. Se palpó por todo el cuerpo y comprobó que, aparte del labio hinchado y la nariz ensangrentada, no tenía más heridas. Estaba descalza, pero al menos no le habían quitado la ropa. El teléfono le había desaparecido, al igual que el collar, los pendientes y el reloj.

Magdalena se incorporó lentamente, sin apartar la mano del frío y liso azulejo que tenía a la derecha. El otro brazo lo mantuvo en alto por si encontraba algo arriba, pero todo lo que había a su alrededor era aire frío.

Bajar los pies de la cama le pareció algo terrorífico hasta que tocó la fría superficie del suelo con un pie. Durante un segundo pensó que la cama estaba suspendida en las alturas y que se caería en un abismo de oscuridad.

Magdalena escuchó el silencio con atención durante un buen rato. Buscaba cualquier señal, alguna pista de dónde estaba. Por otro lado, hacía mucho ruido al respirar por la boca y tampoco podía dejar de sentir el latido sordo de su corazón golpeándole el pecho.

Se consideraba una mujer práctica y fuerte. No obstante, en ese momento estaba al límite. Tuvo que tragarse un tremendo grito que amenazó con rajarle el pecho para abrirse paso al exterior. Magdalena se puso la palma de la mano en el esternón y, acto seguido, comenzó a darse golpecitos al ritmo de los latidos de su corazón. No consiguió tranquilizarse, pero al menos logró ahogar el grito.

Cada vez que se ponía de pie se mareaba, así que tuvo que intentarlo un par de veces antes de sentirse segura. Poco a poco, palpó todo a su alrededor. Dio algunos pasos y se encontró con una pared.

A su derecha había más azulejos. En algunas partes eran lisos y estaban muy fríos; en cambio, en otras tocaba algo pegajoso que le daba mucho asco. Acercó la cara para oler qué era, pero seguía con la nariz obstruida. Continuó recorriendo las paredes con las manos y en la esquina de enfrente encontró un lavabo con un grifo. Para su alegría, salió agua al tirar de la manija. La dejó correr un momento, quería disfrutar del sonido y del agua fría empapándole las manos. Se lavó la nariz, no sin dolor, para destaponársela. Magdalena se sentía el doble de ciega porque no olía nada. Al final, consiguió respirar un poquito y notó un ligero olor a humedad.

Probó el agua y le pareció potable, así que bebió y bebió; tenía tantísima sed que no podía parar, aunque no estuviese completamente segura de que no la hubiesen alterado. Salía con mucha presión, por lo que supuso que tenía que venir de las tuberías. Magdalena se secó la cara y volvió a su cama a tientas, con mucho cuidado, por el otro lado de la habitación. El olor a humedad fue haciéndose cada vez más intenso y llegó a un punto en el que le recordó a la vegetación en descomposición, pero todo lo que tocaba era liso y estaba seco.

La cama parecía una caja formada por una estructura cuadrada y telas, sin espacio debajo. Comenzó a palpar el otro lado del mueble, pero de pronto se cayó y atravesó una puerta.

El aterrizaje en el frío y duro suelo con el hueso de la cadera fue doloroso. Fuera de la habitación había más humedad y, mientras se sentaba, se debatió entre seguir con su excursión o no. Se aclaró la voz. A Magdalena le sorprendió lo rápido que se había acostumbrado a utilizar el sonido para reconocer su entorno.

Fue avanzando a tientas, con cuidado. A cada lado tocaba dos paredes entre las que había muy poca distancia, por lo que dedujo que estaba en un pasillo. Las paredes seguían siendo lisas, esta vez no por los azulejos sino por el yeso, aunque algunas partes todavía estaban pegajosas. Cruzó el pasillo y continuó caminando a ciegas, guiándose por una pared en la que encontró una puerta. Tiró de ella y esta se abrió con un crujido. Aquella habitación era pequeña y olía a moho. Mientras la inspeccionaba se dio un golpe en las rodillas con algo duro y frío. Bajó los brazos para tocar una especie de taza redonda y, a continuación, agua. Sacó la mano de ahí. Estaba en un baño. Durante un segundo, fue feliz. Un baño. No tenía tapa y no era más que fría porcelana, pero se sentó un momento y se sintió aliviada. Ahora se sentía menos animal y más humana. Siguió palpando con la esperanza de encontrar un rollo de papel higiénico o un portarrollos, pero no tocó nada.

¿Dónde estaba? ¿Qué era aquello? Buscó a tientas una cisterna. No obstante, lo que encontró fue una larga tubería que iba desde la parte de atrás de la taza hasta una cisterna alta de diseño antiguo. Le habían quitado la cadena, pero tenía una palanca de plástico a la que llegaba si se subía al filo de la taza.

Estaba a punto de tirar de ella cuando se frenó en seco. No quería hacer ruido.

Apartó la mano de la cisterna, se bajó de la taza y salió del aseo. ¿Era mejor que cerrase la puerta o que la dejase abierta? Como se abría hacia fuera, la dejó abierta para poder volver a encontrarla. Siguió caminando a ciegas y descubrió que el pasillo terminaba en una pared que tenía un tacto distinto.

Palpó la silueta de dos frías puertas de acero, con una hendidura en la mitad. Se podían abrir. Magdalena metió la uña entre las dos puertas de metal e intentó abrirlas haciendo palanca, pero eran demasiado gruesas y no se movieron.

Escuchó un zumbido y notó que el metal comenzó a retumbar. Dio un paso atrás.

Era un ascensor.

El ruido era cada vez mayor, y le pareció que el estruendo traspasaba el suelo de hormigón. Estaban bajando a por ella.

Echó a correr por el pasillo mientras se guiaba por las paredes. Cada segundo escuchaba el ascensor más cerca. En su huida fue directamente hacia la puerta abierta del baño que, al chocarse con ella, se cerró de un portazo. Notó cómo su nariz, ya frágil, se le partía, y un dolor intenso la invadió. Acto seguido notó la sensación cálida de la sangre en la boca.

Magdalena escuchó el leve «ping» que indicaba que había llegado el ascensor. Comenzó la vuelta por el pasillo hacia la habitación con la cama y el lavabo. Un zumbido le anunció que las puertas se estaban abriendo. Notaba su respiración agitada por el esfuerzo y, en ese momento, comenzó a toser y a escupir sangre. Se escuchaba por todo el pasillo. Una corriente de aire entró por las puertas del ascensor, pero no la acompañó ni un rayito de luz. Aquello seguía siendo la boca del lobo. Al aire le siguió un clic y un sonido que no identificó. Lo había escuchado antes, en una película o en una serie de televisión. Como un silbido metálico.

«Gafas de visión nocturna».

Magdalena continuó su camino a tientas mientras su respiración delataba su estado de pánico. Estaba desorientada y, aunque intentaba mantener la calma, no podía evitar que se le escapasen algunos gemiditos.

Cuando encontró la entrada, palpó la pared de dentro y notó el filo del marco de una puerta. Si hubiese una puerta podría encerrarse dentro construyendo una barricada para que no entrase quien fuera, o lo que fuera, que había bajado en el ascensor.

No había puerta. Lo único que tocó fue la pared fría y dos bisagras que no sujetaban nada. Magdalena se refugió en la habitación y volvió a tumbarse en la cama, con el suave sonido de fondo de unos pasos acercándose a ella.

20

Después de que Kate insistiera, Tristan volvió a su apartamento para contarle a Sarah y a Gary que las cámaras de seguridad de Jenner Street lo habían filmado cuando había ido a verse con un chico.

—¿A ver a un chico para qué? ¿Drogas? —preguntó Sarah.

Estaba sentada en el sofá, con los brazos cruzados y cara de no saber qué pasaba. Gary estaba a su lado, también con los brazos cruzados sobre su prominente barriga.

—No, drogas no. Iba a una cita; bueno, en realidad no era una cita. Se llama Alex. Es estudiante de Bellas Artes. Fui a su piso para, eh…, acostarme con él. Soy gay. Llevo siendo gay mucho tiempo. Bueno, mucho tiempo no, toda la vida.

Tristan se metió las manos temblorosas en los bolsillos. Estaba clavado delante de la tele, como si estuviese dando un recital.

Sarah se quedó mirándolo fijamente mientras Gary lo observaba con los ojos como platos. Tristan le devolvió la mirada a su hermana, esperando su reacción. Pasó un segundo y ella se levantó tranquilamente, fue a la cocina y cerró la puerta tras de sí.

—¿Tío, estás seguro? —preguntó Gary—. No *pareces* gay.

Tristan veía el humo saliendo de la cabeza de su casi cuñado, que buscaba cualquier pista de comportamiento homosexual.

—Creía que tenías una cita con esa chica desaparecida. Te llamó por teléfono.

—Sí. Me lo propuso y yo tendría que haberme negado.

—¿Entonces no tienes nada que ver con su desaparición?

—No, nada.

—Bueno, eso ya es algo —dijo Gary, mientras miraba con ansiedad la puerta cerrada de la cocina, a través de la cual se escuchaba a Sarah golpear cosas mientras recogía los platos—. Deberías hablar con ella.

Tristan asintió. Respiró hondo, abrió la puerta, entró en la cocina y volvió a cerrarla tras de sí. Sarah estaba en el fregadero, limpiando una cacerola sucia con un estropajo. Estaba furiosa.

—¿No vas a decir nada? —comenzó Tristan.

—Solo que no sé por qué quieres tirar tu vida a la basura —contestó al tiempo que terminaba de enjuagar la sartén y la soltaba de golpe en el escurridor.

—¿Qué quieres decir?

—Tienes un buen trabajo y cotizas lo suficiente para la jubilación. Tendrás que encargarte del alquiler de este piso y, entretanto, la policía te considera sospechoso de la desaparición de una chica —contestó Sarah.

—No estás así por eso.

—Ya tienes antecedentes. Y ni siquiera te has parado a pensar en mí. Básicamente le he mentido a la policía por tu culpa. Dios sabe qué pasará ahora. Me he dejado la piel para mejorar mi vida.

Tristan se quedó mirando a su hermana, que estaba de espaldas y fregando los platos con rabia.

—Lo siento mucho, pero eso tiene arreglo. Le diré a la policía que no tenías ni idea de que había salido de casa.

—¿Lo haces a menudo? ¿Te escabulles por la noche para ver a…? —preguntó mientras se daba la vuelta y clavaba la mirada en él.

—Lo he hecho un par de veces, sí —le respondió Tristan, que en ese momento lo único que deseaba era que se lo tragase la tierra.

—¿Y te hace feliz comportarte de esa manera?

—¿Cuál es tu definición de la felicidad?

—¡Tener una familia! ¡Sentar la cabeza!

—Yo no quiero hijos.

—¿Quién continuará con el apellido de la familia?

—No creo que se pueda decir que los Harper seamos una dinastía incorrupta. Papá nos abandonó cuando éramos pequeños, a saber dónde estará, y mamá disfrutaba más chutándose que con sus dos hijos.

—¡No se te ocurra hablar así de mamá! —espetó Sarah con el estropajo en la mano. Estaba blanca como la pared y con los ojos llorosos—. Tenía una enfermedad mental. Si a eso le añades las drogas…

—Sarah, no estamos hablando de mamá, sino de mí… Soy gay. Solo te pido que me quieras y me aceptes tal y como soy.

—Siempre te querré, Tristan, pero no me pidas que lo acepte. Tengo derecho a no estar de acuerdo…

Tristan notó que los ojos se le llenaban de lágrimas y se las secó. Sarah lo miró de reojo y enseguida apartó la vista.

—Siempre tan oportuno —añadió con una carcajada teñida de tristeza—. ¿Qué van a decir los invitados de la boda cuando aparezcas habiendo salido del armario?

—Tu boda solo tiene que ver contigo y con Gary.

—No, todo girará en torno a ti. Tendré que pasarme todo el día explicando lo que eres a todo el mundo.

—¿Explicar lo que soy? Pero si no he cambiado. Y que sepas que tu reacción dice más de ti que de mí.

—Ah, ¿ahora soy homófoba? —gritó Sarah.

—No lo sé, pero suenas a eso.

—Has elegido una vida en la que nunca serás feliz.

—Prefiero vivir con mi elección antes que tener tu vida —contraatacó Tristan, aunque se arrepintió de sus palabras inmediatamente.

Sarah lanzó un par de platos al fregadero con tanta fuerza que se rompieron. Siguió fregando los que seguían enteros y, entretanto, recogía algún trozo de porcelana.

—Esa pobre chica, puede que se haya caído en una zanja o que haya tenido la desgracia de toparse con un violador… —continuó Sarah en voz baja, casi como si estuviera hablando para sí misma—. No quiero ni imaginarme cómo se sentiría Magdalena si supiese que andabas por ahí haciendo Dios sabe qué con un hombre. Lo primero que harás mañana será ir a la policía para explicar que me engañaste y contar lo que estabas haciendo.

—No te engañé.

—Me hiciste creer lo que no era.

—No, eso no es verdad. Salí por la noche. Lo que pasa es que no te dije nada y tú diste por hecho que me había quedado aquí.

—Parece que he dado por hecho demasiadas cosas buenas sobre ti.

Tristan suspiró. Aquello no iba a ninguna parte. Pensó que Sarah lo entendería si se lo explicaba. Le dolía mucho sentir que de pronto eran dos extraños.

—Me quedaré unos días en casa de Kate —anunció.

—Ah, claro. Ya me suponía que ella tendría algo que ver —contestó Sarah.

—Escúchame, Sarah, te quiero —dijo Tristan.

Ella no se dio la vuelta y siguió estrellando los platos.

Tristan salió de la cocina y dejó la puerta cerrada. Gary estaba tumbado en el sofá mirando de reojo la televisión.

—Oye, Tris, Sarah no es homófoba. Le encantan los vasos de colores que dan en el Costa Coffee por el Orgullo. Incluso lavó uno para reutilizarlo como taza de té. Lo fregó tantas veces que acabó rompiéndolo.

El chico se quedó mirando a Gary sin saber muy bien cómo reaccionar.

—Creo que Sarah te necesita —respondió—. Arreglaré lo de su declaración a la policía.

Gary asintió. Tristan se fue del salón para preparar su mochila. No se encontró con ninguno de los dos cuando salió de su piso. Kate lo esperaba fuera, en el coche.

—¿Estás bien? —preguntó cuando Tristan se montó.

Este asintió. Notaba que se le había deshecho el nudo que tenía en el pecho y que no le dejaba respirar.

—¿Y Sarah?

—No lo sé, creo que necesita tiempo —contestó.

21

El hombre salió del ascensor con las gafas de visión nocturna puestas. Tanto el pasillo como las dos puertas de entrada emitían un resplandor verde. Se sorprendió al ver a Magdalena en el pasillo. Se había atrevido a salir mucho antes que la mayoría de sus víctimas; solo era el segundo día completo que pasaba allí.

Se quedó mirando cómo chocaba contra la puerta mientras intentaba escapar y volvía a levantarse, mareada. Le encantaba la mirada vacía de sus ojos, ciegos por la oscuridad. Con las gafas de visión nocturna los veía negros, con dos brillantes puntos blancos por pupilas.

Ella no podía verlo, pero dejó una mancha de sangre en la esquina de la puerta del baño. Aquello era otro plus. Las manchas de sangre de sus víctimas servían de decoración para las paredes y las puertas. Eran grafitis hechos con salpicaduras de sangre. Le encantaba el color verde que tenían con las gafas.

Se quedó donde estaba y observó a la chica haciendo aspavientos y guiándose a tientas por el pasillo. ¿Por qué los chicos a los que secuestraba intentaban esquivarlo para huir por el ascensor y casi todas las mujeres salían corriendo por el callejón sin salida? Era como ver a esas estúpidas heroínas de las películas de terror que, cuando las pillaba el monstruo, se ponían a gritar, entraban corriendo por la puerta de entrada de la casa y subían las escaleras a la planta de arriba.

Siguió a Magdalena hasta la habitación que estaba al final del pasillo y la observó mientras se refugiaba en una esquina y se quedaba quieta, como si fuera un animal al que estaba a punto de cazar, con la mirada clavada en algún punto de la oscuridad.

Era adicto al miedo en los ojos de sus víctimas. Eran tantas las mujeres que ocultaban sus sentimientos... Nunca sabía en qué pensaban. Y eso era algo que odiaba de ellas. Las muy putas pretendían ser más listas que él. Pero aquí, en su mazmorra, él era el monstruo y podía verlas aterrorizadas.

Llevaba una escoba en la mano. Lo único que la diferenciaba de una normal y corriente era que le había cambiado el cepillo por uno de juguete porque ese tenía las cerdas más largas y suaves. Le encantaba ver cómo algo tan tonto podía engañar a sus sentidos por estar sumidos en la negrura. Se acercó a Magdalena.

—¿Quién eres? —preguntó a la oscuridad.

Era guapa de cara, pero tenía una nariz demasiado grande, aunque ahora estaba destrozada y manchándole los dientes y la barbilla de sangre, que también goteaba en el suelo.

—Por favor, ¿por qué haces esto?

«Dios, siempre con preguntas tan tontas». Como si fuera a revelar sus planes. Ahogó una risa y le acercó la escoba, acariciándole la cara con las cerdas.

Magdalena soltó un alarido e hizo aspavientos para alejarla, pero se golpeó la cara en el intento. El hombre apartó enseguida la escoba, sacándola así de su alcance mientras ella movía los brazos en grandes círculos y arañaba al aire.

—¡Déjame! —gritó—. ¡Por favor!

Se quedó quieto y sin hacer ruido. Esperó hasta que la vio abrir los ojos y ladear la cabeza, tratando de ver algo. Magdalena alargó los brazos y los agitó. Observar a sus víctimas era como ver un programa de naturaleza. Las despojaba de todo. Se quedaban sin una gota de pretensión ni de artificio. Cuando lloraban a moco tendido, gritaban o incluso se cagaban encima, no se preocupaban por lo que pensarían de ellas. Solo querían sobrevivir.

De pronto, Magdalena soltó un alarido y se abalanzó hacia él. Aquello lo pilló por sorpresa, pero estaba preparado. Levantó la escoba, giró a la derecha sobre sí mismo y le puso la zancadilla. La chica iba tan rápido y con tanta fuerza contra él que cuando tropezó se dio un golpe tremendo. Cayó en el suelo con un ruido sordo y se deslizó por el hormigón hasta los pies de la cama, contra los que se golpeó la cabeza. No se movía.

«No, no te mueras, por favor, todavía no», pensó. Rodeó su silueta inmóvil tirada en el suelo y se acercó un poco más a ella. Con cuidado, le dio unos golpecitos en la cadera con el palo de la escoba. No se movió. Entonces le metió el palo entre la carne blanda que hay entre las nalgas y se lo clavó con fuerza. La mujer lanzó un gemido, pero no hizo ningún movimiento.

Al caerse se le había tapado la cara con el pelo. Le apartó la cortina de cabello del rostro con el palo de la escoba y lo dejó caer sobre los hombros de la muchacha. Tenía los ojos cerrados. Se había hecho un corte en la frente al darse con el filo de la cama. La sangre, que le salía a borbotones de la herida, era de color verde oscuro, a juego con la sangre coagulada en la que se formaban burbujas bajo los agujeros de la nariz cada vez que respiraba.

«Bien. Respira».

Con mucho cuidado, se arrodilló y le puso dos dedos en el cuello. Tenía la piel tan suave y, a través de las gafas de visión nocturna, se veía tan blanca… Tan pura. Como si fuese de marfil. Le tomó el pulso y comprobó que iba a buen ritmo y latía con fuerza. Le acarició el largo cuello durante un segundo y después apartó los dedos con alivio. Seguía viva.

Solo era el segundo día de encierro; todavía tenía que divertirse mucho.

22

A la mañana siguiente, Kate llevó a Tristan a la comisaría de Exeter y se quedó esperándolo en el aparcamiento. La calle de enfrente estaba muy concurrida por el tráfico de la hora punta. Solo llevaba esperando media hora cuando vio a Tristan salir por la puerta principal. Mientras este cruzaba la calle, Kate intentó adivinar por su cara cómo le había ido, pero no pudo.

—¿Todo bien? —preguntó en cuanto Tristan abrió la puerta.

—Sí. He hablado con una agente de paisano, la subinspectora Finch. Parecía que sabía de lo que le hablaba y me ha tomado una declaración breve. A continuación, ha llamado a Alex y a Steve, y ellos le han confirmado que estuve en su casa la madrugada del lunes. También les he dado el número del *catering* de la boda de Sarah y les he dicho durante qué horas estuve en la pizzería con Sarah y Gary. Además, me ha dicho que, si mi hermana no sabía que me fui de casa, no hay problema con que dijese que yo estaba allí cuando no era verdad. Ha sido muy amable.

—¿Has visto a Henry Ko?

—No, pero me ha dado la impresión de que los agentes uniformados creen que es un poco imbécil.

—¿Por qué?

—Les he dicho que Henry vino a tu despacho y se comportó de una forma un poco agresiva. La subinspectora Finch ha bromeado con que Henry ha visto demasiados capítulos del Equipo A... —A Kate se le escapó una sonrisa—. Además, me ha contado que la policía ha hablado con Liam, el compañero de piso de Magdalena, y él les ha dicho que oyó a Magdalena arrastrando su moto por el pasillo el domingo, entre las ocho y las diez, y ya no volvió, lo que significa que ahora creen que desapareció el domingo por la mañana.

—Eso es bueno —comentó Kate.

—Sí que lo es, aunque solo hace que la bronca de anoche con Sarah sea aún más ridícula.

Ya iban de vuelta a Ashdean. Kate no quería presionar a Tristan para que hablasen sobre la noche anterior. De momento se había quedado a dormir en su habitación de invitados, y tendría que esperar para ver cuál era el siguiente paso que el chico quería dar. Solo se sentía afortunada por poder compartir con él un cómodo silencio, por no tener la necesidad de hablar por hablar.

A pocos kilómetros de Ashdean, en el tramo poco transitado de camino rural, se toparon con un grupo de coches aparcados en la cuneta de hierba. Kate fue reduciendo la velocidad a medida que se acercaban.

Había dos coches de policía aparcados al lado de una grúa, y Henry Ko estaba parado en la cuneta junto con otros dos agentes de uniforme. Estaban viendo cómo la grúa sacaba una Vespa amarilla salpicada de barro de una zanja. A lo lejos, siguiendo la carretera, había otro agente acordonando la misma zanja.

—Es la moto de Magdalena —dijo Tristan.

Kate puso el coche a la altura de Henry, paró y bajó la ventanilla. Él les hizo una señal con el brazo para que no se detuviesen, pero entonces se dio cuenta de quiénes eran y se acercó a la ventanilla.

—Mi suboficial me ha comentado que habéis pasado por la comisaría —los saludó.

Tenía cara de no haber dormido y toda su chulería había desaparecido.

—Sí, y esa es la moto de Magdalena Rossi —informó Tristan, mientras veía cómo la montaban en la parte trasera del camión.

—Lo sé, acabamos de cotejar el número de la matrícula —contestó Henry con el zumbido de la grúa de fondo, que ya había soltado la moto en el camión.

Dos policías la taparon con plásticos. Tenía un aspecto lastimero, llena de barro y con trozos de césped atrapados en el manillar.

—¿Y Magdalena? ¿Habéis encontrado su cuerpo? —se interesó Kate.

Estaba viendo a los agentes buscando en la zanja mientras otros colocaban el cordón policial.

—No —contestó Henry—. Un granjero estaba dragando la zanja y encontró la moto… Ahora, si no os importa, necesito que os marchéis. Tenemos que cortar el camino para que los forenses puedan trabajar.

Kate y Tristan arrancaron y continuaron su camino de vuelta a Ashdean. Kate observó por el retrovisor cómo se alejaban el camión con la motocicleta y el grupo de agentes.

—Joder, esto solo deja la opción de que Magdalena esté desaparecida —comentó Tristan.

Kate asintió. Una parte de ella había albergado la esperanza de que Magdalena fuese como esas personas que de repente un día deciden marcharse y dejar su antigua vida atrás.

Poco después, llegaron a la cima de una colina con vistas al embalse de Shadow Sands y a la central eléctrica. En el camino, se encontraron a la derecha con un edificio bajo y alargado de ladrillos rojos, con ventanas de arco de medio punto y una entrada con columnas. Daba la sensación de que en algún momento había sido una obra majestuosa, pero ahora faltaban tejas en uno de los extremos del tejado, las hileras de ventanas estaban tapiadas y en el aparcamiento de enfrente habían crecido unos hierbajos marrones.

—¿Esto era una discoteca? —preguntó Kate.

—Sí. Hedley House. Era cutre a más no poder y la policía venía mucho por las peleas.

—¿Has estado alguna vez?

—Un par de veces —contestó Tristan—. La cerraron hará un año y medio.

—Parece como si antes hubiese sido una casa —comentó Kate sin dejar de mirarla por el retrovisor.

Una bandada de pájaros salió volando por un gran agujero que había en el tejado y desaparecieron en el cielo.

—Sí, creo que un día fue un palacete —añadió Tristan.

La carretera los condujo al embalse. El sol se abrió paso entre las nubes y lanzó un rayo al centro de la presa que iluminó el páramo que la rodeaba con una luz plateada. Dejaron atrás una señal en la que se leía: «ASHDEAN 4 KM». El camino era largo y recto. Kate aún veía la discoteca en el retrovisor. Los edificios abandonados le daban escalofríos, especialmente los que estaban en un tramo tan poco transitado de la carretera.

—¿Cómo iban los chavales hasta Hedley House? ¿El autobús llega hasta aquí?

—Antes había un autobús, pero los buses no pasan después de las diez de la noche. Normalmente, te llevaban a casa tus padres o tus amigos. Los taxis hacían una fortuna el fin de semana… Y otros se iban andando.

—Habrá casi cinco kilómetros entre la discoteca y Ashdean —dijo Kate, que intentaba atar cabos—. ¿Y nunca te han contado ninguna historia sobre adolescentes que desaparecieran cuando volvían andando a casa desde aquí?

—No, pero sí que violaron a una chica. Todavía recuerdo leer el caso en el periódico local. Al final pillaron al violador y fue a prisión.

—¿Cuándo pasó eso?

—No sé, hará cinco o seis años.

—¿Recuerdas su nombre?

—No, pero sí que recuerdo que lo sentenciaron a diez años de cárcel. Fue una agresión bastante fuerte. Desde entonces, a muchas chicas les da miedo volver andando a Ashdean después de salir de fiesta.

Llegaron al final del embalse, donde desembocaba el río Fowey junto con un par de riachuelos. Más allá de la colina aparecieron las afueras de Ashdean.

Kate volvió a pensar en la discoteca Hedley House y en lo cerca que estaba del embalse. En muchos casos se consideraba una persona valiente, pero no le gustaría nada ir sola de noche por ese tramo de la carretera.

—¿Te queda mucho trabajo después de la clase? —preguntó Kate a Tristan.

—No. Para ser sinceros, me vendría bien una distracción —dijo.

—Me gustaría hacer una visita a ese *pub,* el Roble Salvaje. Quiero ver si las camareras con las que habló Magdalena están trabajando. Podríamos averiguar qué le contaron a ella y qué saben sobre la mujer del número de teléfono que Magdalena escribió en su pósit.

23

—Sí, Magdalena vino a tomarse algo con Barry Lewis, de la granja Fairview —les dijo Rachel, la camarera del Roble Salvaje.

A pesar del frío que hacía, la chica llevaba una camiseta blanca llena de manchas que dejaba el ombligo al aire, una minifalda y unas chanclas. Tenía el pelo corto, teñido de rojo y engominado hacia atrás.

—Empezó a hablarme de su proyecto, y yo le conté lo de las dos personas que conocía y que desaparecieron en la niebla.

Rachel puso una Coca-Cola y un café para Kate y Tristan en la barra. El *pub* del Roble Salvaje estaba a casi diez kilómetros de Ashdean, a las afueras de un pueblecito llamado Pasterton. Desde las ventanas se veían kilómetros y kilómetros de páramos frente al *pub,* pero el interior era lúgubre y pedía a gritos una reforma. Era una tarde tranquila. Solo había unos cuantos ancianos apoyados en la barra y viendo una carrera de caballos en la televisión de la esquina.

—¿Cómo empezaste a hablar con Magdalena? —quiso saber Kate.

—Una mañana, Barry encontró aquella huella tan grande en sus terrenos, le hizo una foto y la colgó en Facebook. Tuvo muchísimo éxito, hasta salió en el periódico. Magdalena investigaba las leyendas de Devon y Cornualles, así que contactó con él.

—¿Barry es de por aquí? —preguntó Tristan.

—Sí. Es un tío agradable. Un cliente habitual del *pub.* Mmm. Son cuatro con veinte —les pidió mientras señalaba las bebidas de la barra.

Kate la pilló comiéndose a Tristan con la mirada mientras este se sacaba la cartera del bolsillo.

—Quería invitarte a uno —añadió Tristan.

—Gracias, entonces son seis con veinte.

Rachel cogió el dinero, le dio a Tristan el cambio y, acto seguido, empujó con un vaso de tubo el grifo de Bacardí, en el que había medio pegado con cinta adhesiva un letrero escrito a mano que ponía: «VASO DE CHUPITO SIMPLE O DOBLE 1 £».

—Nos gustaría averiguar qué le ha pasado a Magdalena —comentó Kate—. ¿Te viene bien sentarte un momento para hablar con nosotros?

Rachel los inspeccionó un segundo con la mirada y asintió. La camarera se dirigió a una puerta al fondo del *pub*.

—¡Doris! ¡Voy a hacer mi descanso ahora! —gritó.

Kate y Tristan la siguieron hasta una mesita baja con una tapa de cristal ahumado en el extremo más alejado de la televisión. En el centro de la mesa había una pantalla incrustada, bajo el cristal, en la que parpadeaba una versión antigua del comecocos. Rachel se acercó al enchufe, tiró de él con fuerza y después se sentaron.

—¿Barry te preguntó por gente de la zona que hubiese desaparecido? —comenzó Kate.

—No me lo preguntó él. Cuando Magdalena llegó al bar, me preguntó si había visto algo raro, tipo bestias grandes o fantasmas. Por eso le hablé de los dos conocidos que desaparecieron cuando había niebla —respondió Rachel.

—¿Nos lo puedes contar a nosotros?

Rachel asintió con la cabeza.

—¿Conocéis Hedley House? La discoteca abandonada en la carretera principal.

—Sí —dijo Kate.

—Fui un par de veces cuando era más joven —añadió Tristan.

—Hasta hace unos años yo misma solía ir, antes de tener a mi hija… Había un tío que siempre estaba allí los viernes. Tenía un nombre raro… Ulrich. Era mayor que yo, tendría diecinueve o veinte años. Era alemán, y se dedicaba a pintar y a hacer chapucillas en las casas. Ya llevaba aquí unos cuantos años y era un bicho raro, pero solía ir a Hedley a tomarse unas copas. Siempre iba solo, pero le gustaba charlar. Y por mucho que bebiese nunca se sobrepasaba. De pronto, desapareció.

Solo me di cuenta por mi amigo Darren. Ulrich estaba instalando un aseo nuevo en el piso de Darren. Lo quitó todo el viernes y se suponía que el sábado instalaría el nuevo, pero no apareció. Darren se cabreó, como habríamos hecho todos en caso de quedarnos sin baño después de haber pagado a Ulrich un adelanto de quinientas libras. Se pasó por el piso de Ulrich, pero no estaba… A Darren le gustaba la bulla y se le metió en la cabeza que Ulrich le había tomado el pelo, así que volvió a su apartamento con unos cuantos amigos y echaron la puerta abajo. Estaban todas sus cosas: ropa, zapatos, comida en la nevera… La televisión estaba encendida. Hasta había un vaso de agua al lado de la cama con un par de aspirinas. Ya sabéis, cuando salgo a emborracharme me aseguro de tener agua y aspirinas para cuando vuelva a casa.

Tristan asintió.

—Yo también —reconoció.

—¿Avisaste de la desaparición de Ulrich? —continuó Kate.

—Lo hizo Darren. Llamó a la policía, le tomaron declaración, la dejaron por escrito, pero el caso no les interesó mucho.

—¿Cuándo pasó eso?

Rachel hizo memoria.

—En 2008… En octubre de 2008, poco antes de Halloween.

—¿Te acuerdas de su apellido?

—Sí, Ulrich Mazur…

Deletreó el apellido para que pudieran escribirlo.

—¿Qué pasó después de que avisarais a la policía? —preguntó Kate.

—No volvimos a saber nada de él después de aquello. Todavía creemos que puede que saliese corriendo. La fontanería casi siempre se cobra en negro, y después nos enteramos de que había dejado a medias varios trabajos que le habían pagado por adelantado.

Kate vio a una mujer mayor salir de la puerta de detrás de la barra. Llevaba unos vaqueros y un jersey elegante. Daba la impresión de que se acababa de despertar: tenía el pelo corto, rizado y despeinado, y estaba arreglándoselo frente a un espejito. Saludó a los ancianos de la barra y les puso otra ronda de pintas de cerveza amarga.

—¿Qué te ha hecho conectar a Ulrich con esas desapariciones en la niebla? —continuó Kate, volviendo a concentrarse en Rachel.

—En ese momento, nada. Un año después, conocí a una chica que se llamaba Sally-Ann Cobbs. Era muy joven. Acababan de expulsarla del orfanato de aquí.

—¿Por qué la echaron? —intervino Tristan.

—Cumplió dieciséis años —contestó Rachel—. Prácticamente los dejan en la calle. Consiguió un trabajo de limpiadora en Harlequins y vivía en un apartamento, pero no recuerdo dónde.

—¿Harlequins no es el centro comercial que hay en Exeter? —preguntó Kate.

—Sí, el centro comercial más mierda del mundo —contestó Rachel.

—Sí que se acerca bastante a la definición de antro —confirmó Tristan.

—¿Qué le pasó a Sally-Ann? —retomó el hilo Kate, y le dio un sorbito a lo que le quedaba de café.

—Sally-Ann es otra a la que solía ver por Hedley House. Un viernes estaba borracha y había ligado con un chico que quería llevarla a casa. Al final de la noche ya ni se tenía en pie, y recuerdo a los dos discutiendo delante de toda la fila de taxis.

—¿Él era violento?

—No, Sally-Ann era la violenta. Le pegó un guantazo en toda la cara y, hecha una furia, desapareció en la oscuridad. Ya habéis visto cómo son los alrededores del *pub;* campos y páramos bordeando una carretera desierta. Fue la última vez que la vi.

A Kate se le erizó el vello de la nuca.

—¿Alguien informó de su desaparición? —preguntó.

—Yo fui la que llamó. Una vez más, tardé un tiempo en darme cuenta de que había desaparecido. Conocía a una de las chicas que trabajaban con Sally-Ann en Harlequins, y me dijo que llevaba cinco días sin aparecer por el trabajo. Sabía que debía el alquiler porque me contó que estaba preocupada por el dinero. Me pasé por su apartamento y me encontré al casero a punto de tirar todas sus cosas.

—¿Cuánto tiempo había pasado? —quiso saber Kate.

—Una semana.

—Eso es ilegal.

—Era un apartamento bastante cutre. Los caseros de esos sitios pueden hacer lo que les dé la gana. Todas sus cosas seguían ahí. Fotos, ropa, comida poniéndose mala… Acababa de pagar por adelantado la luz y el gas del mes siguiente. Su colgante de plata de san Cristóbal estaba en la mesilla. Su madre se lo había dado cuando era pequeña, antes de morir… —Rachel rebuscó debajo del cuello de la camiseta y sacó un collar de plata con un san Cristóbal—. Es este. El cabrón del casero estaba ahí con bolsas de basura, listo para tirar todas sus cosas. Estoy segura de que quería coger lo poco que tuviese de valor para venderlo. Yo me llevé lo que pude, por si podía dárselo cuando volviese, pero eso nunca ocurrió…

—¿Llamaste a la policía? —preguntó Tristan.

—Sí. Vinieron a hablar conmigo, me dijeron que habían inscrito a Sally-Ann en la lista de personas desaparecidas… Pero ¿de qué sirve eso si nadie te busca?

—¿Te acuerdas de la fecha en la que desapareció Sally-Ann?

—Sí, fue en noviembre de 2009.

Rachel dejó de hablar y se restregó los ojos con un pañuelo lleno de manchas que se sacó del bolsillo.

—Lo siento —dijo Kate—. ¿Qué te hace pensar que está relacionado con la niebla?

—La noche en que Sally-Ann se fue de la discoteca hecha una furia, había una espesa niebla. Después recordé que, la última vez que vi a Ulrich, mis amigos y yo íbamos como sardinas en lata en un taxi para volver a Ashdean. También había niebla espesa. Pasamos al lado de Ulrich, que iba a pie, e incluso nos paramos para recogerlo, pero el taxista dijo que ya no podía subirse nadie más, así que seguimos nuestro camino y dejamos que se fuese andando. Era un tío simpático.

Le dio otro sorbo a su Bacardí. Kate leía la culpabilidad en su cara.

—El año pasado, entró a trabajar aquí una chica que se llamaba Kirstie Newett. Era un poco… —Rachel se encogió de hombros.

—¿Un poco qué? —preguntó Kate.

En ese momento recordó el pósit que habían encontrado en el frigorífico de Magdalena, pero prefirió no decir nada y dejar que Rachel continuase con su historia.

—Era un poco mentirosa. Mentirijillas sin sentido. A uno le decía una cosa y a otro, lo contrario. Nos contó que tenía un coche nuevo, pero era mentira. Nos dijo que se había comprado una casa, aunque en realidad vivía en un apartamento de alquiler. Yo no le daba importancia. Después, desaparecieron treinta pavos de la caja durante un turno que hicimos juntas. Doris acababa de poner las cámaras de seguridad encima de la caja, así que vimos que había sido Kirstie y la echó... Eso fue durante el almuerzo. Aquella tarde, volvía en coche a casa y vi a Kirstie esperando en la parada del autobús con una botella de sidra. Me dio pena, así que me ofrecí a llevarla en coche y le pregunté sin rodeos por qué había hecho algo así. Me dijo que estaba sin un duro y que se sentía tonta por haberlo hecho. Cuando la dejé en casa me invitó a tomar una copa. Empezamos a charlar y la conversación nos llevó a que ella también solía salir por Hedley House. Entonces, me contó que una noche no le quedaba nada de dinero y no podía irse en taxi a casa, así que se puso a andar. A través de la niebla. Me contó que, a mitad de camino de Ashdean, vio un coche aparcado en una zona de descanso de la carretera y que el conductor, un anciano, bajó la ventanilla y le ofreció llevarla. Ella iba como una cuba y estaba muerta de frío, y también iba ligerita de ropa, así que aceptó la oferta. En cuanto se subió al coche, el hombre le ofreció algún tipo de droga de las que se esnifan y, acto seguido, le dio un puñetazo. Se despertó después, no sabe cuándo, completamente sola y a oscuras. Él la tuvo secuestrada durante días en algo parecido a un sótano; la agredió, la asfixió, y ella perdió el conocimiento. A continuación, recuperó la conciencia en la parte de atrás de un coche, al lado del embalse de Shadow Sands, y ¡el tío iba a tirarla al agua! Me contó que se defendió y consiguió escapar nadando.

—¿Y te lo creíste? —se interesó Kate.

—No.

—¿Kirstie se lo contó a la policía? —preguntó.

—Sí, me dijo que paró un coche en la otra orilla del embalse y que el conductor era policía. La llevó al hospital y luego la metieron en un psiquiátrico.

—¿Te dijo a qué parte del embalse la había llevado el hombre? Es bastante grande —intervino Tristan.

Rachel se quedó pensando.

—Sí, me dijo que fue en el *camping,* porque cuando se despertó vio una señal muy grande cerca de donde aparcó. Por eso lo sabía… Aunque os repito que era una mentirosa. Yo me tomé una copa con ella y después me fui. Eso es todo. La he visto por ahí un par de veces y la he saludado, pero no he vuelto a quedar con ella.

—¿Qué te hizo pensar después que decía la verdad? —quiso saber Kate.

—Bueno, no fue hasta hace unas semanas, cuando Magdalena estuvo aquí con Barry. Era una chica encantadora. Culta. Dijo que estaba estudiando las leyendas locales y las cosas raras de la zona, así que le hablé de Ulrich, de Sally-Ann, de Kirstie y de la niebla, y, sin darme cuenta, todo empezó a encajar en mi mente. Puede que Kirstie se enterase de oídas de la desaparición de Ulrich y de Sally-Ann, pero yo no la recuerdo en el Hedley en aquella época. Magdalena me pidió el número de teléfono de Kirstie. Yo seguía teniéndolo en mi móvil, así que se lo di. Magdalena me preguntó de todo sobre ese tramo de la carretera que pasa cerca de Hedley House y alrededores. Ahora sale en las noticias que ha desaparecido, justo el día en que había una niebla espesa —explicó Rachel—. No creerá que es una simple coincidencia, ¿verdad?

24

Después de salir del *pub*, Kate y Tristan se quedaron sentados en el coche sin poder decir ni una palabra, simplemente escuchando el golpeteo de la lluvia en los cristales de las ventanillas.

—Madre mía —dijo Tristan.

—El punto que lo conecta todo es el *camping*. Kirstie se despertó allí —comenzó Kate—. A Simon Kendal lo atacaron en el *camping* y acabó en el agua. Sea quien sea, ¿estará secuestrando a gente y tirando sus cuerpos al embalse? ¿Ulrich y Sally-Ann estarán allí? Eso le daría sentido a que encontrase a Simon Kendal en el agua. Si fue a dar un paseo por la noche, puede que acabara en la otra orilla del embalse y lo atacasen allí; a lo mejor se defendió o a lo mejor lo tiraron al agua. Para mí, el quid de la cuestión es cómo acabó al otro lado de la valla.

—¿Y si Magdalena también está en el embalse?

—Si vas a lanzar cuerpos al agua, lo más lógico sería añadirles peso, sobre todo teniendo en cuenta la profundidad del embalse. De lo contrario, acabarían flotando —continuó Kate—. Y después está esa discoteca, Hedley House.

Quería unir todas las piezas, pero le resultaba imposible.

Iban a dar las tres de la tarde y ya estaba oscureciendo.

—Me gustaría echar un vistazo al embalse y al *camping*.

La carretera que los llevaba de vuelta a Shadow Sands dibujaba una gran curva que pasaba por la desembocadura del río Fowey en el embalse y por la parte a la que habían ido Kate y Jake a bucear. Kate aminoró la velocidad cuando pasaron por el centro de visitantes, al lado de la central eléctrica. Era un enorme edificio con forma de barco, rodeado por un jardín perfectamente cuidado y con vistas al embalse desde arriba.

—Aquí es donde vino Geraint a tomar café y cargar el móvil el día que Simon desapareció —comentó Tristan.

Tras la hilera de ventanas de ojo de buey se veían las luces encendidas, pero el *parking* estaba vacío en un día tan gris como ese.

La central eléctrica, que estaba al lado del centro de visitantes, era un edificio con forma de caja que contaba con una bóveda a cada uno de sus lados. Atravesaron la carretera que unía las dos orillas y que pasaba por la parte en la que el agua fluía por las turbinas. Pararon en una pequeña zona al filo de la calzada en la que se podía estacionar. Las turbinas rugían con fuerza y, cuando salieron del coche, el ruido se volvió ensordecedor.

Caminaron hasta el otro extremo del puente y pasaron sobre el dique de hormigón.

—¡Imagina que te caes desde aquí! —gritó Tristan mientras miraba la tremenda caída que había al otro lado del dique.

La pared estaba muy inclinada y, más abajo, se veía un torrente de agua turbia saliendo a borbotones de dos compuertas gigantescas hacia un enorme canal de hormigón. Este transportaba el agua unos doscientos metros y, después, su contenido pasaba a ser un río que fluía a toda prisa por los bosques de alrededor.

Volvieron al coche y llegaron hasta el final del puente, que avanzaba en paralelo a la tremenda pared del dique durante unos cuatrocientos metros. El *camping* estaba lejos de allí y para llegar se adentraron en un camino rural poco transitado que solo contaba con una señal pequeñita que indicaba que había un hueco entre los árboles. Un camino de barro se abría paso para volver al embalse.

El *camping* se encontraba en una pendiente de cien metros cuadrados de hierba y matorrales que crecían a parches hasta el embalse. En la parte más alta estaba el edificio de los baños, tapiado, y más allá solo había árboles y el páramo.

—¿Geraint mencionó si habían encendido un fuego? —preguntó Tristan, mientras buscaba entre restos de hogueras dispersos en la hierba.

—Creo que no. Nos dijo que trajeron una cocinita de gas, pero que no la encendieron porque tenían alubias en lata y chocolate —contestó Kate.

—¿Qué haría que Simon se levantase en mitad de la noche?

—Tal vez necesitaba ir al baño o llamar por teléfono.

—Me gustaría saber si la policía tiene idea de dónde está su teléfono —comentó Tristan.

Bajaron hasta la valla de tres metros de metal que rodeaba la orilla. Era gruesa, recia y estaba coronada con alambre de espino. Había una montaña de lodo y basura que se extendía unos diez metros hasta el agua, que seguía su curso hacia la central eléctrica. Era un día frío y gris. Comenzaba a anochecer y el aire soplaba con un silbido.

—Esta valla es impenetrable —advirtió Kate mientras la agarraba con la mano.

Miró la hora. Estaba atardeciendo. Le dio un escalofrío.

—Este lugar te pone los pelos de punta. Imagina que te despiertas en mitad de la noche porque necesitas ir al baño y tienes que ir hasta esas letrinas.

Los dos dirigieron su atención a los baños, que estaban en el margen del camino de barro, junto a una hilera de pinos.

Fueron hasta los aseos y Tristan encendió la linterna de su móvil. Kate tuvo que darle un buen empujón a la puerta para que esta se abriese con un chirrido. En el interior había tres cubículos, uno de ellos sin puerta, y una fila de lavabos cubiertos de hojas y mugre. El viento silbaba entre las tablas de madera que tapiaban una ventanita de emergencia en la parte alta de la pared del fondo y lanzaba las hojas a las baldosas del suelo.

—Huele exactamente como imaginaba —opinó Tristan mientras se subía el cuello del jersey para taparse la boca y la nariz.

Kate lo imitó y se dirigieron a los dos primeros cubículos. Tristan iluminó el interior de uno de ellos con la linterna. La taza del váter estaba destrozada y parecía que habían encendido un fuego dentro. El otro tenía la puerta medio descolgada y había heces de pájaros por todo el suelo y la cisterna. La última puerta estaba cerrada.

Escucharon un sonido que les heló la sangre. Era una especie de ronquido. Se alejaron de la puerta; estaba cerrada a cal y canto, ni siquiera quedaba el hueco entre esta y el suelo.

Kate alargó el brazo para agarrar el pomo y lo giró, pero la puerta no se abrió, así que comenzó a zarandearlo.

—Fuera —dijo una voz masculina en tono somnoliento.

Los dos dieron un salto del susto.

—Mierda —susurró Tristan mientras daba otro paso atrás.

Kate se preguntó quién coño estaría usando ese baño en mitad de la nada aquella oscura tarde de octubre.

—¡FUERA DE AQUÍ, JODER! —gritó la voz.

Acto seguido, la puerta retumbó, como si le hubiesen dado una patada. Tristan ya estaba en la salida.

—¡Kate! ¡Vamos! —le pidió.

—Vete, pero vuelve con tu linterna…

—¿Qué? —preguntó Tristan con un hilo de voz.

Kate era una persona precavida. No obstante, pensó que tal vez fuese un vagabundo y que a lo mejor sabía algo. Se sacó un botecito de gas pimienta del bolsillo y se lo enseñó a Tristan. No era del todo legal, pero siempre llevaba uno encima. El chico se tranquilizó un poco al ver que iba preparada. Kate lo sostuvo el alto.

—Hola, soy Kate y estoy aquí con, mmm, Tristan. Venimos del albergue para personas sin hogar de la zona —comenzó.

Durante un buen rato no hubo respuesta.

—Tengo derecho a estar aquí y quiero dormir —contestó la voz.

Kate bajó un poco la guardia. Le dio mucha pena que ese hombre tuviese que refugiarse en aquella asquerosa letrina.

—Vale, no pasa nada. Solo hemos venido a comprobar si te encuentras bien —continuó.

Sin soltar el botecito de gas pimienta, Kate se puso a rebuscar en su bolso y sacó una botella de agua y una barrita de chocolate que había comprado en la gasolinera. Además, cogió un billete de veinte libras. Para entonces, Tristan ya estaba a su lado.

—¿Cómo te llamas? —preguntó Kate.

—¡No es asunto tuyo!

—Tengo un poco de comida y veinte libras… ¿Me abres la puerta y te lo doy?

—¡Déjalo en la puerta! —espetó la voz.

El hombre pronunciaba la erre con acento de Cornualles.

—No quiero dejar veinte libras en la puerta para que cualquiera las robe —replicó Kate.

Hubo un largo silencio y después se escuchó un crujido, seguido del sonido de un palito rompiéndose contra el suelo de hormigón. La puerta volvió a retumbar, se escuchó un golpe y finalmente se abrió. Kate se escondió el botecito de gas pimienta en la palma de la mano con un movimiento rápido. Un hombre de edad indeterminada estaba tumbado en el suelo, entre la taza del váter y la puerta. Estaba sucio y tenía la cara tiznada de naranja por la mugre. Tenía una larga barba enmarañada y una melena que no se podía saber si la llevaba recogida hacia atrás o si la formaban mechones enredados. Kate no se decantaba por ninguna de las dos cosas. Llevaba muchas capas en la parte de arriba, todas asquerosas y llenas de manchas, y un abrigo hecho jirones. El hombre se apoyó en un codo y los miró pestañeando. Estaba apuntándolos con una botella rota, pero daba la sensación de que, aunque quería defenderse de ellos, no pensaba ponerle mucho entusiasmo.

—No vamos a hacerte daño —lo tranquilizó Kate.

Solo le vio un pie; llevaba un zapato estropeado de piel marrón por el que asomaban unas uñas largas y mugrientas. Después se dio cuenta de que tenía la otra pierna del pantalón sujeta a la rodilla con un cordel. Había perdido el resto de la pierna. La tapa del váter estaba cerrada y la cubría un trapito cuadrado. Encima había un paquete de tabaco arrugado, una caja de cerillas, tres cebollas, y una navajita roja cubierta por una capa de barro seco.

—Sentimos haberte molestado —se disculpó Kate, aunque a medida que pronunciaba la frase le parecía más estúpida—. Yo soy Kate y él es Tristan.

—¡Eso ya me lo habéis dicho! —bramó el anciano mientras hacía un gesto de dolor por la luz de la linterna que lo apuntaba a la cara.

Tristan le bajó la intensidad.

—Perdón, tío, no pretendía dejarte ciego —añadió Tristan.

—Toma —dijo Kate mientras le tendía la botella de agua y la barrita de chocolate.

El hombre se las arrebató de la mano, las inspeccionó bien y, después, las colocó cuidadosamente encima de la taza del váter.

Kate pensó que estaba en lo cierto. Era un vagabundo que iría por allí con asiduidad. A lo mejor había visto algo la noche de la acampada de Simon y Geraint.

Se puso en cuclillas y le acercó el billete de veinte libras. El anciano quiso agarrarlo, pero Kate lo quitó de su alcance.

—¿Vienes mucho a dormir aquí?

—A veces.

—¿Y suele estar concurrido? Me refiero al *camping*.

—Nunca. Aunque a veces sí que hay cierto movimiento nocturno...

—¿Qué quieres decir?

—Siempre hay chavales haciendo botellón, zorros... Y hay una furgoneta que baja hasta el embalse —añadió.

—¿Qué tipo de furgoneta? ¿Cuándo? ¿Podrías describirla?

—Una furgoneta blanca... No sé. Yo solo intento dormir —respondió el anciano.

—¿La furgoneta llega de día o de noche? —preguntó Kate, que le había acercado un poco el billete de veinte libras.

—Yo solo estoy aquí por la noche y nunca me meto con nadie.

—Bonita navaja —intervino Tristan.

Emitió un destello cuando la iluminó con la linterna y, en ese momento, Kate se dio cuenta de que tenía una inscripción. Alargó el brazo para cogerla...

—Es mía. La he encontrado yo —lo frenó el hombre, que estuvo a punto de agarrar la navaja de la taza del váter.

—Solo te doy el billete de veinte libras si me dejas verla —advirtió Kate.

El vagabundo miró el dinero y dejó que Kate cogiese la navaja. Tristan se acercó para verla mejor.

Mientras le daba vueltas para inspeccionarla, Kate se acordó de que su hermano tenía una parecida; la consiguió por asistir a los Lobatos Scouts y tenía una hoja minúscula que solo servía para cortar un trozo de cordel o pelar una manzana. Kate tuvo que forzar un poco la navaja para abrirla. Como la de su hermano, tenía una hojita desafilada con la punta roma. El mango estaba cubierto de barro. Lo limpió un poco y ante sus ojos apareció una inscripción en letras minúsculas.

«Para Simon, en su decimosegundo cumpleaños».

Tristan y Kate cruzaron una mirada. El chico levantó su teléfono y sacó una foto.

—¿Dónde has encontrado esto? —preguntó Kate al vagabundo.

—Entre el barro de la orilla. Muchas de las cosas que hay en el agua están perdidas o las han tirado, ¡así que lo que yo hago no es robar! Es mía. ¡MÍA!

—Mentiroso. Hay una valla enorme que corta el paso al agua —espetó Kate.

El vagabundo no había apartado la vista del billete de veinte libras que pendía de los dedos de Kate.

—¡La valla se puede atravesar! ¡Por el camino!

—¿Por dónde?

—Más adelante, de camino a la central eléctrica. Ahí es donde la encontré, en el barro. Joder, ¿no ves que está llena de barro? —gritó el vagabundo.

—¿Viste a alguien cerca del agua cuando la encontraste? —preguntó Kate.

—Yo no bajo si hay gente. Patrullan el embalse con lanchas. No me gusta la gente. La gente es cruel.

El vagabundo se incorporó con un rápido movimiento y le quitó la navaja y el billete de veinte libras a Kate. Se los guardó entre los pliegues del abrigo y volvió a apuntarlos con la botella de cristal rota.

—¡AHORA FUERA DE AQUÍ! ¡YA ME HABÉIS OÍDO! ¡FUERA! —gritó al tiempo que sacudía la botella.

Kate y Tristan dieron un paso atrás y salieron del cubículo. El anciano cerró dando una patada en la madera. Escucharon el clic que hizo el cerrojo al bloquearse. Kate volvió a llamar a la puerta, pero no obtuvo respuesta. Tocó una vez más y le suplicó que abriera. Sin embargo, nadie respondió.

Kate y Tristan salieron de los baños y volvieron al exterior; les alivió la sensación de respirar aire fresco. Se había hecho de noche y llovía con fuerza.

—Tenemos que asegurarnos de que Simon tenía una navaja —dijo Kate.

—Deberíamos comprobar lo que nos ha contado de la valla —añadió Tristan.

Los dos se pusieron las capuchas y atravesaron la hierba hasta la valla. Parecía que las turbinas de la central eléctrica canturreaban a todo pulmón y, al otro lado, la corriente del agua era fuerte.

Encontraron un claro entre los árboles que conducía hacia la derecha, en dirección a la central. Tuvieron que encender las linternas de los móviles y, a medida que iban avanzando, el rugido de las turbinas ganaba fuerza. De pronto, Kate encontró unas huellas de neumático impresas en el manto mullido de hierba. El camino estaba flanqueado por árboles a ambos lados, y la enorme valla los acompañaba a su izquierda.

Después de unos doscientos metros, el camino se ensanchó hasta salir a un cuadrado de terreno irregular y, unos pasos más allá, solo se veía la valla de metal, no había árboles.

Se acercaron a ella y comenzaron a examinarla ayudándose de las linternas de los móviles. Kate metió los dedos en un trozo de tierra cubierta de musgo en la que se anclaba la valla y encontró un trocito de metal pegado al panel que estaba enganchado a un agujerito en el poste.

—Espera, aquí hay algo —dijo.

Tristan se acercó y, después de trastear un rato, tiraron de él. De pronto, el gancho se salió y toda la parte de abajo del panel metálico se aflojó. Lo levantaron y quedó un espacio de medio metro por el que se podía pasar. Se agacharon y reptaron al otro lado.

La orilla del embalse estaba cubierta de moho, y unos cuantos árboles flanqueaban el camino que bajaba al agua.

Llegaron a una de las orillas embarradas del embalse. Allí había un montón de basura desperdigada en filas, lo que indicaba el aumento y la bajada del nivel del agua del embalse.

—El vagabundo ha dicho que encontró la navaja en el barro de la orilla.

—Si eso es verdad, ¿cómo sabía lo de la valla? —se preguntó Kate.

—¿Simon o el vagabundo?

—Los dos… —Su voz se fue apagando poco a poco por la confusión.

Alzaron la vista hasta los dos enormes edificios abovedados que albergaban las turbinas hidroeléctricas. Las luces rojas parpadeaban al unísono para avisar a los aviones.

—Vamos a recapitular un poco. Simon se despierta en mitad de la noche; sale de la tienda y se va a dar un paseo… —comenzó Tristan.

—Esto es la boca del lobo. Da un mal rollo de cojones. Está solo. Con la cabeza hecha un lío. Lleva consigo la navaja, pero es una cosilla inútil, casi un juguete. A lo mejor también cogió una piqueta de metal, que es más afilada, para protegerse y sentirse a salvo —continuó Kate.

—Llega hasta aquí y no sabemos cómo da con el hueco en la valla que le permite bajar hasta la orilla.

—¿Y si hubiese alguien más haciendo algo en la valla y Simon lo pilló? —preguntó Kate.

—¿Su atacante es alguien a quien asustó? Y por eso Simon acaba apuñalado con la piqueta.

—Eso es.

—Así que Simon pilla a alguien… ¿haciendo qué? —inquirió Tristan.

Los dos se quedaron callados. Kate fue hasta la orilla. Ahora el agua no se veía clara. Las luces de la central eléctrica la iluminaban mostrando un color negro como el carbón, mientras seguía su curso frenético hasta las turbinas. Kate no paraba de darle vueltas, pero siempre volvía a la misma idea.

—Por ahora, la conclusión más lógica es que Geraint esté involucrado. Geraint y Simon se pelean, acaban en el agua y Simon intenta escapar. Si se hubiese metido en el agua por esta parte, habría tenido que luchar con todas sus fuerzas contra la corriente —reflexionó sin estar muy segura—. Si Simon hubiese estado gravemente herido, se lo habrían tragado las turbinas. Ya has visto cómo atraen el agua hasta las compuertas.

Tristan asintió.

—Lo más seguro es que Simon cruzase nadando el embalse; incluso si se le hubiese ido la olla desde el primer momento, lo lógico es que nadase hasta el punto más próximo de tierra —añadió el joven, y señaló los árboles que había justo enfrente de ellos, en la orilla opuesta del embalse.

—Pero nadó más de un kilómetro y medio en la dirección contraria, alejándose de la central eléctrica. Puede que la adrenalina lo ayudase a nadar un poco más. Escapaba de algo. Lo más lógico sería una lancha. Eso fue lo que le pasó por encima... No imagino a Geraint atacándolo. Tenemos que volver a hablar con el vagabundo. Él vio una furgoneta, pero puede que también haya una lancha relacionada con esto. Puede que viese a Simon y a Geraint la noche de la muerte —concluyó Kate.

25

Kate y Tristan estaban regresando al *camping* cuando dejó de llover. Volvieron a entrar en las letrinas, pero ya no había nadie en el último cubículo. El vagabundo se había ido.

—¿Tanto rato hemos estado ahí abajo? —preguntó Kate—. Creía que quería pasar aquí la noche.

—Lo único que ha dejado es el envoltorio de la barrita de chocolate —advirtió Tristan mientras iluminaba el cubículo con la linterna.

—¿Adónde habrá ido? Estamos a kilómetros de cualquier sitio. Tenemos que encontrarlo —determinó Kate.

Oyeron el traqueteo del motor de un coche y, a través del hueco que había entre los tablones que tapiaban la ventana, se coló la luz de unos faros que iluminaron el interior del aseo. El vehículo se detuvo junto a este, pero el motor seguía encendido.

Kate miró a Tristan. El sonido ensordecedor de un disparo rebotó en el minúsculo espacio, y Kate se agarró al brazo de Tristan con todas sus fuerzas.

—¡Qué coño! —exclamó.

Le pitaban lo oídos. Dieron otro salto al oír un segundo disparo.

—¡Muy bien! ¡Salid de ahí ahora mismo! —gritó una voz masculina con un marcado acento de Cornualles.

—¿Quién eres? —bramó Kate a modo de respuesta.

—¡Fuera! Os habéis metido en una propiedad privada —los informó la voz.

Usaba un tono tan autoritario y transmitía tanta seguridad que Kate pensó que era policía.

—¡Salid! ¡No me hagáis entrar!

Kate fue a la puerta y le dijo quiénes eran.

—Somos profesores de la universidad. ¡No somos droga-dictos ni mendigos! Y conocemos nuestros derechos con respecto a las armas de fuego…

Lo que más le preocupaba era que les disparara por accidente.

Hubo un momento de silencio y después oyeron el clic de un cargador abriéndose y el tintineo de los casquillos vacíos saliendo.

Kate le hizo un gesto afirmativo a Tristan con la cabeza, y salieron con cautela del baño para adentrarse en el resplandor de los focos del coche.

Kate se protegió de la luz cegadora con la mano. Delante de ellos había un hombre aparentemente mayor, bastante bajito y equipado con un uniforme de caza completo y un largo abrigo encerado. La piel de la cara ya estaba flácida, por lo que rondaría los sesenta años, pero se había teñido el pelo de negro azabache y lo llevaba engominado y peinado con la raya a un lado. Estaba con las piernas separadas, en posición defensiva, y la escopeta en su regazo, a la vista. Detrás de él había un Land Rover grande, viejo y lleno de salpicaduras de barro, con el motor en marcha.

—¿Qué hacíais metiéndoos en una propiedad privada? —preguntó el hombre a la vez que les hacía un escáner visual.

—Esto es un terreno público —replicó Kate.

Tristan había levantado las manos, pero Kate le lanzó una mirada asesina y las volvió a bajar.

—El *camping* es público, pero nos han llamado de la central diciendo que había dos personas en la orilla del embalse, cerca de las compuertas. Eso es propiedad privada y una zona muy peligrosa. Podríais haberos caído al agua.

Kate fue a decir algo, pero el hombre no la dejó.

—Me importa una mierda vuestra seguridad, pero, si os caéis y acabáis engullidos por las turbinas, el marrón nos lo comemos nosotros y a lo mejor hasta nos obligarían a cerrar la central.

—¿Trabajas en la central eléctrica? ¿Puedes enseñarnos alguna identificación?

La puerta de los asientos traseros del Land Rover se abrió y de ella salió una anciana. Era increíblemente alta; sería de la misma estatura que Tristan. Llevaba una falda escocesa plisada, unas katiuskas Barbour y una chaqueta encerada. Se había puesto un pañuelo en la cabeza, que contrastaba con la enorme cantidad de maquillaje que resaltaba sus rasgos afilados.

—¿Quiénes sois vosotros? Esto es una violación de la propiedad privada, y eso son doscientas libras de multa. ¿Tenéis doscientas libras en el bolsillo? —intervino la mujer, a la vez que señalaba con una uña roja a la reserva y, después, a Kate y a Tristan.

—Aquí hay un hombre durmiendo en condiciones inhumanas —comentó Kate.

—¿Qué? —preguntó la mujer con los ojos entrecerrados.

—Nos ha dicho que tenía hambre y que quería dormir —continuó Tristan—. Le hemos dado un poco de chocolate.

—¿Cómo os llamáis?

—Esto es terreno público. No tenemos por qué identificarnos —informó Kate.

Siempre le dejaba de piedra la arrogancia que demostraban algunos ricos y privilegiados.

—Habéis entrado en mi propiedad y en la propiedad del Gobierno. La central eléctrica provee de una función vital de uso público. Ahora idos de una puta vez antes de que os peguemos un tiro y le pasemos la multa a vuestras familias.

—Soy detective privada. Mi nombre es Kate Marshall y él es mi socio, Tristan Harper. Estamos investigando la muerte de Simon Kendal. En agosto encontraron su cuerpo en el embalse.

Aquello pareció provocar una reacción en la mujer.

—Sí, es un tema muy triste, pero la policía ya está a cargo.

—Además estamos investigando la desaparición de otra mujer, una profesora de la universidad. La última vez que la vieron fue cerca del embalse. ¿Sabéis si la policía ha llevado a cabo una investigación por aquí?

—¿Me repites tu nombre? —preguntó la mujer, acercándose a ella.

—Kate Marshall.

La mujer le quitó el arma de las manos al anciano.

—Escúchame —dijo con prudencia. Mientras tanto, el hombre hurgó en su bolsillo y le pasó una bala, que ella deslizó dentro del cañón—. Esta es la última vez que os lo decimos. Si volvéis a meteros en nuestra propiedad, llamaremos a la policía y os llevaremos a los tribunales. —El anciano le pasó un segundo cartucho, que ella cargó en la escopeta antes de cerrar el cañón—. ¿Está claro?

La anciana volvió a pasarle la escopeta al hombre, regresó al coche y se sentó en el asiento del copiloto.

—¿Ese es vuestro coche? —preguntó el anciano, inclinando la cabeza para señalar el coche de Kate.

—Sí.

—Meteos dentro y marchaos. —Y les apuntó con el arma.

—Apuntarnos con un arma de fuego técnicamente se traduce en que nos está asaltando —lo informó Kate.

—Más os vale empezar a andar antes de que, técnicamente, apriete el gatillo —los amenazó.

Tristan miró a Kate de reojo mientras intentaba no parecer asustado. Después fueron hasta el coche y se metieron dentro. Kate vio que el hombre bajaba el arma, pero que no les quitaba el ojo de encima mientras arrancaba el coche y salían de allí.

—Madre mía —dijo Tristan a la vez que extendía las manos temblorosas—. ¿Esto es legal?

—No, pero es nuestra palabra contra la suya. —Por el espejo retrovisor vio desaparecer el Land Rover entre los árboles—. Me gustaría saber por qué han venido ellos mismos. ¿No tienen contratada una empresa de seguridad para comprobar estas cosas? Por cierto, ¿estás bien?

—Sí, es que nunca había escuchado un disparo de verdad —contestó.

Oyeron un bramido y, de pronto, el Land Rover apareció detrás de ellos a toda velocidad. Solo frenó en el último segundo para chocar su morro con el parachoques del coche de Kate. Estaban tan cerca que veía la cara seria y flácida del conductor y la silueta de la anciana entre las sombras del asiento del copiloto.

Tristan miró hacia atrás nervioso.

—Deja que nos adelanten, Kate.

Salieron a la carretera principal. Kate mantuvo la calma y se desvió en un cruce con la esperanza de que el Land Rover no los siguiera, pero se pegó a ellos, casi rozando el maletero.

—¿Qué hace? —quiso saber Tristan.

Kate disminuyó la velocidad. El Land Rover llevaba puestas las largas, y Kate hizo un gesto de dolor ante el resplandor.

—Intimidarnos —contestó.

Durante varios minutos fueron a paso de tortuga por unos caminos sinuosos. A Kate se le iba a salir el corazón del pecho. De repente, justo cuando pasaron por un largo camino de verjas que conducían a la derecha, el Land Rover giró bruscamente hacia un camino privado y fue engullido por la noche.

—¿Dónde han ido? —preguntó Tristan.

Kate aminoró la marcha, dio media vuelta, volvió a traspasar las verjas y frenó fuera.

—Cuidado —dijo el chico.

Más adelante, Kate vio las luces traseras del Land Rover subiendo a la cima de una empinada colina. Arriba del todo adivinaron la silueta de una casa enorme.

—¿Puedes ver lo que pone en la verja? —preguntó Kate.

—«Mansión *Allways*» —leyó Tristan mirando la señal con atención.

26

—¿Sabes si puede mejorarse la foto? —preguntó Kate con el iPhone de Tristan en la mano.

En la pantalla se veía la foto que había hecho de la navaja en los baños del *camping*. A Tristan le avergonzaba y le molestaba que el *flash* se hubiese reflejado en el metal y, por lo tanto, la inscripción saliese borrosa.

—Ya la he mejorado —contestó Tristan, mientras cortaba verduras para hacer un salteado.

Habían vuelto a casa de Kate, y el chico se había ofrecido a preparar la cena para agradecerle su hospitalidad.

—Perdóname por haberla cagado.

—No ha sido culpa tuya —lo tranquilizó. Soltó el iPhone de Tristan y cogió el suyo—. Le preguntaré a Lyn Kendal.

Kate marcó su número de teléfono y se colocó el móvil debajo de la barbilla. Cuando abrió el frigorífico, aparecieron unas baldas prácticamente vacías ante los ojos de Tristan. Había una jarra enorme de té helado en la estantería de arriba, un platito con rodajas de limón y unas cuantas lonchas de queso.

—Salta el contestador.

Kate colgó, abrió el congelador y cogió hielo de una bolsa para llenar un vaso. Tristan estaba concentrado en cortar un pimiento rojo cuando la vio con todos los sentidos puestos en llenar el vaso de té para después añadir una rodajita de limón. Dio un buen sorbo, cerró los ojos y suspiró. Después los abrió de nuevo y Tristan apartó la mirada enseguida.

—Qué maleducada soy, ¿quieres tomar algo?

—¿Tienes una Coca-Cola? —preguntó el chico a la vez que empujaba las tiras de pimiento rojo de la tabla de cortar a la sartén.

Acto seguido, se oyó un agradable siseo, acompañado de un olor delicioso. Tristan removió la comida en la sartén. El estómago le rugía.

—Sí, Jake parece que se baña en ella, así que todavía me tienen que quedar bastantes —respondió al tiempo que abría el frigorífico y cogía una del cajón de abajo.

—¿Cómo es que no le has dejado un mensaje a Lyn? —quiso saber Tristan, y se abrió la lata.

—Un mensaje se puede ignorar o te da la oportunidad de pensar qué responder. Quiero escuchar su respuesta justo después de que le pregunte. Es una costumbre, algo que aprendí en la policía. Es mejor hablar con la gente…

El teléfono de Kate sonó.

—Ah, es Jake, un momento —se disculpó Kate.

Cogió su té y fue hasta el salón, donde se sentó en una de las sillas al lado de la ventana. A Tristan se le hizo raro volver a la misma casa después de un día tan largo e inquietante. Sabía que tenía que volver a su apartamento y enfrentarse a Sarah. Estar con Kate era genial, pero ya pasaban mucho tiempo juntos y no quería estorbar. Mientras reflexionaba y preparaba la cena, captó algunos fragmentos de la conversación de Kate con su hijo.

—Creía que era seguro lo de que vendrías en vacaciones. Es la semana que viene, cariño. Me gustaría saberlo para organizar todo e ir a comprar lo que sea —dijo la mujer.

Tristan cortó en un segundo unos champiñones a tiras y los echó a la sartén, donde se estaba cocinando la cena a la perfección. Quería preguntar a Kate si tenía fideos, pero seguía hablando por teléfono y no pretendía husmear en sus armarios.

Bajó el fuego y puso una tapa en la sartén. Acto seguido, abrió su portátil, inició sesión en la página del centro nacional de personas desaparecidas, cogió su cuaderno, buscó entre sus notas y escribió «Ulrich Mazor» en el buscador. Tenía el pelo corto y rubio rojizo, los ojos azules grisáceos y una cara ancha y redonda, con unos pómulos marcados, como los de los eslavos. Era una foto tipo carnet, pero él sonreía con una sonrisa amplia y cálida y una dentadura blanca y perfecta. Llevaba una camiseta de color oscuro y estaba muy delgado. Sus medidas estaban escritas en la parte inferior del informe de desaparición. Medía un metro ochenta y dos y pesaba setenta kilos.

Tristan no pudo evitar oír a Kate, que ahora hablaba por teléfono con otra persona. El tono de la conversación estaba aumentando, y ella no dejaba de repetir: «Ya lo sé, mamá, pero no fue mi culpa, ¿sabes?».

· El problema era que la cocina de Kate daba directamente al salón. Tristan se planteó coger su ordenador y subir a la primera planta, pero tenía que vigilar la comida. Entonces, volvió a concentrarse en el segundo nombre que les había dado Rachel, la del Roble Salvaje, y escribió «Sally-Ann». En la pantalla apareció una foto de carnet que parecía hecha bajo coacción. Salía haciendo una mueca y, aparte, por la imagen, daba la sensación de que la chica era muy poquita cosa. Tenía el pelo de un color castaño apagado, se parecía en la cara a un ratón y el acné asomaba en sus mejillas. Cuando desapareció tenía diecisiete años. Tristan recordó lo que había dicho Rachel sobre que cuando Sally-Ann cumplió dieciséis años tuvo que dejar el orfanato en el que estaba y enfrentarse al mundo. Aquello le recordaba a Sarah y a él. Cuando su madre murió, él tenía quince años y Sarah, dieciocho. Si hubiese pasado un par de años antes, los habrían metido en un orfanato. El siseo de la comida en el fuego le devolvió a la realidad, así que se levantó para remover la comida.

Kate acababa de colgar y ya había vuelto a la cocina. La mujer suspiró, fue al frigorífico y se rellenó el vaso de té. Tristan se preguntó si estaría siendo un estorbo para ella.

—Oye, mañana ya te dejaré tranquila. Tengo que ir a casa, apenas me queda ropa limpia —comenzó el chico.

—No, quédate lo que necesites. No sé si Jake vendrá por vacaciones, así que tengo dos habitaciones de invitados… Ha empezado a ir a terapia. Uno de sus profesores se enteró de que fuimos nosotros los que descubrimos el cadáver de Simon Kendal en el embalse y ahora el colegio cree que mi hijo debería hablar con alguien —respondió Kate.

—Pero eso es bueno, ¿no?

—Sí, es bueno, pero aparentemente su terapeuta insiste en que Jake debería ir a sus sesiones, que son los miércoles, de manera regular. Eso hace imposible que pueda quedarse conmigo una semana. Y Jake ha hecho amigos y tiene planes con ellos… —Kate soltó el vaso y se frotó los ojos—. ¿Quién sabe? A lo mejor están usando la terapia como excusa para que no venga de visita…

Tristan se dio cuenta de que Kate estaba librando una gran batalla en su interior sobre su relación con Jake. Su madre había estado ausente la mayoría de su infancia por culpa del alcohol y las drogas, pero, por lo que tenía entendido, Kate se rehabilitó cuando Jake todavía era muy pequeño. Aun así, su madre se negó a devolverle la custodia de su hijo. Era una situación complicada y no conocía toda la historia, pero Kate era una buena persona que había salido del pozo por sus propios medios. Se merecía ver a su hijo.

—La cena ya está lista —anunció Tristan.

—Huele genial —comentó Kate, agradecida por el cambio de tema.

—He encontrado a Ulrich y a Sally-Ann —añadió Tristan, y señaló su portátil para que Kate echase un vistazo mientras él servía el salteado en los boles.

Kate miró las fotos con detenimiento.

—Nunca dejarán de impresionarme las fotos que escogen de las personas desaparecidas —dijo Kate—. Nunca piensan en que la policía puede usarlas para realizar un llamamiento o para el funeral… —Se quedó mirando las fotos de la pantalla un segundo—. Sabía que Rachel decía la verdad, pero aquí están, es oficial.

Los dos se sentaron a la mesa para cenar.

—¿Todavía quieres hablar con esa mujer? Con Kirstie —preguntó Tristan.

—Sí, la llamaré otra vez después de cenar. Sería interesante que consiguiéramos que se abriese y ver con qué más nos sale. Esto asumiendo que dijese la verdad… Ya sé que mañana solo tenemos media jornada y que después entramos en la semana para preparar los exámenes, así que ¿te gustaría indagar un poco en internet sobre el embalse de Shadow Sands y la discoteca Hedley House? También me gustaría averiguar si hay más historias sobre personas desaparecidas. Quiero saber quiénes eran esa mujer y su conductor-pistolero.

27

Magdalena no dejó de perder y recuperar la consciencia sobre el suelo de hormigón de la habitación alicatada. La nariz y la cabeza le dolían con un pálpito intermitente, pero eso no le impidió dormir un poco.

El tiempo se había reducido a los latidos de su corazón. Consiguió contar hasta veinte, pero el hambre y el cansancio hicieron que se perdiera. Poco después, la cabeza le dolía aún más y la nariz se le había vuelto a taponar. Se ayudó del canapé de hormigón sobre el que descansaba la cama para incorporarse un poco. Tenía las piernas entumecidas, y pasaron varios minutos hasta que consiguió moverlas para cambiar de postura. Apenas podía moverse y el pánico se había apoderado de ella. No obstante, poco a poco iba recuperando la sensibilidad en las piernas.

Odiaba esa sensación, como de alfileres clavándose en su piel cuando se le dormía cualquier extremidad y volvía a moverla, pero, por primera vez, le pareció un alivio. Se levantó y se lavó la cara con cuidado, y consiguió destaponarse uno de los agujeros de la nariz. También bebió y bebió; aquella deliciosa agua fría le despejaba la mente. Al cerrar el grifo, el silencio irrumpió de nuevo en la habitación. Magdalena se esforzó por escuchar cualquier sonido: intentó escuchar más allá del sordo latido de su corazón y del ruido que hacía al respirar por la boca.

Un par de veces creyó que una brisa le acariciaba la cara mojada, lo que hizo que se encogiera del miedo y estirase los brazos para comprobar si él seguía en la habitación con ella.

Magdalena recorrió la habitación a tientas a la vez que arañaba el aire de su alrededor, pero no tocó nada. Volvió a salir al pasillo, palpó las paredes y todo el espacio que la rodeaba, entró en el pequeño aseo y, al final, fue hasta las puertas del ascensor. Las tocó, notó que estaban frías y acercó la oreja intentando escuchar algo.

Nada.

Metió las uñas en el hueco entre las dos puertas y tiró para hacer palanca, con tanta fuerza que una de las uñas se le partió y le dejó el dedo en carne viva.

Soltó un alarido de dolor y se metió el dedo en la boca. Tenía la uña medio colgando; se le había desprendido la afilada punta de la uña del lecho ungueal y estaba sangrando.

Se puso a llorar. Lo que daría por tener una lima. Se mordió la uña y consiguió arrancar la mitad de esta, pero todavía le quedaba una mitad colgando. Se dejó caer con la espalda apoyada en las puertas de acero hasta sentarse en el suelo de hormigón.

Entonces recordó una historia horrible que le había contado su amiga Gabriela, de la universidad. A Gabriela la agredieron una noche mientras volvía de la biblioteca a casa. Iba caminando por un bonito barrio lleno de árboles, cuando un hombre mayor que iba vestido para salir a correr la paró y le preguntó por una dirección. Era educado y totalmente corriente, incluso bastante guapo, pero, cuando se ganó su atención, se abalanzó sobre ella y la arrastró hasta un callejón entre dos casas.

Magdalena no entendió por qué Gabriela no se había defendido, y la verdad es que juzgó a su amiga diciéndole que había sido débil y que había permitido que el hombre la violase.

«Permitir». «Hombre». Aquellas palabras le provocaron escalofríos durante mucho tiempo. Ahora se encontraba en una situación terrorífica, una de la que seguramente no saldría viva. Ese hombre iba a matarla. ¿Qué sentido tenía dejarse torturar y alargar el sufrimiento? Su padre siempre les había dicho a ella y a su hermana que tenían que defenderse si en algún momento se metían en una pelea, pero su padre se había criado con hombres. Él pensaba como un hombre. Siempre quiso completar la familia con un hijo. A los niños se les enseña a luchar, pero ¿se les debería decir a las niñas que se hagan las muertas? Magdalena era una luchadora, pero estaba replanteándose muchas cosas ante una situación tan horrible. ¿Cómo había podido juzgar a Gabriela cuando esta simplemente intentaba sobrevivir?

Toda la adrenalina que sentía se esfumó de golpe; estaba agotada. Nunca había estado tan cansada. Se recostó y se hizo un ovillo entre el suelo y la pared.

«¡No te duermas! ¡No puedes dormirte!» gritó una voz con urgencia en su cabeza. Sin embargo, tomó aire, lo soltó…, y una sensación cálida la inundó.

* * *

Se despertó alertada y muerta de frío. Tragó saliva y notó que tenía un lado de la boca lleno de baba. Un leve sonido hizo que se le cortara la respiración. Venía del interior de la habitación. Alargó los brazos. Estaba tumbada en la cama… ¿Cómo había llegado hasta la cama?

Se oyó el sonido de un zapato arrastrándose por el suelo. Una leve inspiración. El ruido que se hace al tragar. ¿Había sido ella? No, tenía que haber sido otra persona. ¿Estaba de pie a su lado? ¿O estaba más lejos, mirándola desde una esquina de la habitación?

Visualizó la cara de su padre en su mente. La oscuridad era tan absoluta que era capaz de ver las cosas que se le pasaban por la cabeza con los ojos abiertos. Comenzó a parpadear a oscuras, pero no le sirvió de nada.

«¡Nunca metas el pulgar en el puño cuando vayas a pegar a alguien!», le gritó.

Después vio a Gabriela tumbada en el suelo del callejón, sin oponer resistencia, tal y como la había imaginado tantas veces. El hombre estaba encima. Tenía los ojos abiertos como platos y un charco de sangre salía de debajo de ella mientras él no dejaba de embestirla.

Magdalena cerró sus inservibles ojos, que no dejaban de parpadear, y se preparó para pelear desde la cama. No lo oyó acercarse y, de pronto, notó un olor a producto químico.

—¿Quieres tocar las estrellas? —susurró una voz en su oído.

Al respirar, por el susto, inhaló el producto químico y sintió la botellita debajo de la nariz. Pareció que la cama se la tragaba y se quedó inconsciente.

28

Después de las clases de la mañana, Kate y Tristan cogieron algo para almorzar y se lo llevaron al despacho, donde comenzaron a indagar en internet sobre el embalse de Shadow Sands. Descubrieron que formaba parte de una finca más grande y edificaciones que eran propiedad de la familia noble Baker. En 1940, cuando la familia estaba endeudada hasta las cejas, decidieron levantar un dique en el río Fowey, que transcurría por su hacienda, y erigir una central hidroeléctrica. En 1953, se inundaron seis pueblos con todas sus tierras de cultivo para construir la presa y la central eléctrica.

Además, descubrieron que la mujer que apareció en el *camping* el día anterior era Silvia Baker, que, a sus ochenta y dos años, era la heredera de más edad de la familia Baker. Era la copropietaria de la compañía Shadow Sands junto con sus nietos Thomas, de cincuenta y un años; Stephen, de cuarenta y dos, y Dana, de cuarenta. No fueron capaces de encontrar el nombre del hombre que llevaba la escopeta.

Buscaron en Google a «Ulrich Mazur» y a «Sally-Ann Cobbs» añadiendo «embalse de Shadow Sands», pero parecía que nada los conectaba con el embalse. Aun así, Kate encontró muchísima información sobre un grupo de manifestantes de la zona llamado «Unión por el Derecho de Paseo», y pasaron las siguientes horas buscando entre los resultados de la búsqueda.

—Parece que este grupo se la tiene jurada a la familia Baker —apuntó Kate—. Hay un montón de manifestaciones, demandas y cosas así sobre el daño que hace la central hidroeléctrica a su entorno. También da la sensación de que llevan siglos con una disputa sobre los caminos públicos que pasan por la finca y junto al embalse. Por lo visto, hace dos años, Silvia Baker dejó que sus rottweilers atacaran salvajemente a una pareja de excursionistas en el camino que pasa por su casa, la mansión Allways. El tribunal le impuso una multa y tuvieron que sacrificar a los perros.

—Animalitos —dijo Tristan—. La Unión por el Derecho de Paseo tiene cuenta de YouTube. Hay una noticia del telediario de 1991 sobre unos cadáveres que se encontraron en el agua.

Kate se acercó para sentarse a su lado en el sofá. Tristan hizo clic en un vídeo que se titulaba: «SE ENCUENTRA UN TERCER CUERPO EN EL EMBALSE DE SHADOW SANDS, 03-03-1991».

Era una noticia de la cadena local. En la parte de arriba de la imagen aparecía escrito: «INFORMA PENNY LAYTON». Una joven periodista con un impermeable azul estaba en el césped del *camping* que había junto al embalse. A su izquierda estaban los baños, que en 1991 tenían pinta de estar mucho más nuevos y limpios. Se veían unas nubes bajas y, un poco más lejos, en el agua, un equipo de recuperación de cadáveres en una lancha sacaba con un cabestrante una bolsa con un cadáver.

—Durante una patrulla rutinaria, uno de los encargados del mantenimiento del embalse, que suele comprobar con regularidad el estado del embalse, encontró el cuerpo de una joven —comenzó Penny—. Se presionó a la compañía Shadow Sands para que levantase una valla en la cara norte del embalse. Este es el tercer cuerpo que aparece aquí en los últimos años: hace dos apareció el de otra joven y, el verano pasado, el pequeño de nueve años, Peter Fishwick, se ahogó mientras estaba de acampada aquí mismo con su familia.

—Mira, esto es antes de que vallaran la orilla —comentó Kate.

Entonces la cámara pasó a grabar a Penny Layton fuera de uno de los *pubs* del pueblo mientras corría detrás de una Silvia Baker aparentemente más joven que se estaba metiendo en un Land Rover. Silvia llevaba un abrigo borgoña con un adorno de piel. Tenía el pelo, de color marrón caoba, recogido en un moño bajo. El hombre de aspecto corpulento que le sujetaba la puerta era el mismo que había amenazado a Kate y a Tristan con la escopeta.

Silvia parecía incómoda mientras Penny le metía el micrófono debajo de la nariz.

—Silvia Baker, ¿quiere decir algo sobre el cuerpo que se ha encontrado en el embalse?

—Que siento muchísimo lo de esa joven que se ha ahogado —contestó.

—La policía aún no ha confirmado la causa de la muerte —la corrigió Penny.

—Sí, cierto. Pero lo único que imagino…

—Este es el tercer cuerpo que aparece en el embalse en tres años…

—Cooperamos a todos los niveles con las autoridades. No tengo autorización para decir nada más.

—La Unión por el Derecho de Paseo ha presionado en repetidas ocasiones para que se valle la cara norte del embalse. ¿La compañía se hará responsable si se dictamina que esta chica ha muerto ahogada?

A Silvia se le hincharon los agujeros de la nariz.

—Hemos luchado durante muchos años para que se trasladase el *camping* a un lugar seguro, pero es un lugar con prioridad de paso para las personas, que además se empeñan en usarlo. Si siguen yendo, deberán responsabilizarse de su propia seguridad. Se ha colocado una señal para dejar claro que nadie puede meterse en el agua…

—Está perdiendo los nervios —apuntó Tristan.

—¡La gente debe responsabilizarse de su propia seguridad! —gritó Silvia en el vídeo.

—Entonces, ¿quiere decir que es culpa suya? ¿La culpa de ahogarse fue de Peter Fishwick? Solo tenía nueve años.

El conductor con el pelo teñido de negro acompañó a Silvia hasta los asientos traseros del coche y, después, tapó la lente de la cámara con la mano.

El vídeo terminó de pronto.

—Un momento —dijo Kate mientras buscaba su portátil—. Aquí está, Peter Fishwick… Posteriormente, se determinó que su muerte fue por ahogamiento accidental. Pobre criaturita.

—Aquí hay un vídeo de dos años después —comentó Tristan, mientras señalaba un resultado de la búsqueda en YouTube.

Se llamaba «JUICIO DEL EMBALSE DE SHADOW SANDS, 07-06-1993». Kate pinchó en el enlace.

El vídeo comenzaba en las escaleras del Juzgado de Primera Instancia de Exeter. Silvia Baker salía del juzgado y bajaba a pisotones los escalones en dirección a su coche. El mismo hombre con el pelo teñido de negro le abrió la puerta. La cámara captó el momento en que se sentó en los asientos traseros del coche. La mujer empujó a las cámaras para apartarlas y cerró de un portazo.

Entonces el conductor se metió dentro del coche a toda prisa, salió pitando con un chirrido de neumáticos y pasó junto a unos pocos manifestantes que portaban pancartas que rezaban: «¡HACED DE SHADOW SANDS UN LUGAR SEGURO!», «¡PROTEGED NUESTRO DERECHO DE PASEO!», «¡TENEMOS DERECHO A PASEAR!».

Penny Layton apareció en escena fuera del juzgado, delante de los manifestantes.

—Después de un larguísimo proceso judicial, la compañía Shadow Sands ha perdido su última apelación y se le ha ordenado erigir una valla que recorra más de tres kilómetros alrededor de la cara norte del embalse —comenzó—. Se estima que los costes legales y de construcción ascenderán a unos tres millones de libras. El programa *Spotlight* de la BBC ha accedido hoy mismo al proyecto para ver la ardua tarea en la que consiste levantar una valla a lo largo de la zona norte del embalse. ¡Hasta los hermanos Baker han colaborado en la construcción de la valla!

La imagen pasó a enfocar a Penny Layton junto a dos hombres y una mujer. Aparentaban tener veintitantos y los tres llevaban vaqueros, botas de trabajo y chaquetas reflectantes sospechosamente limpias.

—Lord Baker, ¿puedo empezar con usted? —preguntó Penny Layton al primer joven.

Era alto y delgado, y tenía el pelo negro y peinado hacia un lado.

—Por favor, llámame Thomas —contestó, algo incómodo. Era muy bienhablado.

—Thomas, en los últimos cinco años se han ahogado tres personas en el embalse. ¿Por qué habéis tardado tanto en levantar la valla?

—Hemos luchado durante mucho tiempo para que esa parte del embalse se cierre al público —comenzó Thomas—.

Apenas se utiliza. No obstante, un pequeño número de personas se ha empeñado en mantenerlo abierto como un lugar de paso preferente... —añadió.

Era un joven serio. Bajó la mirada al suelo, incómodo ante el foco de las cámaras.

—Penny, si me permites que intervenga... —dijo el joven que estaba a su lado.

Penny le acercó el micrófono. Era muy guapo y tenía un pelo rubio extremadamente cuidado.

—Soy el pequeño de los Baker, Stephen. El de repuesto para la herencia, por decirlo de alguna manera... Estamos levantando una valla impenetrable para que esa zona sea segura. La Unión por los Derechos de Paseo se ha comportado fatal con nosotros. Nuestra familia ha sido objeto de amenazas muy serias y de todo tipo de groserías. Creía que los senderistas y los excursionistas eran personas agradables, pero ¡son como terroristas!

—Deberíamos centrarnos en lo positivo —intervino Dana Baker, que se había acercado al micrófono para impedir que su hermano siguiese hablando. Era una rubia bajita que llevaba un corte *pixie*.

—Estamos muy afligidos porque la Unión por los Derechos de Paseo haya mantenido este caso durante tanto tiempo en los juzgados. Estos accidentes podrían haberse evitado, pero hoy hemos dado un paso positivo para que la gente disfrute del lugar de una forma más segura.

El informativo pasó a mostrar un conjunto de vídeos en el que aparecían varias pancartas y camisetas de los manifestantes de la Unión por los Derechos de Paseo. En el primero, los manifestantes gritaban y vociferaban como locos, como si fuese una cacería. En el segundo se los veía manifestándose en las escaleras del Juzgado Superior de lo Penal de Exeter y, en el último, salía un grupo de manifestantes que se había reunido en el *camping* para lanzar una enorme balsa de madera al agua, con una pila de material imposible de identificar en su interior. Comenzaron a gritar y a lanzar vítores cuando le prendieron fuego y después soltaron la balsa ardiendo para que se la llevara la corriente, en dirección a la turbina hidroeléctrica, tras cuyas compuertas se desvaneció.

—Hemos intentado contactar con la Unión por los Derechos de Paseo, pero no se encontraban disponibles para realizar declaraciones —concluyó Penny Layton.

Kate y Tristan se quedaron callados un momento.

—Tenemos que encontrar los nombres de las dos mujeres que aparecieron muertas en el embalse —dijo Kate—. A la primera la encontrarían en 1989, el niño se ahogó en 1990 y, por lo que dice el vídeo, parece que sacaron el cuerpo de la mujer del embalse el 3 de marzo de 1991.

—Y tenemos a Magdalena, que ha desaparecido cerca del embalse —comenzó Tristan—, y que estaba a cuatrocientos metros del agua, así que no está directamente relacionada con el embalse. Después Simon Kendal, al que encontraste el pasado agosto; Ulrich Mazur desaparece de camino a casa desde la discoteca Hedley House en octubre de 2008 y Sally-Ann Cobbs en noviembre de 2009.

—Siete personas, cuatro cadáveres, o tres. Tengo la sensación de que la muerte del niño de nueve años es distinta. Que se ahogó accidentalmente. Pero tenemos que averiguarlo —añadió Kate.

—¿Están relacionadas o queremos que lo estén? —preguntó Tristan.

—Estadísticamente, podrían ser accidentes en los alrededores del embalse, especialmente si había niebla —coincidió Kate—. Quizá se alejaron del camino, se cayeron y se ahogaron, pero si el embalse cuenta con lanchas de mantenimiento que circulan con regularidad, ¿por qué no encontraron los cuerpos? Los cadáveres flotan, a no ser que les pongas peso…

De repente, sonó el teléfono de Kate en el escritorio, se acercó y vio la pantalla. Acto seguido miró a Tristan.

—Es Kirstie, la chica del bar que dijo que la habían secuestrado.

29

El viernes por la tarde, Kate quedó con Kirstie Newett en un Starbucks que había en Frome Crawford, un pueblecito a las afueras de Exeter. Kirstie ya estaba esperándola cuando llegó. Había elegido una mesa en una esquina tranquila, lejos de los estudiantes que trabajaban con sus portátiles. Kate sabía por Rachel, la camarera del Roble Salvaje, que Kirstie tenía unos veinticinco años, pero parecía mayor. Llevaba unos *leggings* negros, unas mugrientas deportivas blancas y una chaqueta azul de lana con el borde de la capucha forrado de pelo. Tenía el pelo rubio, recogido hacia atrás, dejando a la vista una frente grande, ancha y brillante, y varios centímetros de raíces negras.

—Gracias por acceder a que nos veamos —le agradeció Kate cuando les llevaron sus bebidas—. ¿Qué ha hecho que te decidas a hablar conmigo?

—Rachel, la del Roble Salvaje, me llamó y me contó lo que estaba pasando... —explicó Kirstie—. Y te he investigado. He leído lo que hay sobre ti en internet. Que todo el mundo te dio la espalda cuando descubriste que tu jefe era un asesino en serie. Lo has pasado mal.

—Aun así, no me quejo —contestó Kate.

—Nadie se creyó lo que me pasó. Pensé que me sentiría un poco menos loca si hablaba contigo.

Kate asintió.

—¿Eres algo así como una detective privada?

—Esto lo hago por mi cuenta. ¿Te importa si tomo notas?

—No. Quiero decir que no, no me importa... —respondió Kirstie.

La chica intentaba sostener la mirada, pero al final siempre la apartaba. Además, no paraba de mover la pierna con nerviosismo. Kate se preguntó si estaría bajo el efecto de alguna droga, pero tenía las pupilas dilatadas y no olía a alcohol. El olor corporal de Kirstie era una mezcla entre algo rancio y tabaco.

—¿Empezamos con la fecha en la que ocurrió todo? Si te acuerdas —inquirió Kate.

—Fue una noche en que salí a Hedley House, a finales de septiembre del 2009 —comenzó Kirstie—. En aquella época, trabajaba en el Roble Salvaje y me sacaba un dinerillo extra haciendo manicuras en casa. Estuve un par de años con trabajos de mierda hasta que ahorré lo suficiente para comprarme un kit de uñas. Necesitas una lámpara UV y pagar todos los esmaltes, además de los accesorios. Es mucho dinero. Al mismo tiempo, estaba cobrando el paro, con la idea de hacer manicuras por mi cuenta y crearme una cartera de clientas, pero alguna guarra me delató a la oficina de desempleo. Dejaron de ingresarme el subsidio. El día que fui a Hedley fue justo por aquel entonces. Pasó al final de la noche y estaba como una cuba.

—¿Fuiste con alguien?

Kirstie negó con la cabeza.

—Las compañeras del trabajo dijeron que iban, así que pensé que ya las vería por allí, y así fue… Pero al final de la noche todo el mundo se había pirado con algún tío o se había ido a casa. A mí me quedaban cinco libras en el bolsillo y tenía que comprar tabaco. Por aquel entonces vivía en Ashdean, y decidí volver andando.

—¿Lo habías hecho antes?

—Sí, una o dos veces. En verano, cuando hacía calor, lo hacía mucha gente. Era bastante divertido, porque siempre volvías con una multitud hasta Ashdean, pero aquella noche de septiembre hacía mucho frío. Pasaron bastantes coches mientras volvía por la carretera. No obstante, ninguno se paró. De pronto, apareció una especie de bruma. Iba caminando por la carretera para que los coches me vieran, como debe hacerse, pero la niebla se volvió tan espesa y los coches pasaban tan despacio que decidí ir por el arcén. Entonces, uno se paró.

—¿Dónde?

—No lo sé, en alguna zona de estacionamiento.

—¿Habías pasado ya el embalse de Shadow Sands?

—Creo que sí. Estaba muy borracha y no veía bien, en plan, por la niebla. Me tropecé un par de veces y casi me caigo en una zanja. Entonces apareció ese coche aparcado a un lado de la carretera.

—¿Qué modelo de coche era?

—Era un compacto de color claro. Las luces de dentro estaban encendidas y había un anciano en el asiento del conductor. Cuando bajó la ventanilla, me pareció un señor muy amable. Era de por aquí, porque tenía el acento propio de la zona. Dijo que estaba loca por ¡volver andando! Yo estaba helada, solo llevaba una falda cortísima y un top, porque salí sin abrigo. Recuerdo la sensación de calor al entrar en el coche después de que el hombre subiese la ventanilla. Aquel aire caliente me envolvió.

—¿Puedes describirlo con detalles?

—Llevaba una boina y le asomaban un montón de mechones grises por debajo. Era como si se estuviese dejando el pelo largo, pero ya le tocase ir al peluquero. También tenía una nariz grande, como la de un gnomo. La barba era tupida y se había dejado bigote. Llevaba unas gafas con los cristales tan gruesos que hacían que se le viesen los ojos más grandes. Y tenía los ojos de un color raro, como azul púrpura…

Kirstie arrimó la silla, bajó la mirada a la mesa y jugueteó con su vaso de papel.

—¿Estás bien? ¿Quieres que paremos? —preguntó Kate.

La mujer miró en derredor. Poco a poco, la mayoría de la gente se había marchado del Starbucks y ya solo quedaban unos cuantos estudiantes trabajando con sus portátiles y ensimismados en lo que estuvieran escuchando con los auriculares.

—No, estoy bien.

—¿Qué pasó después?

—Me preguntó a dónde iba y si quería que me llevase. Parecía un hombre frágil, un anciano amable. Le di una dirección falsa, creyéndome muy lista, para que me dejase a unas calles de mi apartamento, así que me metí en el asiento del copiloto y cerré la puerta. El hombre cerró el seguro, se quedó callado unos treinta segundos y, nunca lo olvidaré, se giró hacia mí, cambió la voz y me preguntó: «¿Quieres tocar las estrellas?».

Entonces se inclinó hacia mí, me puso una botella debajo de la nariz y me sujetó la nuca para obligarme a olerlo.

—¿Qué crees que era? ¿Popper?

—No, algo más fuerte. Fenciclidina, polvo de ángel. Yo ya estaba borracha, y aquello me hizo sentir que estaba volando. Todo pasó muy rápido y seguramente me desmayé después. Más tarde, desperté en una habitación.

—¿Dónde?

—No lo sé… Estaba oscuro como la boca del lobo… —dijo.

Su pierna se movía a toda velocidad y las manos le temblaban.

—No pasa nada —la tranquilizó Kate, al tiempo que le agarraba la mano.

Kirstie la apartó enseguida y, con el tirón, se le subió una manga, que dejó a la vista unas cicatrices en la muñeca que delataban que había intentado cortarse las venas. Kirstie se bajó la manga.

—¿Alguna vez has estado en un sitio tan oscuro que da lo mismo si abres o cierras los ojos? Negro como el azabache, donde no se ve absolutamente nada.

Kate recordó una excursión con el colegio a Francia, visitaron una cueva y el guía apagó las luces durante unos segundos. Enseguida le vino a la mente el miedo que pasó aquel brevísimo momento en la más absoluta oscuridad.

—Sí.

—Había una habitación con una cama. Encontré un lavabo en la esquina y descubrí que tenía agua. Bebí directamente del grifo. Recuerdo un pasillo y más habitaciones, creo. Nunca vi nada. Iba a tientas.

—¿Cuánto tiempo te tuvo allí?

—No lo sé, días. También había un ascensor al final del pasillo.

—¿Cómo sabías que era un ascensor?

—Se oía. Un día estaba caminando a tientas cuando el ascensor comenzó a bajar y, al poco, se abrieron las puertas…

Kirstie tuvo que parar un momento para respirar hondo.

—Un hombre salió del ascensor.

—¿Estás segura de que era un hombre?

—Olía como un hombre.

—¿Olía mal? —preguntó.

Kirstie asintió.

—A sudor, a sudor rancio.

—¿Te hizo daño?

—Al principio no. Salí corriendo, me caí y me hice daño y, después…, me cazó.

—¿Te cazó?

—Me observaba, me perseguía… Un par de veces noté que me tocaba… Dejé que me tocara… Pensé que a lo mejor así dejaría de hacerme daño.

—¿Cuánto tiempo duraba aquello?

—A mí me parecían horas. Entonces, me obligaba a oler la droga, el producto químico, y cuando despertaba ya se había ido.

—¿Cuántas veces te hizo eso?

—No lo sé, tres o cuatro.

—¿Y fue a lo largo de varios días o de horas? —preguntó Kate. Comenzaba a pensar que ese tío mantenía a sus víctimas encerradas durante varios días.

—No lo sé, pero me parecieron días.

—¿Cómo conseguiste escapar?

—No escapé. Me puse muy enferma, tenía fiebre y alucinaciones. Fue entonces cuando me estranguló. Solo recuerdo fragmentos de aquello: me arrinconó en una esquina, me agarró del cuello y apretó tanto que perdí el conocimiento. No sé si él creyó que estaba muerta, pero después desperté en un coche. Era por la noche y las ventanillas estaban empañadas por la calefacción. Yo iba enrollada en una sábana. No obstante, conseguí salir del coche. Recuerdo una señal que indicaba el *camping* de Shadow Sands. Se oía el rugido de la central eléctrica. Él estaba fuera cuando escapé y me pilló cuando ya estaba en el agua…

—¿Qué aspecto tenía?

—No lo sé. Tenía la garganta inflamadísima y derrames en los dos ojos. Era un borrón. Una silueta. Ni bajo ni alto. Yo solo eché a correr hacia el agua y me puse a nadar.

—¿Fuiste directamente del coche al agua? ¿Había árboles entre el punto donde estabas y el embalse?

—Había una valla, pero tenía un agujero.

—¿El hombre te persiguió hasta el agua?

—Sí, aunque yo no paré de nadar. De repente oí el motor de una lancha. El agua estaba helada. Sin embargo, el aire era cálido, así que se formó ese vapor o esa neblina en la superficie del agua. Era precioso... Parece una tontería, pero me dio fuerzas para seguir luchando. Hizo que quisiera volver a ver el sol y sentirlo acariciar mi cara, así que no dejé de nadar hacia la otra orilla. Cada vez oía la lancha más cerca, pero aquella niebla se hizo más espesa y me escondió.

»Me sorprendí cuando conseguí llegar a la otra orilla de la presa. Encontré un lugar donde las ramas de los árboles se doblaban hasta tocar el agua, así que me agarré con todas mis fuerzas a ellas y me quedé ahí. No sé cuánto tiempo estuve escondida. No dejaba de oír el motor de la lancha yendo en un lado para otro, pero, entonces, de pronto, se hizo el silencio. Salí del agua y me adentré en el bosque. Al final salí a una carretera y paré un coche... Aquel fue mi error. Fue casi tan grave como montarme con aquel hombre la noche de la niebla.

—¿Por qué?

—El conductor era un policía fuera de servicio.

—¿Te acuerdas de cómo se llamaba? —quiso saber Kate.

—Sí, Arron Ko.

Kate se quedó petrificada con el vaso en la mano.

—¿Estás segura de que se llamaba así?

—Sí, era asiático. Recuerdo que el nombre me pareció raro. Enseñó su identificación cuando llegamos al hospital y me dio la sensación de que los médicos sabían quién era. Enseguida encontró un doctor para que me atendiese. Me quedé en *shock* cuando me miré en el espejo. Tenía el cuello lleno de unos moratones terribles. Los ojos estaban completamente rojos por los derrames. Sufría una infección de riñón. El médico me escuchó, fue amable y me hizo varias pruebas; después me llevaron a una sala, me asignaron una cama y me dormí.

Kirstie no aguantó más las lágrimas y se secó los ojos con un par de servilletas.

—No sé cuánto tiempo dormí, pero cuando desperté al día siguiente, una enfermera me lavó y me dio ropa limpia. A continuación, me metieron en una ambulancia y me dijeron que me enviaban a otro lugar. El diagnóstico que hizo el doctor fue que estaba delirando… Intenté escapar; grité y chillé todo lo que pude, pero tenía la garganta echa una mierda. Al final me ataron con las correas y me pusieron una inyección.

—¿Volviste a ver al agente de policía?

—No. Desperté en el pabellón de aislamiento de un psiquiátrico cerca de Birmingham. Me drogaron hasta las cejas y me volvieron loca.

—¿Cuánto tiempo estuviste en aislamiento?

—Casi cuatro meses. Cuando salí había perdido mi apartamento, así que me mandaron a un hostal hasta que me encontrasen una vivienda propiedad del condado donde pudiera quedarme.

Durante un segundo, Kate no supo qué decir. Estaba conmocionada por haber escuchado el nombre de Arron Ko de boca de Kirstie.

—¿En algún momento se redactó un informe policial oficial con tus quejas?

—No lo sé.

—¿No fuiste a la policía a poner una queja?

Kirstie se recostó en su asiento.

—¿Has oído lo que te acabo de contar? Un hombre me encerró y me drogó, y nadie me creyó. Un puto policía corrupto me hizo esto. Lo perdí todo. ¿Crees que volveré dando saltitos hasta la comisaría para poner una puta queja?

—Perdona, ha sido una pregunta tonta —reconoció Kate.

Kirstie negó con la cabeza y clavó la mirada en la mesa.

—¿Me crees? —preguntó, levantando la vista para mirar a Kate, desafiante.

—Sí, te creo.

Kirstie asintió.

—Bien, porque todo es verdad… Esa chica, Magdalena, desapareció hace cinco días, ¿no?

—Eso es.

—Cuando el policía me llevó al hospital, descubrí que habían pasado diez días desde que el tío me había drogado la noche de la niebla. Me mantuvo cautiva diez días. ¿La estás buscando?

Kate no estaba preparada para que la conversación girase de pronto en torno a ella.

—No sabía que te hubiese retenido durante tantos días.

Kirstie alargó el brazo para agarrar a Kate de la mano.

—Prométeme que encontrarás a Magdalena. Me han decepcionado muchísimos hombres, la policía, los servicios sociales, los médicos… He pensado en acabar con todo muchas veces, pero puede que no lo haya hecho todavía porque estaba destinada a hablar contigo y contarte mi historia.

Kate asintió.

—Así que ¿me lo prometes? —preguntó Kirstie.

—Te lo prometo —contestó Kate.

Tan solo esperaba poder cumplir su promesa.

30

Tristan recibió un mensaje de Sarah cuando Kate ya se había ido a ver a Kirstie:

ME QUEDARÉ EN CASA DE GARY HASTA EL DÍA DE LA BODA

No había saludo, despedida ni emoticono con carita feliz. Le molestaba que no pudiesen arreglar las cosas, pero creía que sería más fácil para los dos si se daban un poco de espacio. Se marchó del despacho, fue a su apartamento, se puso toda su equipación para correr y salió al paseo marítimo. Pasó por delante de la sala de recreativos y llegó hasta la otra punta de Ashdean.

Correr le despejaba la mente. Después, volvió a casa y se dio una ducha, se vistió, se hizo unos espaguetis y los puso sobre una tostada, fue hasta el salón y disfrutó del silencio mientras comía. A continuación, encendió su portátil y buscó los nombres de las dos mujeres que habían aparecido flotando en el embalse en 1989 y en 1991. Tuvo que indagar un poco, pero al final las encontró: Fiona Harvey y Becky Chard. Las dos venían de entornos pobres. En el periódico ponía que Fiona estaba en paro y que había crecido en un orfanato; Becky tampoco tenía trabajo cuando desapareció y venía de una familia monoparental.

Después escribió una lista con todas las víctimas, las que habían aparecido y las que no, empezando por Magdalena y terminando con la primera.

Todavía no había acabado la lista cuando Kate lo llamó para decirle que había terminado su reunión con Kirstie y que estaba volviendo a Ashdean en coche. Tristan la invitó a pasarse por su apartamento para tomar algo y le dijo que Sarah se había ido.

Kate llegó poco después y Tristan le preparó un té y una tostada.

—¿Qué hay en las cajas? —quiso saber Kate una vez se sentó en el sofá para comerse la tostada.

—Es alcohol libre de impuestos para la boda de Sarah... Ay, mierda. ¿Te molesta?

Tristan vio que Kate miraba las cajas de vodka Smirnoff y de *whisky* Teacher's con algo de nostalgia.

—¿Tienes té helado? —preguntó.

—Creo que tengo una botella de Lipton —contestó.

Fue corriendo a la cocina, encontró un vaso de tubo y un poco de hielo y lo llenó hasta arriba de té. Para terminar, añadió una rodaja de limón, igual que le había visto hacer a ella en su casa. Pareció aliviada y agradecida cuando agarró el vaso.

—Eres mi salvador —dijo, y acto seguido le dio un buen trago al té.

Kate empezó a comerse la tostada y, entre bocado y bocado, le contó la historia de Kirstie.

—¿Arron Ko? Joder —exclamó Tristan—. ¿Crees que lo habrá confundido con otro?

—¿Cuántos jefes de la policía asiáticos hay en Devon y Cornualles? Ahora a lo mejor hay más, pero de esto hace ya unos años... —respondió Kate.

—¿Significa que no podemos confiar en Henry Ko?

—Exacto.

—¿Y ese tío tuvo encerrada en la oscuridad a Kirstie durante diez días? —continuó Tristan.

Kate asintió y bebió un poco más de té helado.

—Magdalena lleva desaparecida cinco días —concluyó Kate.

—¿Crees que te ha dicho la verdad?

—He interrogado a muchos criminales y víctimas de crímenes. Si ha mentido, es una profesional.

—Pero recuerda lo que nos dijo Rachel, la del *pub:* «Es muy buena mentirosa».

—Esto no es lo mismo que mentir sobre haberse comprado un coche... ¿Tienes más té helado? —preguntó Kate.

Tristan se llevó el vaso a la cocina y lo llenó hasta arriba. De vuelta al salón, pilló a Kate mirando la lista que había hecho.

- Magdalena Rossi (profesora en la universidad): desaparecida el 14-10-2012.
- Simon Kendal (estudiante): su cuerpo apareció en el embalse el 30-8-2012.
- Sally-Ann Cobbs (limpiadora): desapareció a finales de noviembre del 2009.
- Ulrich Mazur (chapuzas): desapareció entre el 20 y el 31 de octubre del 2008.
- Fiona Harvey (desempleada): su cuerpo apareció en el embalse el 3-3-1991.
- Peter Fishwick (nueve años): se ahogó en el embalse a plena luz del día. Su padre intentó reanimarlo. Agosto de 1990.
- Becky Chard (desempleada): su cuerpo apareció en el embalse el 11-11-1989.

La mujer le arrebató el vaso de té helado de la mano, se bebió la mitad de un trago, cerró los ojos un segundo y respiró hondo. Le temblaban las manos.

—¿Va todo bien? —preguntó Tristan.

Kate abrió los ojos.

—Sí, solo es cansancio. Estoy agotada... —Volvió a mirar la lista—. No deberíamos contar a Peter Fishwick. Su muerte fue un accidente horrible, pero se ahogó delante de sus padres...

Tristan tachó el nombre de Peter Fishwick de la lista.

—La muerte de Simon fue demasiado rápida como para atribuirla a quienquiera que esté detrás de los secuestros. Encontré su cuerpo dos días después de su desaparición. Solo llevaba muerto un día o dos, así que no sigue el mismo patrón.

—¿Qué patrón?

Kate agarró el vaso con las dos manos y respiró hondo.

—Personas desempleadas o con bajos ingresos que prácticamente no tienen familia o están completamente solos, por lo que nadie los echa de menos...

—Pero ese patrón no se ajusta a Magdalena. Ella es profesora y tiene buenos ingresos. Y, si el que está detrás de esto busca un tipo específico de persona, necesita conocerlos antes. Magdalena acaba de llegar a Ashdean, y a Reino Unido... Yo he pensado en el granjero, Barry Lewis, el que subió la huella a Facebook. Lo he investigado. Solo lleva dieciocho meses en el país. Antes tenía una granja en Auckland.

Kate asintió. Fue a beber un poco más de té, pero el vaso estaba vacío.

—Siéntate —le pidió Tristan—. Yo te lo lleno.

Cogió el vaso y fue hasta la cocina. No quería montar un drama sobre los temblores de Kate, pero lo tenían preocupado. ¿Estaría experimentando síndrome de abstinencia? ¿Había recaído? Le preparó otro vaso y se lo dio.

—Lo siento, me he quedado sin hielo —se disculpó.

Kate estaba sentada en el sofá con la cabeza echada hacia atrás, frotándose los ojos.

—Creo que solo es cansancio, una bajada de azúcar —se excusó—. Si fuese el granjero sería una suerte. Podríamos resolver el caso, encontrar a Magdalena y…, no sé…, seguir adelante.

«¿Seguir a dónde?», pensó Tristan. Kirstie le había dado a Kate una nueva línea de investigación. Había nombrado a Arron Ko y había implicado a un alto cargo de la policía en todo lo que ya sabían.

—He investigado un poco más mientras tú estabas con Kirstie —se atrevió a decir.

—Bien, ¿y qué has encontrado? —preguntó Kate, que acto seguido dio un buen sorbo al té helado.

—He buscado información sobre la Unión por el Derecho de Paseo y, según lo que he encontrado, la organización se disolvió. Aun así, el chico que la gestionaba, Ted Clough, también trabajaba en el embalse de Shadow Sands como encargado del mantenimiento de las lanchas. Lo despidieron hace unos años. Demandó a la familia por despido improcedente. No obstante, perdió el juicio. Deberíamos hablar con él. A lo mejor vio algo durante los años que trabajó en el embalse.

Kate asintió y se frotó los ojos. A Tristan le pareció que estaba demasiado pálida.

—Puedo enviarle un mensaje, tiene cuenta de Facebook —continuó.

—Sí, vale la pena intentarlo —contestó Kate.

Soltó el vaso y recogió sus cosas.

—Kate, ¿estás bien?

—Sí, aunque necesito dormir un poco —respondió—. Sigue tú, envíale un mensaje al tipo este y mañana te llamo temprano. Necesito reponer energías. Buen trabajo —se despidió Kate, y se fue.

* * *

Kate salió del apartamento de Tristan y condujo por el paseo marítimo. El viento soplaba con fuerza desde el mar, así que activó los limpiaparabrisas para lograr ver algo entre la espuma que llevaba el aire. Cuando llegó al final del paseo, se dio cuenta de que había encendido el intermitente derecho. La carretera daba la vuelta para salir a la calle principal. En el camino, la mujer pasó despacio por delante de las discotecas y los bares. Era viernes por la noche, los establecimientos tenían las luces encendidas y los colores se reflejaban en el rocío que se había quedado en los bordes de la luna de su coche. El ritmo sordo de la música se coló dentro del vehículo. Kate vio varios grupos de estudiantes riéndose y yendo de acá para allá por la calle principal, engalanados para una divertida noche de fiesta.

La lista de nombres había despertado, o activado, algo en su interior. Le había hecho plantearse qué coño hacía. Kate pensó en la promesa que le había hecho a Kirstie de encontrar a Magdalena. ¿Por qué se lo había prometido? ¿Había perdido la cabeza? Nunca habría prometido algo así cuando era agente de policía.

Kate llegó a un semáforo en verde, pero un grupo de chicas estaba esperando para cruzar. Frenó y las observó mientras pasaban por el paso de peatones, delante de su coche, tambaleándose sobre los tacones. Una de ellas tenía el pelo largo y negro, peinado con la raya en medio. Otra era rubia y llevaba el pelo corto, y la tercera era pelirroja. Kate envidió la despreocupación que transmitían.

La chica morena se giró mientras cruzaba para mirar a Kate e hizo un gesto en señal de agradecimiento. Esta sonrió y asintió.

El coche de detrás pitó y ella retomó la marcha. No tendría que haber parado en casa de Tristan. Hablar con Kirstie la había dejado exhausta. La lista y todas aquellas cajas de alcohol habían provocado lo que sentía ahora mismo.

«¿Quién te crees que eres?», le dijo una voz en su cabeza. «Ya no eres esto. Ya no eres agente de policía. No tuviste los ovarios de seguir siendo detective privada cuando era el momento, hace dos años. Jake ya es mayor. Ese tren pasó. Lo único que ha ocurrido es que el nombre de un alto cargo de la policía ha aparecido en una conversación con una víctima. Ya sabes cómo acabó todo la última vez que intentaste detener a un policía corrupto…».

«Acaban de empezar tus vacaciones».

«Kate, mañana no tienes por qué levantarte por la mañana. Ni pasado mañana, ni el otro».

«Vamos, tómate una copa de verdad. Te mereces algún momento de placer».

«Has intentado ser una buena madre y has trabajado duro para tener éxito, pero no ha funcionado».

«Has hecho todo lo que podías».

«Vamos, tómate una maldita copa».

Casi sin darse cuenta, entró en un pequeño aparcamiento al lado del Barril de Roble, uno de los *pubs* más antiguos al final de la calle principal.

Para entrar al *pub,* había una puerta con un cristal de emergencia resquebrajado. Todo estaba bastante sucio: una moqueta pegajosa cubría el suelo, y las mesas de madera habían perdido su color original. Estaba bastante concurrido, sobre todo con la gente de la zona y bebedores acérrimos. Kate se acercó a la barra como si hubiera perdido el control de su cuerpo. El Barril de Roble no era un lugar popular entre los estudiantes, así que encontró sitio sin problemas y se sentó en un taburete.

—¿Qué te pongo? —preguntó la camarera.

Era una chica joven con un *piercing* en la nariz y el pelo corto con un mechón teñido de verde. Kate abrió la boca para hablar, pero en lugar de eso respiró hondo.

—¿Me oyes? ¿Qué te pongo? —repitió con impaciencia.

Al otro lado de la barra, un hombre mayor chifló a la joven al tiempo que agitaba un billete de diez libras.

—Un Jack Daniel's solo. Doble, por favor, con mucho hielo y una rodaja de lima —salió de la boca de Kate.

En un abrir y cerrar de ojos, un vasito con el líquido de color caramelo la esperaba en la barra, justo delante de ella. El hielo tintineaba. El hombre volvió a chiflar.

—Vamos, cariño, mueve ese culito hasta aquí —dijo a la camarera.

Kate soltó un largo suspiro y agarró el vaso lleno de *whisky* con las dos manos.

31

Mientras dormía, Magdalena tenía la sensación de estar a mucha profundidad debajo del agua, donde las corrientes son cálidas, a salvo de la tormenta que era la realidad de su cautiverio y que la atacaba con furia en la superficie.

Soñó con su hogar en Italia y con su pueblecito cerca del lago de Como, donde vivía con su familia. Estaban tan unidos... ¿Qué estarían haciendo sus padres? ¿Y su hermana pequeña?

No dejó de revivir la última noche antes de su viaje a Inglaterra y la discusión que habían tenido su madre y su abuela delante de la maleta sin hacer. Su *nonna* estaba empeñada en que tenía que llevarse un pesado rodillo y un bastidor de madera para secar la pasta. Los mejores cocineros italianos no usaban ninguna máquina para hacer la pasta; utilizaban un rodillo.

Magdalena revivió el recuerdo una y otra vez, como si lo estuviese viendo a través de una pantalla.

Su madre no dejaba de sacar el rodillo de la maleta, argumentando que su hija tenía un espacio y un peso limitados para su equipaje, pero la *nonna* volvía a meterlo. Magdalena no se atrevía a decirle que compraría pasta industrial cuando estuviese en Inglaterra.

Todas sus cosas estaban desperdigadas por la colcha de acianos, junto a la maleta, listas para llevárselas de viaje: su ropa, las katiuskas para pasear por la playa, sus libros, el ordenador y varios paquetes de sus chocolatinas favoritas, de la marca Baci. Tenían una forma parecida a los «Besos de chocolate» de Hershey *(baci* significa 'besos' en italiano), pero el chocolate era de mejor calidad, el interior era suave, de avellanas, y en cada envoltorio de aluminio azul y plateado había una breve «nota de amor» que imprimía la empresa de chocolatinas.

Magdalena estaba observando la película de sus recuerdos cuando notó un dolor palpitante en la cabeza. Tenía una brecha en la frente, justo en el nacimiento del cabello, de cuando se había dado con el filo de la cama. Además, oía el sonido de una respiración de fondo. El dolor intermitente y la respiración no formaban parte de la película de sus recuerdos en el sueño. Los pinchazos eran como si le estuvieran golpeando una uña con un martillo, pero ni por esas salió a la superficie; se quedó viendo a su madre y a su *nonna* discutiendo por la maleta, gesticulando y moviendo mucho las manos. El rodillo no dejaba de entrar y salir de su equipaje. La hermana pequeña de Magdalena, Chiara, estaba sentada a su lado, a los pies de la cama; sus piernecitas y sus piececitos con las sandalias blancas estaban suspendidos en el aire. A Chiara le hacía gracia la batalla por el rodillo y, a la vez que esta se desarrollaba de fondo, ella iba pasando sus deditos por la colcha hasta que alcanzó el paquete de chocolatinas Baci. Lo cogió de un tirón y se deslizó por los pies de la cama para bajar a la alfombra y ponerse fuera del alcance de la vista de las demás. Magdalena se acercó al final de la cama y bajó la mirada para ver a Chiara sentada en la alfombra e intentando abrir el paquete. De pronto, la bolsa se abrió y las chocolatinas salieron disparadas por el suelo.

Su madre y la *nonna* se dieron cuenta de la que había armado y comenzaron a recogerlas. Magdalena no escuchaba nada, no podía oír sus voces, solo el sonido de una respiración pesada.

Chiara estaba sentada en la alfombra. Le quitó el envoltorio a una de las chocolatinas Baci y se lo tendió a Magdalena. Vio el trocito de papel pegado en el aluminio que recubría el dulce. Lo arrancó y leyó en las letritas negras:

¿QUIERES TOCAR LAS ESTRELLAS?

Magdalena salió de golpe de la ensoñación y recuperó la consciencia. Se escuchó tomar aire, como si hubiese salido del agua para respirar. Había vuelto a la fría oscuridad. Seguía tumbada en la cama y le dolía la cabeza. Se le cortó la respiración al oír un pie arrastrándose. Sentía su presencia en la oscuridad.

Notó una respiración cansada sobre ella. Él también estaba en la habitación, mirándola desde arriba.

Apretó los ojos para mantenerlos cerrados. Hizo lo mismo con las piernas y encogió los hombros, en un intento de evitar que entrase en ella.

Él siguió respirando.

—No me hagas daño, por favor —imploró.

Lo dijo con un hilo de voz que sonó muy débil.

Oyó la respiración más cerca de la cama.

—¿Quieres tocar las estrellas? —preguntó la voz.

Sonaba culto, tranquilo. Meloso. Le agarró la nuca.

—No, no —respondió.

Intentó hacerse una bolita, pero debajo de la nariz notó un fuerte olor a producto químico y el cristal de una botellita. Solo le hizo falta una corta inspiración para sentir el chute de la droga. Que lo hiciese a oscuras le parecía más aterrador que cuando el hombre lo hizo por primera vez junto a su coche.

Sintió que su cuerpo empezaba a viajar a toda prisa y perdió la capacidad de moverse. Notó que se subía encima de ella, la cabeza empezó a darle vueltas y la sangre aullaba en sus oídos; entonces, un par de manos frías y sudorosas comenzaron a desabrocharle el pantalón.

32

El teléfono de Kate sonó en el interior de su bolso justo cuando el vaso de *whisky* le rozaba los labios, lo que la sacó de golpe de su ensimismamiento. Soltó la bebida en la barra y rebuscó el móvil.

Era Tristan.

—¿Te pillo bien? —preguntó.

—Sí —contestó sin apartar la vista del vaso.

—El anciano, Ted Clough, me ha respondido al mensaje que le he enviado por Facebook. Dice que puede quedar con nosotros para hablar…

—Ajá.

—Quiere que sea ya. Dice que, como está enfermo, no pega ojo por las noches. Ya sé que es tarde, pero me ha comentado que tiene bastante información condenatoria sobre la familia Baker.

Kate respiró hondo y apartó el vaso de *whisky* de su vista.

—¿Quieres que quedemos con él ahora mismo?

—Estoy solo y atrapado entre estas cuatro paredes; estoy volviéndome loco, así que por mí sí, pero tú estarás cansada.

—No, a mí también me vendrá bien una distracción —lo tranquilizó Kate—. Te recojo en tu casa.

Salió del *pub* asustada; había estado a punto de recaer.

* * *

Ted Clough vivía en una granja en el campo, a pocos kilómetros de Ashdean por la carretera costera del oeste. Kate y Tristan iban por un camino rural flanqueado por un bosque impenetrable. Ya estaban cerca cuando una niebla espesa comenzó a descender sobre ellos.

Al tomar una curva cerrada, el torbellino de niebla se disipó y Kate tuvo que dar un frenazo ante la figura de un anciano con el pelo despeinado que estaba de pie en la cuneta herbosa. Llevaba un abrigo largo y una boina, y se agarraba a una bombona de oxígeno conectada a un tubito que tenía enrollado en la cara y cuya salida descansaba debajo de su nariz. Kate bajó la ventanilla.

—Hola, ¿es usted el señor Clough?

—Sí, pero llamadme Ted, por favor —les pidió.

Tenía una respiración superficial.

—Hola, yo soy el que te ha enviado el mensaje por Facebook —se presentó Tristan, y se inclinó un poco para que el anciano lo viera.

Ted se pasó la lengua por los dientes amarillentos y comenzó a jadear, sin aliento. Kate no lograba descifrar su edad, pero rondaría los sesenta.

—Pasad la verja —indicó a la vez que la señalaba—. Tengo mi coche ahí. Seguidme.

—Gracias —respondió Kate.

En cuanto salieron de la carretera y pasaron por la verja, el coche dio unos cuantos tumbos mientras atravesaban un camino lleno de árboles donde la neblina se pegaba a las ramas como si fuese fruta madura. Las puertas emitieron un gemido siniestro cuando se cerraron tras ellos.

—Parece que está en las últimas —dijo Tristan a la vez que miraba por la ventana a Ted.

Lentamente, junto con su bombona, el anciano caminó hasta un cochecito rojo lleno de barro y se metió dentro.

El hombre arrancó, y Kate y Tristan lo siguieron por el largo y serpenteante camino hasta una casita en la que, a través de la ventana de las escaleras, se veía una luz encendida. Aparcaron al lado de la puerta de atrás, que conducía a un recibidor en el que dejaron las botas y los abrigos, y a una desordenada cocinita en la que había colgada una lámpara de luz tenue. Cada centímetro de la habitación estaba ocupado por gatos: el frigorífico, la mesa de la cocina, las sillas… Y también vieron muchos boles medio llenos de pienso para gatos esparcidos por el suelo.

—¿Os apetece una taza de té? —preguntó Ted.

—Por favor —contestó Kate.

Habría matado por una copa de verdad, pero la necesidad iba disminuyendo.

Ted colocó la bombona de oxígeno en el suelo, ya que el tubo era lo bastante largo como para permitirle moverse del frigorífico a la tetera eléctrica. Tristan miró a Kate cuando el anciano abrió el frigorífico y no había nada más que leche y latas de comida para gatos.

—Gracias por recibirnos a una hora tan intempestiva —comenzó Kate.

—No duermo por las noches. Para mí, el tiempo es todo y nada a la vez —dijo, y se detuvo un momento para recuperar el aliento. Acto seguido, agarró una botella de leche del frigorífico.

—¿Seguro que no podemos ayudarte con nada? —preguntó Kate.

—Soy muy particular haciendo el té y, si me queda poco tiempo, quiero que cada taza esté como tiene que estar —contestó, y se fijó en sus miradas—. Cáncer de pulmón. Me han dado un mes, puede que menos.

—Lo siento —dijo Kate.

Tristan asintió:

—Lo siento mucho.

—No quiero vuestra pena. Necesito contaros varias cosas —anunció.

Kate quiso presionarlo para que hablase de una vez, pero esperó a que el té estuviera listo.

Siguieron a Ted por un pasillo estrecho y lleno de libros. Tan solo se oía el tic tac de los relojes. El ambiente era húmedo y todo estaba cubierto de una capa de polvo. Cuando llegaron al estudio de Ted, se encontraron con más estanterías y archivadores. Ted levantó a un gato del sillón que había junto al escritorio. Acto seguido, chasqueó los dedos en el sofá, dos gatos sarnosos que dejaron una increíble cantidad de pelo en el asiento saltaron al suelo. Kate y Tristan se sentaron.

—¿Por dónde queréis que empiece? —preguntó cuando por fin recuperó el aliento.

—Te hemos encontrado en internet porque formabas parte de la Unión por el Derecho de Paseo —comentó Kate.

—Sí, nací y crecí aquí. El proyecto del embalse fue controvertido allá por la década de los cincuenta. Se inundaron seis pueblos para crearlo, pueblos que llevaban ahí siglos. La familia Baker forzó a la gente a abandonar sus casas. Los derechos de paso de la gente se desvanecieron de la noche a la mañana y los caminos que ahora llevan al embalse tuvieron que volver a trazarse. Yo me involucré años después, cuando la familia Baker quiso impedir el paso a menos de ochocientos metros del embalse. La gente había disfrutado de ese páramo durante siglos. Estaban apropiándose de la tierra, así de simple. Ya habíamos perdido una buena parte del embalse, así que teníamos que luchar por el resto.

—También trabajabas para los Baker en la central eléctrica, ¿no? ¿No te causó un conflicto de intereses? —preguntó Kate.

—Cuando la Unión por el Derecho de Paseo era una lucha pacífica, no. Pero los últimos años se volvió cruel y en ese momento la abandoné.

—¿Te echaron de tu puesto en el embalse?

Ted se recostó en su sillón, dio un sorbo al té y recobró el aliento.

—Sí.

Miró a Kate y luego a Tristan y, por primera vez, parecía algo incómodo.

—¿A qué te dedicabas?

—Al mantenimiento del agua. Salíamos en una lancha y nos asegurábamos de que no había ningún obstáculo en el embalse. Árboles grandes, vacas u ovejas muertas...

—¿Y cadáveres?

Tomó aire con dificultad y se puso a toser.

—Me largaron después de que me negara a mentir sobre un cadáver que encontramos en el agua.

—¿Quién te pidió que mintieras?

—Mi jefe, Robbie Huber. Ya está muerto...

—¿Era muy mayor?

—No, falleció en un accidente de coche. Luego os lo cuento mejor. Una mañana de principios de marzo estaba en la lancha y encontramos el cuerpo de una joven. Hacía un día precioso. Una de esas mañanas en las que todo está tranquilo y se aprecia el reflejo de los narcisos en la orilla del embalse. Estuvimos a punto de pasar por encima del cadáver. Estaba hinchadísima por los gases. Nunca he visto nada tan impactante. ¿Alguna vez habéis visto hasta qué punto el cuerpo humano puede hincharse en descomposición? Creí que era un animal. Estaba desnuda. Tenía las piernas medio envueltas en trozos de sábana, de tela, y los brazos y las piernas atadas con una soga. Apenas distinguíamos los cortes. Tenía laceraciones y rajas por toda la cara, la barriga y el pecho.

Kate y Tristan cruzaron una mirada.

—¿Pasasteis por encima del cuerpo con la lancha?

—No, estaba ahí, delante de nosotros, como un balón flotando en el agua.

—¿Has dicho que eso pasó en marzo de 1991? —quiso saber Tristan.

—Sí. Yo trabajaba en el equipo de mantenimiento con otro tío, Ivan Coomes, que también ha fallecido.

—¿Ha muerto?

—Sí, de viejo. Le dio un infarto. Ivan era mi encargado. Nos presionaron para que declarásemos que habíamos encontrado el cuerpo donde el río Fowey desemboca en el embalse, a más de tres kilómetros. En esa parte hay unas compuertas que se abren y se cierran. Nos obligaron a decir que habíamos encontrado el cadáver ahí.

—¿Quién os obligó? —preguntó Kate.

—El hombre se llamaba... Dylan Robertson —contestó Ted, que no dejaba de moverse en el sillón, incómodo por haber pronunciado su nombre.

—¿Cuál era su cometido en el embalse? —intervino Tristan.

—Es omnipresente, el perro fiel de Silvia Baker, además de su chófer.

—Ya hemos tenido un encontronazo con él —comentó Kate, y le explicó brevemente que los había amenazado con una escopeta.

—No me cabe duda de que os habría disparado —dijo Ted.

—Si Dylan os pidió que dijerais que habíais encontrado el cadáver al lado de las compuertas, ¿dónde estaba?

—A unos cientos de metros de allí. Silvia Baker es la matriarca. Ella lo controla todo. Dylan es sus ojos en todas partes. Nos dijo que teníamos que mentir porque el embalse tenía algunos problemas. Los Baker estaban negociando con un inversor extranjero para venderlo, y un cadáver sospechoso en el agua, tan cerca de las turbinas, los habría obligado a cerrar la central y habría echado por tierra el acuerdo. Si decíamos que lo habíamos encontrado junto a las compuertas, el río Fowey entraba en escena, es decir, que este podría haber arrastrado el cuerpo hasta el embalse. Y el río llega hasta los montes Cotswolds. Al final arrastramos el cuerpo hasta la parte más alta del embalse y lo empujamos al otro lado de las compuertas. Fue muy desagradable. El cuerpo estaba tan deteriorado... Y la forma en que la habían atado... Se dictaminó que la muerte había sido un accidente. Una desgracia. Se ahogó.

—¿Identificaron el cuerpo?

—Sí, tardaron un par de semanas porque tuvieron que utilizar el registro dental. Dieron su nombre en un articulito del periódico local; era tan corto que lo vi de casualidad... Lo tengo por aquí.

El anciano se acercó a un cajón y sacó un antiguo cuaderno. En el proceso, se detuvo alguna vez para recuperar el aliento. Estuvo buscando un ratito, pero al final encontró un pequeño recorte de periódico con fecha del 16 de mayo de 1991 y se lo tendió a Kate:

> El cadáver encontrado hace dos meses en el embalse de Shadow Sands, cerca de Ashdean, ha sido identificado como el de Fiona Harvey, una joven de la zona.
>
> La policía ha declarado que todavía no hay causa de la muerte, pero que no consideran que se haya producido en circunstancias sospechosas.

—Ver la mentira impresa fue como si me diesen una bofetada —continuó Ted—. Me pregunté en qué mundo vivía. Nadie quería hablar de esto en el trabajo. Le saqué el tema a

Dylan, pero me dijo que o mantenía la boca cerrada o perdería el trabajo y la vida… Así que no dije nada más, por mi bien.

—¿Recuerdas al agente que se encargó del caso? —preguntó Kate.

—Arron Ko.

Kate y Tristan se miraron.

—Arron Ko, ¿el jefe de policía? —indagó Kate.

Rebuscó en su bolso, sacó el teléfono y le enseñó el artículo sobre la jubilación de Arron Ko para que la viese bien.

—Sí, ese es.

—Su hijo, Henry, ahora es inspector jefe. Él ha sido quien ha investigado la muerte de Simon Kendal, el cadáver que encontré en agosto.

Ted soltó una carcajada, pero enseguida se convirtió en una tos.

—Tened cuidado. Ya veis cómo ha funcionado todo a lo largo de estos años. Él es uno más de los Baker —advirtió Ted.

—¿Crees que a Arron Ko le paga la familia Baker?

—¡Pues claro! Es muy amigo de Silvia Baker, se conocen desde hace años.

—Joder —exclamó Kate—. ¿Y qué sabes del segundo cadáver «extraoficial» que se encontró?

—Oí hablar de él cuando encontramos a la joven en 1991. Aquello fue en 1989. La lancha estaba patrullando por el embalse cuando de pronto creyeron haberse enganchado con un sedal antiguo. Parecía como si estuviesen tirando de algo muy pesado. Era el cuerpo de otra joven, envuelto en una especie de mortaja.

—¿Dónde se engancharon con el cuerpo? —preguntó Tristan.

—Robbie, el chico que llevaba la lancha, dijo que había notado el lastre a mitad del embalse, pero lo presionaron para decir que había sido junto a las compuertas. Identificaron el cuerpo unos meses después gracias al registro dental.

Tristan sacó el trozo de papel en el que había hecho la lista.

—¿Becky Chard? Encontraron su cadáver en 1989.

Ted asintió.

—¿La policía registró el embalse después de que aparecieran los cuerpos? ¿Enviaron a buzos para que buscaran en las profundidades? ¿Usaron tecnología de escaneo? —intervino Kate.

—No, de ser así me habría enterado… A Robbie le pidieron lo mismo que a nosotros. Que no abriese la boca y que le dijese a la policía que había encontrado el cuerpo al lado de las compuertas. Que ni se le ocurriera comentar que lo había encontrado dentro de una mortaja. Robbie lo dejó pasar la primera vez, pero cuando llegó a sus oídos que se había encontrado un segundo cadáver que además estaba atado, se puso hecho un basilisco. Dijo que no quería que lo acusaran de mentir, así que informó a la policía. Nos contó que lo escucharon y le pidieron que volviera al día siguiente para firmar una declaración formal. Todos creímos que las cartas se iban a volver en contra de Dylan. Hasta yo hablé con la policía… —Se inclinó un poco para ajustar la bombona de oxígeno y respiró hondo—. Dos días después, Robbie sufrió un accidente con su coche. Perdió el control y chocó contra un árbol. Murió en el acto.

—Madre mía —dijo Kate.

—Le fallaron los frenos… Aquello nos acojonó muchísimo en el trabajo. Además, nos preocupaba quedarnos sin sustento; teníamos hijos y facturas que pagar. Finalmente, dejamos que todo cayera en el olvido.

—Entonces, ¿por qué te despidieron?

—Para ser sinceros, por nada honorable. Me partí la pierna porque la metí entre dos lanchas de mantenimiento. El médico me dijo que pidiese una indemnización y, aunque no reclamé mucho, los Baker detestaban esas cosas, así que me echaron.

—¿Cuándo ocurrió eso?

—Hace doce años, justo antes de la llegada del nuevo milenio.

—¿Por qué has decidido contarlo ahora?

—Tengo los pulmones hechos una mierda. No me queda mucho tiempo. Mi mujer está muerta y mis dos hijos viven en Australia. Supongo que necesitaba liberarme de esta culpa. No tengo más pruebas que esto: lo que vi con mis propios ojos.

—¿Toda la familia gestiona la central eléctrica? —preguntó Kate.

—Ellos no se encargan del trabajo diario, pero son los que mandan. Dana, la nieta de Silvia, lleva la galería de arte del centro de visitantes. Thomas es el actual lord Baker, aunque no use su título para su vida laboral. Vive en la finca, cerca de Silvia, en la mansión Carlton. El palacete original de Shadow Sands se demolió en 1950 para no tener que pagar los impuestos de la herencia. Tiene mujer, pero no hijos. Stephen Baker es la oveja negra de la familia. Vive por su cuenta. Se fue a Estados Unidos hace unos años y allí conoció a una estadounidense con la que se casó sin la aprobación de Silvia. Tienen un montón de chiquillos. Es el dueño de una tienda de utensilios de cocina pijísimos en Frome Crawford. Antes de que la familia se distanciara, él llevaba la Hedley House.

—¿La Hedley House? —preguntó Kate.

—Sí, es un antiguo palacete dentro de la finca de Shadow Sands. Lo convirtieron en una discoteca hace algunos años, pero después se volvió demasiado caro como para mantenerla. Hace unos años, la familia dijo que quería transformarlo en pisos.

En ese momento, Kate y Tristan le contaron por encima su parte de la historia y su teoría sobre que las muertes y las desapariciones encajaban perfectamente, así como lo que les había dicho Kirstie y lo que le había pasado a Magdalena.

—Me alegra saber que no me queda mucho tiempo en este mundo —dijo Ted con la lista de las posibles víctimas en la mano.

Parecía cansadísimo y muy asustado. No paraba de toser. Kate miró la hora y se dio cuenta de que iba a dar la una de la madrugada.

—¿La familia Baker sigue viviendo por aquí? —preguntó.

—Sí, todos tienen casoplones. Dana vive en Exeter. Silvia y Dylan viven juntos en la mansión Allways (él tiene su propio espacio…). Thomas y su mujer viven en la misma finca que ellos, y Stephen y su familia viven encima de su tienda en Frome Crawford.

El hombre dedicó un buen rato a leer la lista atentamente mientras la sujetaba con las manos temblorosas. Ya estaba pálido cuando llegaron, pero ahora tenía la cara gris. Ted negó con la cabeza.

—¿Esto… se lo habéis… enseñado… a alguien más? —preguntó entre un ataque de tos.

—No —contestó Kate—, eres el primero que la ve.

A Ted le dio otro doloroso ataque de tos. Tuvieron que esperar a que se le pasara, lo que resultó una situación un poco incómoda.

—Por favor… No puedo más. Necesito dormir un poco —los despidió.

* * *

Kate y Tristan salieron de la granja de Ted y se adentraron en la carretera costera. La luna llena les otorgó unas vistas preciosas del mar, así que pararon un momento para observar su reflejo en el agua.

—¿Crees que la persona que está haciendo esto es alguien de la familia Baker? —comenzó Tristan.

—La conexión con Hedley House ha hecho que me saltaran todas las alarmas. Y lo de que Arron Ko haya estado involucrado, lo que significa que Henry Ko también está metido en todo esto —respondió Kate.

—Sea quien sea, necesita un sótano o una sala subterránea, y probablemente esas casas antiguas tengan algo así —añadió Tristan.

—¿Te ha parecido que la actitud de Ted ha cambiado cuando le hemos enseñado la lista?

—Parecía asustado, pero es un hombre que se llevará algunos secretos a la tumba. Yo también tendría miedo.

—¿De qué? —preguntó Kate.

—Durante años ha temido las repercusiones, por eso ocultó lo que sabía. La familia Baker tiene mucho poder. Además, el jefe de policía también está metido en esto. No hay nada más terrorífico que la policía corrupta trabajando contra tus intereses.

—Quiero volver a hablar con él —determinó Kate—. Mañana lo llamamos por teléfono.

Tristan asintió, y los dos retomaron su viaje de vuelta a Ashdean.

* * *

Cuando Ted se quedó solo, tuvo que subir al baño a toda prisa. Allí sufrió otro doloroso ataque de tos que lo dejó reclinado en el lavabo y escupiendo sangre.

Esperó a que se le pasara un poco y se sentó en el suelo del aseo. Su gata favorita, un cruce de siamés gris que se llamaba Liberty, apareció en la puerta y comenzó a ronronear mientras se enroscaba entre sus piernas. Ted bajó la mirada y vio los intensos ojos verdes de Liberty. Era como si la gata fuese capaz de ver su alma y transmitirle paz. Acto seguido, oyó el cálido ronroneo de otros cuatro gatos que subieron las escaleras para reunirse con él en el baño, pasarle entre las piernas, acariciarle la palma de la mano con sus hocicos y acurrucarse contra él, como si quisieran tranquilizarlo. Ted sabía que iba a morir solo. De repente, se preocupó por el porvenir de sus gatos. Sabía lo despiadada que era la familia Baker y, aunque había dado instrucciones en su testamento de que encontrasen un nuevo hogar para sus mascotas, pensó en que esos cabrones la pagarían con sus gatos. Eran toda la compañía que tenía en este mundo.

—¿Por qué he hablado con ellos? ¿Por qué? Lo siento, lo siento mucho. No os harán daño. No permitiré que os ocurra nada malo —gimoteó Ted con la cara hundida en el suave cuello de la gata.

Se levantó como pudo del suelo del baño y fue hasta el teléfono de la entrada.

Levantó el auricular lentamente y marcó un número con las manos temblorosas. La voz que contestó al otro lado no había perdido su capacidad de petrificarlo de miedo.

—Solo te llamo para, quiero decirte… Esta noche han venido a mi casa un par de detectives privados. —Tosió y jadeó—. Me han preguntado sobre la gente que se ha ahogado en el embalse. He intentado despistarlos, pero creo que están a punto de descubrir quién es… —dijo.

33

Kate consiguió dormir unas horas y se levantó justo pasadas las ocho. Después bajó a la playa y se dio un largo baño. Cuando volvió a entrar en la cocina, sonó el timbre de la entrada. Era Tristan, que traía unos sándwiches con huevo frito del bar cutre que había cerca de su casa.

—Perdón, ¿llego demasiado temprano? —se disculpó.

—No, pasa —contestó ella.

El chico entró en la cocina.

—¿Estás bien? —preguntó al ver la cara de preocupación que tenía Kate.

Tristan se sentó a la mesa de la cocina y Kate le pasó unos platos.

—Si tomamos como verídico lo que nos han contado Ted Clough y Kirstie, y no creo que nos hayan mentido, la investigación se está volviendo peligrosa —contestó mientras encendía el fogón de gas y llenaba la tetera.

—Pero también significa que nos estamos acercando —rebatió Tristan al tiempo que abría el envoltorio blanco lleno de grasa y le daba un bocado al sándwich con huevo frito.

—Tris, no quiero que te hundas conmigo. Eres joven, tienes toda la vida por delante y no sabes dónde nos estamos metiendo. Ya no soy policía. No somos detectives, estamos solos en esto...

—Te olvidas de que una compañera de la universidad ha desaparecido y de que podríamos encontrarla.

—Sí, pero si Arron Ko y otros agentes de policía están en el ajo, policías corruptos... Bueno, ya sabes lo que me pasó a mí la última vez que descubrí que un agente era un criminal... —Kate se levantó el jersey para que viese la larga y fea cicatriz púrpura de su barriga—. Peter Conway me hizo esto. Un agente desesperado porque nadie descubriera su secreto...

Tristan dejó de masticar y le costó tragarse la comida que tenía en la boca. Kate se bajó el jersey.

—Siento haber sido tan gráfica, pero es importante. Arron Ko fue un alto cargo de la policía... Me acojona bastante el simple hecho de que quizá esté involucrado.

—Kate, ya he llegado hasta aquí. No te dejaré sola. Además, ¿acaso no es lo que tenemos que hacer? Especialmente si la policía a cargo de la investigación no quiere que se resuelva. ¿Y si descubrimos lo que le ha pasado a Magdalena? Y no olvidemos a todos esos adolescentes que no tenían una familia que llorase sus muertes ni los buscase.

—No vamos a llamar a la puerta de la familia Baker sin más... Y tampoco entraremos en la comisaría para pedir a Henry Ko que nos enseñe los archivos que guarda en su ordenador por nuestra cara bonita. No sé...

—¿Y Varia Campbell? —se le ocurrió a Tristan—. Ha sido inspectora jefe de este distrito durante quince años. Ahora la han trasladado a Londres, pero a lo mejor accede a hablar con nosotros.

Kate se quedó petrificada con la tetera en la mano.

La inspectora jefe Varia Campbell había dirigido el caso del Caníbal de Nine Elms. Por aquel entonces, Varia les había dicho que les debía una y que, si en algún momento necesitaban ayuda, solo tenían que llamarla.

—Cuando Varia nos ofreció su ayuda, seguramente estuviera pensando en una multa de aparcamiento o algo así —dijo Kate.

—Cuando la trasladaron a la Policía Metropolitana la ascendieron a superintendente. Seguro que eso le abre las puertas a muchas cosas —continuó Tristan—. A lo mejor puede hablarnos sobre Arron Ko. Quizá agradece la oportunidad de resolver un caso tan notorio.

A Kate le gustaba su entusiasmo. Era contagioso.

—A lo mejor ni siquiera contesta el teléfono. —Kate intentó desanimarlo.

—En ese caso, yo la llamo. Después de todo, solo es una llamada. No perdemos nada —argumentó Tristan—. No somos unos pirados; resolvimos el caso por ella. Eso tiene que valer de algo.

Se terminaron el desayuno y Kate se dio una ducha rápida. Cuando volvió a bajar, pusieron el móvil en manos libres y llamaron a Varia. La mujer descolgó desde su despacho.

—¿A qué se debe el placer? —saludó.

—¿Tienes unos minutos? Hay una cosa de la que me gustaría hablarte —respondió Kate.

Tenía que ir al grano, sabía que el tiempo de Varia era muy preciado.

Le comentó toda la historia de la forma más rápida y resumida que pudo. Cuando terminó, Varia permaneció en silencio un buen rato.

—Todo esto es muy inquietante, pero ya sabéis que ahora soy agente de la Policía Metropolitana. Ya no tengo autoridad sobre Devon y Cornualles —contestó Varia al fin.

—¿Te importa si te preguntamos por qué te fuiste de Devon y Cornualles? —preguntó Kate.

—Arron Ko, el jefe de policía, se jubilaba. Se resistió, pero ya había cumplido el máximo de edad permitido en el cuerpo. Al mismo tiempo, me propusieron un traslado muy suculento, con ascenso a superintendente. Aunque Arron moviese algunos hilos por lo que fuese, me lo había ganado…

—¿El que ha ocupado tu puesto como inspector jefe ha sido su hijo Henry?

—Sí, pero repito: me gané el ascenso y, como mujer de color, estas oportunidades no se repiten.

—¿Hasta qué punto conoces a Arron Ko?

—Era nuestro jefazo. Hablé con él alguna vez. Nunca traté con él directamente, pero sé que tenía mucha influencia, como todos los jefes de policía.

—¿Por qué crees que te eligió a ti? —preguntó Kate.

—No lo sé, no era la única inspectora jefe que trabajaba en Exeter, pero era la mejor.

—No quería que eclipsaras a su hijo.

—Ajá, y si me pongo cínica, tenía que ascender a una mujer de color para quedar bien ante los ojos de los mandamases —añadió Varia.

—Vale, ¿y qué sabes del embalse de Shadow Sands? —continuó Kate.

—Que la familia Baker es un poco conflictiva y que son los máximos accionistas del proyecto. Claro que hay mucho dinero en Devon y Cornualles. Mucha gente rica y problemática. Como sabéis, el distrito ocupa una zona enorme. Está la gigantesca franja de costa que crea sus propios problemas. El tráfico de drogas requiere de mucho tiempo.

—¿Alguna vez te desaconsejaron que investigaras el embalse de Shadow Sands? —intervino Tristan.

—No, pero nunca tuvieron motivo para ello. Yo trabajé allí entre 1998 y 2012. Ningún informe dijo que se hubieran encontrado víctimas de homicidio.

—Tenemos las fechas en las que aparecieron los cadáveres, y eso fue en 1989 y en 1991. Nuestro testigo, Ted Clough, las ha confirmado. También contradice los informes oficiales que afirman que las muertes fueron accidentales. ¿Y si dejamos constancia? —preguntó Kate.

—Entonces obligaríais a la policía a tomar cartas en el asunto, Kate. Como expolicía, ya sabes cómo funciona. Si convencéis a Ted Clough, solo tendrá que entregar una declaración firmada a un agente de vuestro distrito. Con eso debería ser suficiente para que la policía investigue la muerte —dijo Varia.

—¿Con eso bastaría para que la policía registrase el embalse? —añadió Tristan.

—Ya habéis enumerado las inconsistencias que ha habido con las desapariciones en esa zona. Pero el embalse es un proyecto público, es una central eléctrica. Tendríais que reunir pruebas para abrir un caso.

—¿Crees que Arron Ko ha catapultado a su hijo para que le haga el trabajo sucio? —continuó Tristan.

—No puedo probarlo, Tristan. El nepotismo impregna todos los aspectos de la vida. A Henry Ko lo ascendieron a inspector en cuanto puso un pie fuera de Hendon. Lo enviaron al norte de Londres, pero chocó con su inspector jefe. Lo enviaron al West End Central y lo ascendieron a subinspector. Así estuvo unos años.

—¿Hay algo en su expediente? —intervino Kate.

—Puedo echar un vistazo, pero los agentes con los que he hablado de él opinan que era un policía bastante soso. Un poco «meh», para ser concreta. Después fue cuando vino a Devon y Cornualles y ocupó mi puesto. Ya sabes cómo es, Kate. Tienes que resistirte a la corrupción, aunque también puedes escoger el camino fácil. Tienes que trabajar con los ricos y poderosos sin meterte en sus asuntos. A lo mejor eso es lo que ha pasado en el embalse de Shadow Sands. El proyecto es muy importante tanto para la familia como para el Gobierno, que posee una buena parte de las acciones.

—Si conseguimos que Ted Clough acceda a dejar constancia de que la causa de la muerte de esas dos chicas no es la que se ha dictaminado, ¿podríamos presionar para que se analizaran otros aspectos de nuestra investigación? En ese caso, ¿podrías ayudarnos? —preguntó Kate.

—Ya no formo parte del cuerpo de vuestro distrito.

—Aun así, puedes mover algún hilo, ¿no? Si vamos a la policía con la declaración de Ted Clough y nos atiende un agente corrupto que quiere enterrar todo esto, no llegará a nada.

Varia se quedó callada al otro lado del teléfono.

—Vale, llamadme cuando tengáis la declaración. Yo le daré un empujoncito para que llegue más arriba, pero no os prometo nada, Kate.

34

En cuanto colgó el teléfono, Kate llamó a Ted Clough para preguntarle si estaría dispuesto a dejar constancia de su historia. Hubo un largo silencio, interrumpido por algunos jadeos, y, por un momento, Kate pensó que había colgado.

—Hoy estoy bastante ocupado —contestó al fin.

—Ted, ya sé que te pido mucho —dijo Kate—, pero si plasmas tu declaración diciendo que los cuerpos de Fiona Harvey y Becky Chard aparecieron en mitad del embalse y atados, a la policía no le quedará más remedio que reabrir el caso. Tendrán motivos para interrogar a Dylan, el chófer de Silvia Baker, y registrar el embalse.

Volvió a hacerse el silencio, que solo se veía perturbado por los jadeos de Ted y el ladrido de un perro de fondo.

—Hoy tengo cita en el hospital —declaró finalmente—. No puedo faltar.

—Vale, ¿y si lo hacemos luego? —propuso Kate—. Ted, creo que han secuestrado a Magdalena Rossi. Desapareció hace seis días. Cuando hablé con Kirstie Newett, me dijo que alguien la dejó encerrada diez días y después intentó matarla... Ted, por favor, haz lo correcto...

Una vez más, lo único que se oía eran los jadeos del anciano. Kate miró a Tristan, sentado junto a ella en el sofá. No quería ponerse nerviosa, pero las dudas de Ted la molestaban. ¿No había dicho que le quedaba un mes de vida? Haría muchísimo bien si finalmente, en la última etapa de su vida, contaba la verdad.

—La policía está metida en esto para que no salga a la luz —respondió Ted después del largo silencio—. ¿En qué ayudaría hablar con ellos?

—Tengo un contacto en la Policía Metropolitana de Londres que antes era la inspectora jefe de Devon y Cornualles.

Está limpia y no se deja intimidar. Se asegurará de que tu declaración llegue arriba para que abran una investigación —explicó Kate.

Tristan la miró con preocupación. Varia no había dicho eso exactamente. No obstante, tampoco disponían de mucho tiempo.

—Ted, por favor. Hay cuatro chicas y dos jóvenes que han desaparecido o han muerto en brutales circunstancias. Después de aquel calvario, Kirstie Newett se quedó traumatizada. Si no le paramos los pies a esa persona, esto continuará. Más muertes, más víctimas…

—Sí, sí, de acuerdo… —aceptó y, a continuación, sufrió otro ataque de tos tan ruidoso que Kate tuvo que apartarse el móvil de la oreja—. Esta tarde… —continuó cuando se recuperó—. A las seis. Lo haré a las seis en punto de esta tarde.

Y colgó.

—Me ha parecido que estaba muy asustado, pero lo hará —anunció Kate.

—Deberíamos asegurarnos de que el agente que tome la declaración no sea de la pandilla de Henry y Arron Ko —comentó Tristan.

Kate llamó a Varia otra vez y le explicó que Ted dejaría constancia de los hechos que había presenciado.

—Le pedirá a una compañera, la inspectora jefe Della Street, que vaya a la casa de Ted esta noche. Trabaja sobre todo con la unidad de Policía Marítima —le contó Kate cuando colgó el teléfono—. He preguntado si podíamos acompañarlos y ha dicho que no le importa.

—¿Crees que él querrá que estemos allí?

—Me da igual. Realizará esa puta declaración, aunque tenga que obligarlo.

—Se está muriendo —rebatió Tristan.

—Pues con más razón —contraatacó ella.

Miró el reloj y vio que solo eran las diez de la mañana.

—Tenemos ocho horas y hay que aprovecharlas —dijo con la mente puesta en Magdalena—. Lo intentaré otra vez con Alan Hexham, voy a llamarlo. Nos sería de gran ayuda tener los informes de las autopsias de Fiona Harvey y Becky Chard. Si las tuvo encerradas igual que a Kirstie y después las tiró al embalse, sus cuerpos debieron de mostrar signos de desnutrición.

—¿Quieres que vayamos a la morgue de Exeter para ver si podemos hablar con él? —preguntó Tristan.

—No, aprovecharemos mejor el tiempo si lo llamo. También quiero visitar a Dana Baker y a Stephen Baker. Dana es la directora del centro de visitantes del embalse, y Stephen lleva la tienda de menaje de cocina, lo que significa que podemos llegar hasta ellos fácilmente —continuó Kate—. Dana pasa su jornada laboral mirando el puto embalse, y solo Dios sabe en qué más está metida como accionista.

—¿Y qué pasa con Stephen?

—Si es la oveja negra de la familia, tal vez esté dispuesto a soltar un poquito la lengua. También quiero averiguar un poco más sobre el chófer de Silvia Baker, si es que se dedica a eso. Según lo que nos dijo Ted, era más… Pero tiene una escopeta y no le importa usarla, así que tendremos que ir con pies de plomo.

—¿Y Thomas Baker?

—Todavía no lo sé. Deberíamos estudiar un poco más sus movimientos.

—¿Eso no nos convertirá en acosadores?

—No, porque Dana y Stephen trabajan en lugares públicos. Cuando trabajaba en la policía, me gustaba utilizar el factor sorpresa. No tenemos ninguna autoridad para hacerlos cantar o para que respondan a nuestras preguntas, pero entraremos ahí y los incomodaremos un poco. A ver cómo reaccionan —concluyó Kate.

35

—Es como si hubiesen atracado un barco enorme en la orilla del embalse —comentó Tristan cuando aparcaron en el *parking* del centro de visitantes de Shadow Sands.

El imponente edificio de acero y cristal se había construido con forma de barco, tenía cuatro plantas y la proa era curva. Estaba rodeado de un césped perfectamente cuidado y había muchas estatuas dispersas por el jardín, algunas de un estridente estilo modernista y otras de bronce. El resto de la tierra que rodeaba el embalse daba la impresión de estar desolada y descuidada, era casi siniestra, pero aquella parte transmitía ajetreo y hospitalidad.

El *parking* estaba medio lleno. Había seis autocares aparcados al fondo, y un grupo de turistas japoneses hacía cola junto a la entrada. Kate y Tristan oyeron el lejano estruendo de las turbinas cuando salieron del coche. Cruzaron el aparcamiento y vieron el puente y la tremenda caída que había hasta el agua, que salía a presión bajo la presa.

Un leve rocío, producto de la fuerza que llevaba el agua, quedaba suspendido en el aire y formaba un arcoíris. También llegaron a ver la parte del río que continuaba por las colinas, hasta que desaparecía tras un montículo pedregoso.

Kate y Tristan se situaron en una cola de señoritas japonesas. Todas tenían cara de estar desorientadas y llevaban viseras de crupier de paja. Cuando les llegó su turno, pagaron la entrada y pasaron el torniquete. La galería daba a una sala grande y espaciosa llena de esculturas, grabados y una exhibición de vidrio y cristal. De vez en cuando encontrabas en la pared una enorme ventana redonda con vistas al embalse, lo que recreaba todavía más la sensación de estar en un barco. Desde allí, el agua parecía otra, estaba en calma.

Kate preguntó a uno de los asistentes dónde podía encontrar a Dana Baker, y este le dijo que debían atravesar la galería y la cafetería para llegar al despacho, que se encontraba al fondo. La cafetería tenía un enorme ventanal con vistas al embalse y a un gigantesco cobertizo para lanchas en la orilla de enfrente, de donde estaban sacando una justo en ese momento.

Llegaron al despacho y Kate estaba a punto de llamar a la puerta cuando oyeron unos gritos en el interior. Tristan levantó una ceja, y los dos se acercaron a la entrada para escuchar mejor.

—No puedes seguir regalándole cosas solo porque es tu hermano —dijo una voz masculina con un clarísimo acento *cockney*—. Está forrado, puede pagarlo si quiere celebrar aquí un evento. ¡No somos las putas monjitas de la caridad!

—Técnicamente sí lo somos —respondió una mujer con una voz más refinada.

—No te hagas la lista, Dana.

—Al menos uno de los dos tendrá que hacérselo. Es una obligación familiar. Lo hago todos los años, y son de esos invitados que luego se deshacen en donaciones. ¡Pasará te guste o no!

—La familia. Sois como la mafia. Siempre cubriéndoos las espaldas.

La puerta se abrió de pronto, y Kate y Tristan dieron un paso atrás. Un hombre atractivo que rondaba los cincuenta, con el pelo canoso, rapado por los lados, gafas y un elegante traje los empujó abriéndose paso y salió de la cafetería echando humo.

El interior del despacho era pequeño, y la parte de enfrente de la puerta se estrechaba en el punto en que se encontraba la proa del edificio con forma de barco. La luz inundaba la sala a través de las dos ventanas que había a cada lado. Sentada al escritorio había una mujer que se movía con patente nerviosismo, vestida con lo que a Kate le pareció alta costura: llevaba un jersey negro largo y ancho y unos zuecos de plataforma; lucía un inmaculado corte *bob* y un pelo brillante teñido de color ciruela; usaba gafas de pasta blanca y tenía un montón de joyas llamativas. Era Dana Baker, una persona totalmente diferente a la desaliñada, jovencita y pecosa del vídeo de YouTube.

—Hola, pasad, por favor —indicó cuando recuperó la compostura.

Kate estaba a punto de soltarle el discurso que había preparado sobre la muerte de Simon Kendal cuando Dana añadió:

—¿Puedo ofreceros un café? Después de una jornada tan larga…

Kate se dio cuenta de que Dana los había confundido con otras personas a las que esperaba y lanzó una mirada sutil a Tristan para que le siguiese el juego.

—Será un placer —contestó Kate.

—Sí. El mío con leche y azúcar, por favor —intervino Tristan mientras cerraba la puerta del despacho.

—Sentaos, por favor —les pidió Dana mientras señalaba un largo sofá rosa bajo la ventana que daba a la carretera.

Tristan miró a Kate de reojo, como si quisiera preguntarle: «¿Vamos a decirle quiénes somos?». Kate asintió. Dana hizo una llamada para pedir los cafés.

—No hemos podido evitar oírlo todo, habéis tenido una buena bronca —comentó Kate cuando Dana soltó el teléfono.

—Sí, estos son los riesgos de mezclar los negocios con el placer y trabajar con tu novio. Creía que ya habíais hablado con Harrison… sobre el paquete de financiación. —Los miró inquisitiva—. ¿Eres Callie Prince? —preguntó al tiempo que consultaba su agenda—. ¿Del Consejo del Arte?

Permanecieron en silencio un momento. Kate sabía que debía ser sincera con ella.

—No, soy Kate Marshall, detective privada, y este es mi socio, Tristan Harper. Investigamos la muerte de Simon Kendal.

Dana se puso tensa.

—La policía no me ha dicho nada de que vendríais. Normalmente llamáis para avisar.

—Nosotros trabajamos aparte… ¿Por qué llamarían para avisar?

Dana se sentó sobre el escritorio. Le había cambiado la cara y ahora parecía impávida.

—Muy honesto por vuestra parte haceros pasar por los del Consejo del Arte —contestó, ignorando la pregunta.

—Lo has dado por hecho y no te hemos corregido —rebatió Kate.

—No tengo nada que decir.

196

—Tampoco te lo he pedido. Bueno, te he preguntado sobre por qué te avisaría la policía antes de venir.

Kate levantó una ceja.

—Yo, bueno, mi familia se codea con altos cargos de la policía —dijo—. Ahora tengo que pediros que os vayáis, espero a…

—Tienes una vista privilegiada del embalse —interrumpió Kate mientras señalaba un gran ventanal que daba al agua—. Seguro que desde aquí se ven muchas cosas.

—¿Muchas cosas como qué?

—Como el hallazgo del cuerpo de Simon Kendal tras ahogarse. La actuación posterior de la policía…

—El chiquillo estaba de acampada, ¿no?

—Sí.

—¿Y la policía no sospecha de su amigo?

—Exacto —contestó Kate.

—¿Y vosotros qué creéis? —preguntó Dana. Parecía una pregunta genuina.

—Tenemos nuestras dudas; no nos queda muy claro cómo Simon pudo terminar en el agua y ahogarse con lo buen nadador que era.

—Ay, Señor, no seréis de ese terrible grupo por el derecho de paso, ¿no?

—No. Dylan, el socio de tu tía. ¿Cuál es su rol en la empresa?

El cambio de tema tomó por sorpresa a Dana.

—Dylan lleva con mi tía Silvia muchísimo tiempo. Es su chófer y su protector. Durante años no le ha quedado otra por esos pirados de la Unión. Uno de los senderos que se disputan pasa al lado de su casa. ¿Sabéis que uno de ellos entró y la amenazó con un cuchillo?

—¿Le hizo algo?

—No, Dylan le disparó.

—¿Mató al intruso? —intervino Tristan.

—Sí, en defensa propia, lo que es legal. Ese hombre habría matado a mi tía si Dylan no la hubiese defendido.

—Hace tres días Dylan nos amenazó con una escopeta porque estábamos en el *camping* —comentó Kate.

—Como ya os he dicho, es muy protector con mi tía Silvia. Además, su escopeta es legal y está registrada.

—Pero es ilegal amenazar a alguien que está haciendo lo que le da la gana en un espacio público —la corrigió Kate.

—Mira, si estáis aquí por…

—¿Y qué pasa con Hedley House? —intervino Kate, sin darle un respiro—. ¿Dylan trabajaba allí?

—¿En la discoteca? Sí, se encargaba del personal de la puerta.

—¿Era un portero más?

—Creo que sí, sí. La gente de la zona siempre daba problemas.

—¿Arron Ko es amigo de la familia?

—Sí, mi abuela y él son amigos desde que eran jóvenes. No sé a qué vienen estas…

—¿Henry Ko también es amigo de la familia?

—Por supuesto, es el hijo de Arron Ko. Perdona, pero no estoy obligada a contestar y no estábamos aquí cuando Simon Kendal se ahogó.

—¿Estábamos?

—Harrison y yo estábamos en mi villa —anunció Dana.

Hubo unos toquecitos en la puerta. Harrison abrió. Lo acompañaba una mujer morena con un grueso abrigo de pata de gallo.

—Dana, ella es Callie Prince… Habíamos acordado una reunión con ella.

—No puedo quedarme mucho tiempo —dijo Callie.

—Ellos dos ya se iban —contestó Dana.

Parecía que las preguntas le habían afectado.

Kate y Tristan volvieron al *parking*.

—¿Tú qué crees? —preguntó Kate.

—No lo sé —respondió Tristan—. Los pijos son muy difíciles de interpretar. Me ha parecido un poco tonta.

—Eso no significa nada —rebatió Kate—. Quiero hablarle del resto de gente que ha desaparecido para desafiarla, pero no quiero poner en peligro la declaración de Ted. Por otro lado, Dylan se ha convertido en un personaje muy interesante. Parece que se involucra en todo lo que tenga que ver con la protección de la familia Baker.

36

Kate y Tristan se dirigieron al pueblecito de Frome Crawford, a pocos kilómetros de Ashdean, donde se encontraba la tienda de menaje de Stephen, Hubble. Estaba en una calle principal con tiendas bastante pijas, entre las que se encontraban una anticuada carnicería, una panadería con productos caseros y una decadente farmacia Boots.

Encontraron aparcamiento en la acera de enfrente, pagaron en el parquímetro y cruzaron la calle. A pesar de la llovizna y las sombras alargadas, desde la calle se veía la exhibición de ollas y sartenes plateadas de la tienda de menaje.

Habían decorado el escaparate para Halloween con un convincente fondo en el que se veía una granja en una llanura del medio oeste a la que acompañaban un granero y un silo para almacenar maíz. Al fondo, las aspas de un pequeño molino de viento de madera giraban lentamente. También había hileras de mazorcas de verdad. Envueltas entre el maíz se encontraban fuentes naranjas de la marca Le Creuset adornadas para que pareciesen calabazas, y un tractor hecho de utensilios de cocina cuyas ruedas eran unas sartenes, y el motor, una panificadora. Un niño pequeño con el pelo platino cortado a lo tazón apareció en la ventana; llevaba un jersey rojo, unos vaqueros y un osito de peluche en la mano.

—Madre mía, esto parece una escena de la película *Los chicos del maíz* —comentó Tristan.

Una mujer con el pelo largo salió corriendo por la puerta.

—¿Truman? ¡Truman! —gritó mientras buscaba por toda la calle.

Tenía acento estadounidense y llevaba un conjunto ajustado de yoga y unas zapatillas de deporte. Gozaba de un físico envidiable.

—¿Lo estás buscando a él? —preguntó Kate a la vez que señalaba al niño distraído que los miraba desde el escaparate.

—Sí, ¡gracias a Dios! —gritó otra vez, y entró corriendo.

Kate y Tristan la siguieron al interior de la estrecha pero acogedora tienda. Los expositores de colores estaban hasta arriba de ollas y sartenes de cobre, vajillas de porcelana y carísimos utensilios de cocina apilados unos sobre otros. El niño había cogido una mazorca de plástico del escaparate e intentaba comérsela. La mujer fue a por él.

—Truman, mi vida, no hagas eso. Ve a jugar con tu hermano y tu hermana —le pidió, y lo cargó en brazos.

Truman se giró para lanzar una mirada seria a Kate y Tristan mientras la mujer lo arrastraba hasta la entrada de la tienda.

Los siguieron por los abarrotados pasillos. La caja estaba al fondo, sobre un mostrador de madera grande que estaba rodeado de torres de cajas.

Un hombre que aparentaba tener cuarenta y pocos años estaba sentado con los pies descalzos sobre la esquina del tablero y leyendo un ejemplar del *Guardian*. Tenía una barba anaranjada incipiente y una melena rubia; llevaba unos vaqueros y una camiseta negra de Metallica.

—¿En qué puedo ayudaros? —preguntó con una sonrisa.

Kate encontró cierto parecido físico con Dana.

—Hola, ¿eres Stephen Baker? —contestó Kate.

—El mismo —respondió.

El hombre pasó los ojos de Kate a Tristan. La mujer se llevó al niño por la puerta de detrás de la caja y la oyeron levantar la voz.

—¡Mirad qué desastre! ¡Te hablo a ti, Banksy! —vociferó.

Se oyó un golpe y un grito.

—¿Queréis algo en concreto? —preguntó Stephen. El escándalo de detrás no lo había perturbado.

Kate abrió la boca, pero justo en ese momento otros dos niños rubios, aparentemente mayores que el primero, salieron por la puerta corriendo y gritando. La mujer los persiguió hasta la entrada.

—¡Banksy! ¡Tallulah! ¡Mamá se está enfadando!

—¡No corráis! —dijo Stephen con poco entusiasmo, aunque sonriente—. Perdonad, ¿qué queríais? —preguntó, y volvió a prestarles atención.

—Somos detectives privados e investigamos la muerte de Simon Kendal en el embalse de Shadow Sands.

En ese momento se le borró la sonrisa.

—Uf. Sí, he oído algo —contestó Stephen. A continuación, se hizo una coleta y se la sujetó con una goma—. Pobre chaval.

—Yo soy Kate Marshall y él es mi socio, Tristan Harper. ¿Podemos hablar?

—¿Por qué?

—Sabemos que eres accionista de la empresa y queríamos hacerte algunas preguntas sobre el pantano.

—Es grande y tiene agua; es todo lo que sé al respecto. Dejé el negocio familiar hace unos años —comentó.

—Pero también llevabas la discoteca Hedley House. Creemos que hay una relación entre tu club y algunos jóvenes que acabaron en la base de datos de personas desaparecidas —continuó Kate.

Stephen se interesó por la segunda tanda de información.

—¿Personas desaparecidas?

—Sí, un chico y una chica desaparecieron después de salir de fiesta por Hedley House.

—Oye, ¿queréis una taza de té? Tengo el despacho ahí detrás.

—Gracias —dijo Kate.

Oyeron otro golpe tremendo en la entrada de la tienda. La mujer regañó a los niños de nuevo.

—Jassy, estaré en el despacho —gritó Stephen—. Venid por aquí —añadió, mientras sujetaba la puerta para que entrasen a la otra sala.

El pequeño despacho de Stephen estaba lleno de antiguos muebles de madera y una pila de Lego en mitad del suelo. Recogió algunos juguetes que había en un sofá hundido y los invitó a sentarse.

—¿Café o té? —les ofreció—. Tengo esta máquina —añadió al tiempo que señalaba una cafetera de cápsulas en la esquina de su escritorio.

—Café —respondió Kate.

—Yo también, por favor —contestó Tristan.

Los dos se sentaron en el sofá.

—Acabamos de estar en el centro de visitantes hablando con tu hermana, Dana.

—¿Habéis conocido a su guapísimo Harrison? —preguntó Stephen mientras cargaba la cafetera con cápsulas nuevas.

—Sí.

—A Dana le gustan un poco duros. Le encanta el acento *cockney.* Ray Winstone visitó una vez la galería y os aseguro que se le mojaron las bragas.

Se hizo el silencio. Kate no supo qué responder a eso. Stephen terminó de preparar el café y le ofreció una tacita a cada uno.

—Yo encontré el cuerpo de Simon Kendal —comentó Kate.

—Joder —exclamó Stephen a la vez que se llevaba una mano al pecho en señal de remordimiento sobreactuado—. Tuvo que ser terrible para ti.

El hombre se apoyó en el filo del escritorio.

—Estaba buceando con mi hijo.

—No entiendo por qué a la gente le gusta practicar buceo en el embalse. Solo hay fango, es muy deprimente.

—El mar amaneció agitado ese día, y él quería ver los edificios hundidos.

—¿Y pudisteis?

Kate asintió y dio un sorbo a su café.

—Vimos la iglesia. El nivel del agua estaba muy bajo.

—Sí, ha sido un verano seco… Bueno, vaya, qué mierda. ¿En qué puedo ayudar?

—Dylan, el socio de tu tía… Se ocupa de los barcos de mantenimiento.

—Ah, ¿sí? —preguntó Stephen, sinceramente confundido.

—Sí. También era portero en Hedley House.

—Ah, coño. Quieres decir las lanchas del embalse… Creía que te referías al mantenimiento de los barcos. Nuestra familia tiene un yate y veleros; los usamos cuando vamos al parque natural de The Broads, en Norfolk.

—¿Dylan tiene tendencias violentas? ¿Era un buen porte-ro? —preguntó Kate. No sabía si Stephen respondía así porque era escurridizo o simplemente despistado.

—No. Ya sabrás la basura que son las discotecas a las que solo van los pueblerinos. Te seré sincero: Hedley House era una mina de oro, pero trabajar allí era horrible. Siempre había problemas. Necesitaba a un cabrón duro y viejo como Dylan para mantener el orden.

—Dos personas desaparecieron después de acudir a la dis-coteca. En 2008, un chico llamado Ulrich Mazor, y al año siguiente una chica que se llamaba Sally-Ann. Se informó a la policía de ambas desapariciones. ¿Recuerdas si pasó algún agente por allí?

—Guau, no. No que yo recuerde. ¿Desaparecidos? Madre.

—Sí, salieron de la discoteca de madrugada, volvieron an-dando a casa y se esfumaron.

—Qué horror —exclamó mientras negaba con la cabeza y se frotaba el vello de la barbilla—. Puede que nos pidiesen las grabaciones de las cámaras de seguridad, pero solo las teníamos instaladas dentro.

Miró la hora.

—Oíd, me encanta hablar con vosotros, pero ¿qué tiene que ver todo esto conmigo? No puedo dejar a la pobre Jassy sola en la tienda con tres niños a los que vigilar —dijo con una risa nerviosa.

—Una de las teorías es que, como salieron de la discoteca borrachos y se fueron andando, se cayeron en el embalse —im-provisó Kate—. ¿La policía os ha enviado alguna vez una peti-ción formal para registrarlo?

—No tengo ni idea. Como ya os he dicho, no recuerdo que la policía viniese a hablar a Hedley House sobre estos chicos que desaparecieron, y estoy totalmente fuera de lo que pasa en la central eléctrica o en el embalse porque mi familia no aprobó que me casara con Jassy. El hombre con el que tenéis que hablar es mi hermano, Thomas, el señor de la hacienda —explicó Stephen.

Se escuchó otro golpe fuera y a uno de los niños gritando. El teléfono sonó fuera del despacho.

—¿Tienes el número de teléfono de tu hermano Thomas? —le pidió Kate.

—No, no puedo dar su número a desconocidos. Me lo pidió él mismo.

Jassy apareció en la puerta del despacho y sonrió a Kate y a Tristan.

—Siento interrumpir. Stevie, ¿puedes echar un ojo a los niños? Tengo a DHL al teléfono por el tema de las cajas —comentó.

—Sí, ¿hemos terminado? —preguntó Stephen, pero no esperó a que Kate y Tristan respondieran e hizo un gesto de que tenían que irse ya.

Salieron del despacho y Stephen se apresuró a reunirse con sus hijos, que estaban formando un buen escándalo en la entrada de la tienda. Jassy estaba hablando por teléfono en la caja, discutiendo sobre un pedido que se había enviado a otra dirección.

—No, a la central telefónica no; es Hubble, en la calle principal de Frome Crawford.

La mujer asintió y les sonrió cuando pasaron delante de ella. Kate y Tristan no vieron a Stephen cuando salieron de la tienda. Estaría con sus hijos en otro pasillo. Cuando salieron a la calle, vieron que el cielo se había llenado de nubes negras.

—¿Qué piensas de todo esto? —preguntó Tristan.

—No lo sé. Ha habido momentos en los que parecía nervioso, pero somos dos desconocidos haciéndole preguntas.

—¿No es un poco raro que nos haya atendido? No es que fuésemos a comprarle una sartén cara ni nada de eso.

Kate sonrió.

—No lo sé.

Consultó la hora en su reloj. Eran las dos de la tarde.

—Vamos a por algo de comer. Después iremos casa de Ted Clough.

37

Ted llegó a casa después de una mañana eterna de citas con el médico en el hospital. Le habían administrado su medicación, pero también le habían comunicado que su pronóstico había empeorado. Dos semanas. Le quedaban dos semanas de vida. Tampoco es que lo pillase por sorpresa.

No dejó de darle vueltas al tema de hablar con la policía mientras estuvo en la sala de espera del hospital. Cuanto más pensaba en la familia Baker y en lo que había hecho, más rabia le daba. Tenía que hablar con la policía, sacarlo a la luz. Contárselo todo. Les pediría que dejasen su nombre al margen, aunque ellos investigasen. Con suerte, estaría muerto y enterrado para cuando toda la mierda saliese a relucir. Habló con su abogado para informarlo de que no le quedaba mucho y para insistir en que sus gatos fuesen la prioridad, tal y como indicaba en su testamento. Alguien tendría que cuidar de ellos.

Ted subió a la primera planta para asearse un poco y ponerse presentable. Ya había desistido en el esfuerzo de bañarse. Las rodillas no le permitían entrar y salir de la bañera, y lo último que quería era quedarse atrapado dentro. Nunca había llegado a instalar una ducha, así que tenía que usar una manguera con la que no podía lavarse en condiciones.

Aquel era el único momento en el que se quitaba el oxígeno, así que, cuando se sentaba en la enorme caja de plástico que tenía metida dentro de la bañera, necesitaba varios descansos para recuperar el aliento. Incluso mover los brazos le quitaba el aire y le daban unos ataques de tos horribles. Fuera oscurecía. Desde su posición privilegiada en la caja de la bañera, llegaba a ver, a través de la ventana del baño, el jardín trasero y el bosque. Vivía en un lugar tan remoto que nunca se habían molestado en poner una ventana de vidrio opaco. Dos de sus gatos se habían encaramado al alféizar: uno blanco y pequeñito que estaba tumbado tranquilamente, y el enorme macho anaranjado, que se movía y se revolvía para no caerse del resbaladizo azulejo.

Un grupo de cuervos negros estaba posado en un cable del tendido eléctrico que pasaba por detrás de la casa. A Ted le dio un escalofrío mientras esperaba a que la jarrita de plástico que usaba para ducharse se llenara de agua caliente. Cuando por fin estuvo llena, la levantó con una mano temblorosa y se echó el agua por la cabeza, mientras que con la otra intentaba aclararse el champú del pelo. De pronto, oyó el golpe de la puerta de un coche al cerrarse y a la bandada de cuervos abandonando el cable de tensión entre graznidos. Un segundo después, oyó un ruido en la planta baja.

—¿Hola? —gritó.

No hubo respuesta, pero acto seguido la tarima del suelo crujió; alguien se acercaba al pie de las escaleras.

—Arthur, ¿eres tú?

A veces el cartero entraba por su cuenta para comprobar si Ted estaba bien, pero nunca lo hacía sin antes llamar y pedirle permiso a voces desde la puerta.

Se secó el pelo tan rápido como pudo y salió de la bañera a la raída moqueta. Ted oyó el crujido de los escalones: alguien subía lentamente.

—¿Quién anda ahí? —chilló mientras intentaba colocarse torpemente la parte circular del tubo de oxígeno en la cabeza.

Estaba peleándose con él para meterse los orificios de ventilación en la nariz cuando la puerta se abrió.

—Hola, Ted —dijo una voz.

Este alzó la vista y vio al hombre ataviado con un abrigo de invierno, unas botas y unos gruesos guantes negros.

—¿Qué haces aquí? —preguntó Ted.

El hombre le arrancó el tubo de oxígeno con un rápido movimiento.

—¿Qué? ¡No!

Ted tropezó con el pie del hombre, se cayó hacia delante, aterrizó sobre el estómago y se quedó sin aire.

—Vamos, levántate —espetó el hombre, que agarró a Ted del pelo.

Gritó de dolor mientras el intruso lo arrastraba del pelo, desnudo, por la puerta del baño y hasta el rellano de la escalera.

Ted intentó gritar, pero no le quedaba aire. Sintió el guante de piel sobre la piel de las piernas y, acto seguido, estaba en el aire.

—Demos una vueltecita —dijo el hombre.

* * *

Kate recibió una llamada de la inspectora jefe Della Street en la que acordaron reunirse en casa de Ted Clough un poco antes de las seis.

Cuando ella y Tristan llegaron en su coche, se encontraron con que había dos coches patrulla aparcados en la puerta trasera. Ya era de noche y la puerta de la cocina estaba abierta de par en par. Los gatos de Ted no dejaban de dar vueltas ni de ronronear con nerviosismo dentro del haz de luz que salía de la casa.

La cocina les pareció exactamente la misma que habían visto cuando estuvieron allí por primera vez, pero, cuando llegaron a la entrada, encontraron a Della Street agachada al pie de las escaleras junto al cadáver de Ted Clough. Kate se dio cuenta de que tenía el cuello roto porque la cabeza miraba al lado equivocado. Todavía tenía el tubo de oxígeno enroscado en la piel retorcida de su garganta.

—Madre mía —exclamó Tristan.

Kate espantó al enorme macho anaranjado que olisqueaba el cuerpo de Ted.

—¿Qué ha pasado? —preguntó Kate.

—Hemos llegado hace cinco minutos y lo hemos encontrado así —contestó Della.

Un joven agente de uniforme bajó las escaleras.

—Aquí no hay nadie. Tampoco hay signos de que se haya forzado la entrada —los informó.

—Mira la contusión que tiene en la pierna derecha. Es una huella, y la piel suelta en la parte de detrás del cuello indica una rotura... —dijo Kate—. ¿Creéis que alguien lo ha tirado por las escaleras?

Miró la abolladura manchada de sangre que había al pie de las escaleras. En los escalones del centro descansaba una fina toalla de baño blanquecina y, un poco más abajo, la bombona de oxígeno de Ted.

Kate subió las escaleras mientras por la radio de Della decían que unos agentes iban de camino. El baño era un desastre, habían arrancado el armario de los medicamentos de la pared y todo su contenido estaba esparcido por el suelo. Echó un vistazo rápido por el resto de las habitaciones, pero estaban vacías.

Cuando Kate volvió a la planta baja, Henry Ko había llegado, acompañado de otros tres agentes, entre los que se encontraba el subinspector Merton con su traje arrugado y la cara en el mismo estado que su indumentaria.

—¿Qué cojones hace ella en la escena del crimen? —preguntó Henry cuando vio a Kate.

—¿Cómo sabes que es la escena del crimen? —contraatacó ella, mirando a Henry y a Merton—. Della ha llegado hace apenas cinco minutos.

38

Metieron a Kate y a Tristan en una pequeña furgoneta de apoyo y les ordenaron que esperasen allí.

El interior era estrecho y no tenía ventanas, aunque contaba con una pequeña zona con asientos y una mesa.

—¿Nos han retenido aquí? —quiso saber Tristan.

Él se quedó sentado en la mesa mientras Kate daba vueltas por el ínfimo espacio. Una agente de policía estaba apostada en la puerta de la furgoneta.

—Eso parece —contestó Kate.

Entonces fue a abrir la puerta.

—Necesitamos tomar un poco el aire —dijo a la agente encargada de custodiarlos.

La furgoneta del forense ya había llegado y estaba aparcada fuera de la casa de Ted, junto con otros dos coches patrulla.

—Tenéis que quedaros aquí hasta que comprobemos si hay pruebas forenses en la casa —pidió la joven—. ¿Os apetece una taza de té?

—Yo me tomaría una —respondió Tristan.

La agente subió los escalones, cerró la puerta tras de sí y comenzó a preparar un té en una cocinita instalada en una esquina.

No fue hasta una hora después cuando Henry Ko entró en la furgoneta de apoyo para hablar con ellos. Les pidió que tomasen asiento y él se sentó enfrente de ellos, ocupando el estrecho espacio.

—Della me ha contado que la superintendente Varia Campbell de la Policía Metropolitana se puso en contacto con ella —comenzó—. Quedasteis con Ted Clough para que redactase una declaración oficial sobre los dos cadáveres que aparecieron en Shadow Sands entre 1989 y 1991... ¿Por qué no se me informó?

Kate se sinceró con Henry y le habló de sus descubrimientos. Le dijo que era verdad. Que Ted Clough tenía información incriminatoria sobre las muertes del embalse que la familia Baker se había encargado de encubrir. Que iba a testificar, pero al llegar lo habían encontrado muerto.

—No se ha caído por esas escaleras. No ha sido un accidente —concluyó Kate—. Por la forma en que la cabeza se ha golpeado con el suelo, da la impresión de que lo han lanzado escaleras abajo…

Entonces Kate procedió a compartir el resto de la información que tenía hasta el momento sobre la desaparición de Magdalena, la muerte de Simon Kendal y el chico y la chica que desaparecieron. Henry escuchó todo lo que le contaba con preocupación genuina, pero, cuando Kate llegó a la parte en que Arron Ko recogía en su coche a Kirstie Newett, su actitud cambió a enfado y agitación.

Henry se llevó las manos a la cabeza.

—Ay, Dios mío —exclamó—. Kirstie Newett. Esa mujer no dejará de perseguir nunca a mi familia.

Kate miró a Tristan, que estaba tan sorprendido como ella por la reacción de Henry.

—¿Conoces a Kirstie Newett? —preguntó Kate.

—No la conozco, *sabemos* de ella. Mi familia y yo.

Henry se frotó la cara y respiró hondo. Se acercó a la puerta de la furgoneta de apoyo, por la que ahora rondaban un par de agentes de policía y algunos miembros del equipo forense, y la cerró.

—Os diré un par de cosas, pero no deben salir de aquí. No puedo teneros como pollos sin cabeza y difundiendo teorías dementes —comenzó, y volvió a sentarse frente a ellos.

—No son teorías dementes… —protestó Kate.

El hombre le hizo una señal para que se callara.

—Deja que os lo explique.

—Vale, adelante —dijo ella.

—Para empezar, estoy de acuerdo con vosotros. La muerte de Ted Clough es muy sospechosa y estamos tratándola como tal. El hombre era coleccionista de monedas de oro poco comunes. Nos han llamado un par de veces en los últimos tres meses después de que él mismo avisase de que habían entrado intrusos a su propiedad. Tenía casi veinte de los grandes en monedas guardadas en su despacho, metidas en simples cajones. Sin cerradura. Le dijimos muchísimas veces que metiera la colección en una caja de seguridad en el banco... Hemos llegado a la escena tan pronto porque estábamos en la zona cuando hemos oído a Della por la radio. Mientras esperabais aquí, hemos descubierto que, de hecho, han desaparecido todas sus monedas de oro. Creemos que ha asustado al ladrón y este lo ha matado.

—Él estaba en posesión de información incriminatoria e iba a dárnosla.

—Y te aseguro que la investigaré, Kate —contestó.

Parecía sincero, pero Kate no iba a tragarse todas sus mentiras.

—¿Y Kirstie Newett? Mencionó a tu padre sin que yo le dijera nada.

Henry se puso serio. Se levantó de la silla y fue hasta uno de los ordenadores que había en la furgoneta.

—En esta furgoneta hay acceso a HOLMES. Os enseñaré algo que lo explica todo por sí solo —dijo.

Buscó un informe policial y después pulsó «imprimir». Los tres guardaron silencio mientras Henry esperaba a que las páginas salieran de la impresora. Tristan, visiblemente nervioso, miró de reojo a Kate. Henry volvió a la mesa.

—Os enseño esto en la más estricta confidencialidad —señaló mientras les daba bastantes páginas de un informe policial en el que ponía «KIRSTIE NEWETT» en la parte de arriba.

Kate perdió la esperanza a medida que leía.

—¿Kirstie no mencionó que mi padre interpuso una orden de alejamiento contra ella en 2010? Fue poco después de que saliese de las instalaciones de aislamiento en las que la internaron en Birmingham —preguntó en voz baja.

—No —respondió Kate sin dejar de leer los informes policiales y pasando a Tristan las páginas que revisaba.

Vio que Arron Ko llamó seis veces a la policía porque habían encontrado a Kirstie en el jardín de su casa de las afueras de Exeter y otras dos porque se había colado en la vivienda familiar. La última vez fue el día de Navidad de 2011, cuando rompió una ventana y se cortó las venas en el baño de la casa. En ese momento, Kate recordó las cicatrices de la muñeca de Kirstie.

—Ha acosado a mi padre durante muchos años. Hasta llegó a amenazar a mi madre y a mi hermano… Kate, ¿alguna vez has tenido un acosador? —continuó Henry.

—Sí.

—Entonces sabrás que dan mucho miedo. La única razón para salvarla de morir desangrada en nuestro baño las últimas Navidades fue que pensamos rápido y teníamos conocimientos de primeros auxilios —añadió Henry.

—Esto no explica cómo comenzó el encaprichamiento de Kirstie con tu padre —contraatacó Tristan.

Henry asintió.

—Mi padre era la cara visible de la policía, salía en los medios y en los llamamientos que hacían en el programa de televisión *Crimewatch* cada vez que investigaban algún crimen por la zona. También fue a los colegios durante muchos años. Estuvo en el instituto de Kirstie cuando ella tenía dieciséis años… Creemos que aquella fue la primera vez que lo vio.

—¿Y qué pasa con Simon Kendal? —preguntó Kate—. ¿Por qué te diste tanta prisa en declarar que su muerte había sido un accidente para dar marcha atrás después?

—No declaré que su muerte fuera accidental. Tan solo repetí lo que había dicho el forense.

—Y ¿por qué llevaron a otro forense? El encargado de la autopsia debería haber sido Alan Hexham —añadió Kate.

—Es cierto, no le pedimos a Alan Hexham que realizase la autopsia porque el Gobierno es dueño del cincuenta por ciento de la presa hidroeléctrica del embalse de Shadow Sands, que provee de electricidad a millones de personas. Es bastante común que el Gobierno envíe a alguien de los suyos para investigar una muerte sospechosa, alguien que a lo mejor esté más autorizado a nivel de seguridad.

Kate negó con la cabeza.

—Eso no es muy creíble —rebatió ella.

—¿No? ¿Y si Simon hubiese sido un terrorista que planeaba sabotear la central eléctrica?

—Era un estudiante de la zona.

—Eso lo sabemos ahora —explicó Henry—. Kate, ya sé que hace mucho que dejaste el cuerpo, pero reaccionamos instintivamente así ante cualquier cosa que pueda volverse peligrosa.

—Entonces, ahora que ya sabéis que Simon Kendal no era más que un estudiante, ¿no consideráis que su muerte fue sospechosa?

—Sí —confirmó Henry—. Y tenemos un arma del crimen. Encontramos una piqueta en el lodo de la orilla del embalse con las huellas dactilares de Geraint Jones. Sabemos que la valla que rodea el agua tiene agujeros. Con todo esto, hemos reforzado nuestra teoría contra Geraint Jones. Demuestra que tanto Simon como su amigo pudieron llegar al agua sin necesidad de saltar la valla.

Kate se recostó en la abollada sillita de la furgoneta. Todos sus descubrimientos hasta la fecha se habían desmoronado. ¿Estaban perdiendo el tiempo jugando a ser detectives? ¿Desde cuándo los agentes del rango de Henry podían buscar en la red de HOLMES la información de los testigos de los informes policiales? Kate siempre se había sentido orgullosa de sí misma por estar en poder de toda la información, pero ahora veía claramente que no tenían nada.

—¿Y Magdalena Rossi? —inquirió Kate—. Recuperasteis su moto de una zanja.

—Sí, y esa zanja baja veinte metros y da a una alcantarilla en la que encontramos uno de sus pendientes —comentó Henry—. Probablemente, se saliese de la carretera mientras conducía su moto por la niebla y acabase en la zanja. La alcantarilla lleva agua de los campos al mar. Si haces memoria, recordarás que aquella tarde hubo una buena tormenta. Estamos trabajando en la teoría de que la crecida arrastró su cuerpo. Ya hemos alertado a los guardacostas por si aparece flotando en el mar, pero, como sabrás, el litoral de esta zona es cambiante debido a las fuertes corrientes y mareas. Encontramos la moto de Magdalena atascada en la entrada de la alcantarilla, lo que nos hace pensar que fue arrastrada hasta el mar y que nunca recuperaremos su cuerpo. Esperamos conseguirlo… Pero debéis entender que estoy compartiendo esta información con vosotros en la más estricta confidencialidad.

Kate no dejaba de darle vueltas a la cabeza intentando encontrar otra pregunta u otro hecho con el que poder refutar lo que Henry les contaba. Todavía tenía muchísimas preguntas sobre los dos jóvenes que desaparecieron y sobre los cadáveres que Ted encontró atados en el embalse por los que le obligaron a mentir.

—Aun así, sigo pensando que deberíais registrar el embalse de Shadow Sands —balbuceó Kate.

—¿En base a qué? —preguntó Henry.

—En base a los cuerpos que se lanzaron allí y que se hicieron pasar por accidentes. Quizá haya más cuerpos en el fondo —respondió ella.

—No puedo justificar el cierre de una importante central eléctrica y desviar los recursos de la unidad naval por una corazonada de... —Su voz se fue apagando.

—¿Una corazonada de quién?

—Una corazonada de una detective *amateur* que, si soy sincero, ya tuvo sus propios problemas en el pasado.

—Estás siendo un poco maleducado —dijo Tristan.

—No, estoy siendo claro y directo —se defendió Henry—. Y lo soy porque creo que necesitáis que alguien lo sea antes de que comencéis a parecer tontos.

Alguien llamó a la puerta de la furgoneta de la policía y el subinspector Merton subió los escalones.

—Perdona, jefe, los forenses ya casi han terminado. Parece que el intruso entró por una ventana de la parte de atrás. Hemos encontrado un cristal roto, una huella parcial de un pulgar y unas pisadas de zapatos fuera... Además, eh... Tienes visita.

Kate y Tristan salieron de la furgoneta detrás de Henry.

Un hombre alto y delgado que aparentaba tener cincuenta y pocos años hablaba con uno de los agentes de uniforme que estaba junto al cordón policial que habían instalado en la puerta trasera de la casa. Llevaba un caro traje a rayas, un abrigo largo y unos brillantes zapatos negros. Tenía la piel muy pálida, el pelo canoso y una sombra de vello asomaba en su cara.

—Lo sé, lord Baker, pero no puedo dejar que nadie entre hasta que no terminen los forenses —informó el agente.

—Por supuesto, lo entiendo perfectamente —contestó—. Ah, Henry —exclamó cuando lo vio junto a Kate y a Tristan.

—Thomas —lo saludó Henry.

—Me lo acaban de decir los gerentes de la finca —dijo Thomas, que tenía los ojos puestos en Kate y Tristan.

—Sí, estamos buscándole el sentido a todo. Parece un robo —comentó Tristan.

Kate no entendía qué hacía allí Thomas Baker. Tenía que estar mirándolo de mala manera, porque se volvió hacia ellos.

—¿Nos conocemos? —quiso saber—. Soy Thomas Baker.

—¿Qué hace aquí? —contestó ella, ignorando que le había tendido la mano para saludarla.

El hombre entrecerró los ojos.

—¿Podría decirme primero quién es? —respondió él.

—Kate Marshall. Él es mi socio, Tristan Harper.

—¿Socio de qué? —preguntó con tono autoritario.

—Soy detective privada, y estamos investigando la muerte de Simon Kendal en el embalse…

—Kate no trabaja conmigo ni con la policía —intervino Henry.

Kate se dio cuenta de que habían captado la atención del resto de agentes de uniforme.

—¿Qué hace usted aquí? En la escena del crimen —repitió Kate.

Thomas se revolvió, incómodo. La miró fijamente durante un largo rato, como si estuviese sopesando su respuesta.

—La casa de Ted Clough forma parte de la finca de Shadow Sands. Era mi inquilino —dijo con frialdad—. Como dueño de la finca, soy responsable de cualquier crimen que se cometa en mis terrenos y del bienestar de mis inquilinos. ¿Necesita que se lo explique más detalladamente, señorita Marshall?

Kate notó que se ponía colorada bajo la mirada de todos los que estaban a su alrededor. Había algo en la forma en que hablaba, y en la que todo el mundo actuaba, que le recordaba a un profesor echándole la bronca.

—No le gusta que le hagan preguntas, ¿verdad? —contestó ella, manteniéndose firme y forzándose a no apartar la mirada.

Tomas se volvió hacia Henry y en su cara se dibujó una media sonrisa de crueldad.

—No si me las hace una detective *amateur* y su ¿qué era?, ¿su compinche? —espetó mientras se reía entre dientes.

Henry y el resto de agentes presentes soltaron una risa ante aquella situación tan incómoda.

—Ted Clough iba a testificar sobre su etapa como empleado en el embalse. Lo presionaron para mentir sobre dos cadáveres que aparecieron en el agua…

Thomas dejó de reírse.

—En 1989 y 1991 se encontraron los cuerpos de dos mujeres atadas de manos y pies. Le ordenaron que no revelase esa información y le pidieron que mintiera sobre el lugar donde habían aparecido los cadáveres…

Thomas alzó una mano, se acercó a ella y bajó la voz.

—Uno de mis inquilinos más antiguos ha sido brutalmente atacado a pocos metros de nosotros y usted está aquí gritando a pleno pulmón sobre un tema muy serio que, si es verdad, también es muy sensible. Me gustaría que moderara su tono y le recomiendo que redacte una declaración formal a Henry, el inspector jefe Ko…

—Ya me ha transmitido esa información —intervino él.

—Bien, entonces puedo dejarlo en tus manos, Henry. Confío en que investigarás todas estas acusaciones de forma implacable y, por supuesto, si puedo ser de ayuda, cooperaré con vosotros en todo lo que esté relacionado —concluyó Thomas.

Un hombre del equipo forense apareció por la puerta trasera y le dijo a Thomas que ya podía pasar al interior de la casa.

—Si me disculpáis —se despidió, y pasó bajo la cinta policial para después desaparecer en el interior de la vivienda.

Henry lo siguió.

—Asegúrate de que los escoltan para salir de las instalaciones —le pidió al subinspector Merton.

* * *

Kate y Tristan salieron a la carretera principal seguidos de cerca por el coche del subinspector Merton. Frenó en la puerta y los observó hasta que desaparecieron por la carretera principal.

En el coche se respiraba un silencio asfixiante.

—¿Estás enfadado conmigo? —preguntó finalmente Kate.

—No, es que no entiendo nada y me he cabreado por cómo te ha hablado… Ojalá hubiese abierto la boca para decirle algo —contestó Tristan—. Puto estirado.

—Gracias —dijo Kate.

—Henry ha hecho que me cuestione todo lo que sabíamos hasta ahora… Kirstie… Geraint… El resto de víctimas —continuó Tristan.

—¿Y Ted? ¿Por qué no nos dijo que su casa formaba parte de la puta finca de Shadow Sands y que se la alquilaba a la familia Baker?

—Ahora que está muerto nunca lo sabremos… —respondió Tristan.

—Un robo es algo lógico, pero también es conveniente de cojones… ¿Y Magdalena? ¿De verdad crees que se salió de la carretera y cayó a un desagüe?

Tristan se frotó los ojos.

—Kate, conducía como una loca… He visto cómo tomaba las curvas con su moto. Las historias de coches saliéndose de la carretera y acabando en una zanja son bastante comunes…

—¡Mierda! —exclamó Kate a la vez que le daba un manotazo al volante—. Toda nuestra teoría se basa en lo que me contó Kirstie.

—¿Crees que Henry ha falsificado los informes policiales? —preguntó Tristan.

Kate negó con la cabeza.

—Lo he visto entrar en HOLMES. Es la base de datos principal de la policía. Podría haber falsificado esos informes, pero es muy arriesgado… Y los he leído. En el documento había muchísimos artículos de informes de un montón de agentes en fechas distintas, y todos hablaban de los incidentes de acoso relativos a Kirstie. Cualquier encubrimiento involucraría a un tremendo número de agentes de diferentes rangos y en distintas fechas.

—¿Qué demonios hacemos ahora? —quiso saber Tristan.

—No lo sé —reconoció Kate.

Ya no sabía qué ni a quién creer.

39

Magdalena despertó cuando se le pasó el efecto de la droga. Le dolía todo el cuerpo, como si le hubiesen pegado. Notó el asqueroso fluido pegajoso de aquel hombre entre las piernas y algo hizo clic en su mente.

«No, no volverá a pasarme», le dijo una voz en su cabeza.

—No volverá a hacerte esto, ¿te enteras? —se repitió—. Vas a sobrevivir.

Magdalena lo dijo en italiano y después en inglés, solo para reafirmarse. Sobreviviría, pero para salir de allí con vida tenía que ser más fuerte y lista que él.

Llevaba días sin comer, la ropa ya le quedaba holgada y los vaqueros se le caían, pero tenía agua potable. Eso la mantendría lúcida y viva. Recordó un documental sobre los Equipos de Tierra, Mar y Aire de la Armada de Estados Unidos que incluía una entrevista con uno de los militares. Este decía que el miedo era un compañero inseparable en las misiones y añadió que genera una gran cantidad de adrenalina y energía que puedes aprovechar para dar la vuelta a la situación y lograr tu objetivo. También comentó que siempre que estaba en un entorno peligroso usaba todo lo que estuviera a su alcance, incluso si parecía algo pequeño e insignificante.

Magdalena se levantó de la cama y exploró la mazmorra. Era el momento de afrontar la oscuridad y luchar. Palpó todo el pasillo, de la puerta del ascensor a la habitación con la cama y el lavabo. La base de la cama era de hormigón y el colchón estaba encajado dentro. Este estaba hecho de gomaespuma y las sábanas estaban cosidas a él. El lavabo era de porcelana pesada, pero tanto este como el grifo estaban bien atornillados. Tocó cada centímetro de su prisión para dibujar con las manos un mapa mental de las paredes. Notó algunos azulejos sueltos y otros cubiertos por un residuo pegajoso, pero a todos les habían aplicado lechada para que no se cayeran. El suelo era liso y estaba frío; al tacto, parecía hormigón.

Entró en la salita del pasillo con el aseo, se armó de valor y comenzó a palparlo todo. La taza del váter estaba hecha de porcelana gruesa y no tenía tapa. Fue tocando la tubería del desagüe que había detrás de la taza y que estaba bien pegada a la pared. «Puaj, qué pegajoso».

Una tubería finita iba desde la taza del váter hasta la anticuada cisterna encima del retrete. Habían quitado la larga cadena que debería ir atada al mecanismo de la descarga.

Magdalena se subió con cuidado a la taza del váter, puso un pie a cada lado para mantener el equilibrio y alargó la mano para tocar la cisterna. Encima tenía una tapa de porcelana, pero pesaba demasiado como para levantarla, así que la empujó hacia un lado. El problema fue que utilizó demasiada fuerza; la tapadera perdió su punto de equilibrio y se estrelló contra suelo con gran estruendo. A la vez que pasaba esto, ella se escurrió, sumergió el pie izquierdo en váter y el derecho no tardó en acabar en el mismo sitio.

—Genial. Qué asco —soltó.

Se ayudó de las paredes para salir del váter. Después se sacudió el agua de los pies y agradeció haber tirado de la cisterna antes.

Volvió a subirse a la taza, levantó el brazo y palpó la cisterna. La válvula del flotado estaba fija y no notó ningún otro mecanismo. El agua estaba helada, así que enseguida se le entumecieron las manos y le quedaron inservibles. Se bajó de la taza, se sentó en el filo de la taza, se secó las manos en los vaqueros y se las frotó para que volviesen a entrar en calor. Los calambres por culpa del hambre volvieron. Le daban de vez en cuando, pero ahora su estómago se contrajo y se dobló del dolor. Apretó los dientes y esperó unos minutos hasta que se le pasaron.

Rozó el filo de la tapa de la cisterna con los pies descalzos y notó que la gruesa porcelana se había hecho pedazos al caerse contra el suelo. Se agachó y palpó con cuidado los trozos. Para su sorpresa, encontró un trozo de una de las esquinas con un borde afilado y acabado en punta que encajaba perfectamente en la palma de su mano.

Había encontrado un arma.

40

—Te vendría bien dormir un poco —recomendó Kate a Tristan cuando lo dejó en su apartamento.

Las ojeras del chico saltaban a la vista.

—Y a ti. Seguro que mañana vemos las cosas de otra manera —añadió mientras salía del coche. No sonaba muy convencido—. ¿Quieres que mañana lo primero que haga sea llevarte el desayuno? —le propuso—. ¿Un panecillo de huevo frito y beicon en un mollete?

—Sí, necesitaré algo que me obligue a salir de la cama —aceptó Kate.

—¿Quieres pasar y comer algo? —preguntó Tristan.

—No, no te preocupes, pero gracias.

Kate se daba cuenta de que el chico estaba preocupado por ella, y se lo agradecía, pero solo quería irse a casa y estar sola un rato.

Cuando abrió la puerta de la entrada, se encontró con que su hogar estaba helado. Entró y encendió un buen fuego en la chimenea, se preparó una tostada de queso fundido y un té helado y se los tomó en el salón, con las luces apagadas y los ojos clavados en las llamas.

Era como si todo se viniera abajo: no estaba segura de los hechos del caso y había perdido la confianza en sí misma. Tenía que hablar con Kirstie. Quería creer que Magdalena había acabado en el mar. Tampoco había olvidado que tenía que ir a la reunión de Alcohólicos Anónimos más tarde, pero se limitó a quedarse sentada enfrente del fuego; las piernas y la cara le ardían por las llamas, pero aun así no era capaz de deshacerse del frío que se le había metido dentro.

El teléfono le avisó de que le había llegado un mensaje de texto y se lo sacó del bolsillo de los vaqueros. Era Jake preguntándole si podían hacer una videollamada por Skype. Le contestó que podía llamarla en diez minutos. Empezó a recoger a toda prisa los platos sucios y los papeles que había desperdigados por el salón y encendió las luces. Fue al baño, se cepilló el pelo y se echó agua fría en la cara; tenía la esperanza de que Jake le confirmase que la semana que viene iría a pasar las vacaciones con ella.

Kate se sentó con el portátil en su sillón favorito, junto a la ventana. Entonces, sonó la llamada.

Al descolgar, apareció la ventana con la imagen de Jake sentado en el sofá al lado de su madre, Glenda. Ya tenía que haber cenado, porque la mujer no se había quitado su delantal de «I ❤ YORK CATHEDRAL». Jake llevaba una camiseta negra y seguía teniendo el pelo tan largo como la última vez que lo había visto.

—Hola, mamá —saludó Jake con la mano.

—Hola, cariño —contestó.

—Catherine, solo falta tu padre. Venga, Michael. Estamos esperándote —dijo Glenda con la mirada puesta más allá de la pantalla.

—¿Ha pasado algo? —quiso saber Kate.

A veces su madre asomaba la cabeza en sus conversaciones con Jake por Skype, pero casi nunca se unía a la llamada a nò ser que tuviesen que hablar de algo importante. Su padre solo aparecía si la cosa era muy seria.

—¿Qué tiempo hace por allí, Catherine? —trinó su madre.

—Aunque te sorprenda, hace frío —respondió.

El padre de Kate apareció en escena con su mata de pelo gris y las gafas colgando de una cadena dorada a su cuello. Pasó entre Jake y Glena con la torpeza propia de la edad y dejó caer todo su peso en el asiento de al lado de su mujer. Llevaba un jersey de color rojo intenso con un estampado de rombos amarillos.

—Hola, Catherine, cariño —dijo mientras se agarraba las gafas enganchadas a la cadena para ponérselas. Se acercó a la pantalla para verla mejor—. Tienes buena cara.

Siempre decía lo mismo. Kate creía que, aunque le disparasen en la cara a quemarropa, su padre seguiría diciéndole que tenía buen aspecto.

—Sí, sigo yendo a nadar todos los días —comentó.

—¡Ya veo que tienes la chimenea funcionando!

—Sí.

—¿Cuándo fue la última vez que limpiaste la chimenea de hollín? —preguntó.

—Mmm, creo que el año pasado.

Su padre chasqueó la lengua.

—Tendrías que volver a limpiarla, Catherine. No querrás que se te incendie, sería un asunto grave.

—Michael, no estamos aquí para hablar de la chimenea de Kate —lo interrumpió Glenda.

Jake miró de reojo a sus abuelos y Glenda asintió, dándole permiso para hablar.

—Mamá, tengo que hablar contigo sobre esta semana, la de vacaciones —comenzó el chico.

«Ya empezamos», pensó Kate. «Ya se está librando de mí». Y dio un sorbo a su té helado.

—Si no te pillo desprevenida, me gustaría ir mañana para allá y me encantaría quedarme unos días contigo.

—Claro, por mí genial —respondió Kate, que pensó que había malinterpretado la situación.

Aunque habría preferido que pudiese quedarse una semana. Un poco de normalidad le habría sentado bien, especialmente ahora que estaba pasando por un bache.

—Mamá, hay algo que me gustaría hacer. Que necesito hacer… —añadió Jake, y acto seguido se aclaró la voz—. Ya sabes que después de lo que pasó este verano he estado yendo a terapia.

—Sí.

—Se han portado genial y me ha ayudado a lidiar con otras cosas.

—¿Qué cosas? —preguntó Kate, en un tono más cortante del que pretendía.

—Cosas que tengo que trabajar…

Jake parecía muy incómodo y no dejaba de mirar al suelo. El pelo le tapaba la cara.

—Jake, mira a tu madre cuando hables con ella y no te escondas detrás del pelo —lo riñó Glenda.

—¡Abuela! Intento hablar —contestó el chico mientras se recogía los mechones detrás de las orejas.

Respiró hondo.

—Roland, mi terapeuta, me pidió que hablase de mi padre en las sesiones… Sé quién es y también sé lo que ha hecho. No obstante, me gustaría verlo.

—¿A quién? —quiso saber Kate, que por un momento no entendió nada.

—A mi padre. A Peter Conway —contestó Jake.

Kate se puso tan nerviosa que se olvidó de respirar. Las olas de la playa le rugían al oído. Estaba viendo a Jake, que no paraba de hablar en la pantalla, pero no lo oía, solo se le movía la boca sin emitir ningún sonido.

De pronto, Kate tomó una bocanada de aire y volvió a oír la voz de Jake alta y clara.

—He pensado mucho en esto y tengo dieciséis años. Legalmente puedo ir a verlo si quiero…

Las tres caras la observaban expectantes desde el sofá.

—Él no querrá recibirte —dijo finalmente Kate. Lo pronunció en voz muy baja. Le costaba hablar. Tenía la boca seca, así que se aclaró la garganta—. Me dijeron que no quería ver a nadie.

—Peter ya ha accedido a ver a Jake —comentó Glenda con una sonrisa de incomodidad en la cara—. Nos pusimos en contacto con el hospital en el que está, mmm… Eh…

De pronto, Kate notó una oleada de ira hacia su madre. Después de todo por lo que había tenido que pasar su familia, seguía empeñada en edulcorar las cosas.

—¿Hospedado? Mamá, ¿ibas a decir eso? Lo han condenado en un psiquiátrico de alta seguridad indefinidamente, a cadena perpetua. Es un asesino múltiple.

—Kate, por favor. A mí esto me gusta tan poco como a ti, pero Jake tiene derecho a ver a su padre.

—¡Dejad de llamarlo su padre! —gritó Kate mientras se ponía en pie—. Él no es nada. ¡Nada! No es más que una parte accidental de…

—Mamá. ¡MAMÁ! —la interrumpió Jake.

Kate estaba que echaba humo. El corazón le latía a cien por hora.

—Mamá, tienes que respetar mi decisión. Necesito ir a verlo. Lo necesito. Tienes que entenderlo. No quiero convertirme en su mejor amigo…

—¿Qué quieres decir con mejores amigos? Apenas llegó a conocerte antes de entrar a la cárcel. Le dabas igual —intervino Kate—. Es un monstruo. Y lo digo como persona que cree en la reinserción. Ha intentado matarme, Jake. Dos veces. La segunda tú estabas ahí y también fue bastante violento contigo. ¡Quería que lo presenciaras!

—Lo sé, mamá.

—¿Eso qué quiere decir? ¿No sientes ni un mínimo de lealtad hacia mí? —preguntó Kate.

—Ya está bien, Catherine. Sé cómo te sientes —la interrumpió Michael—, pero esto no va de lealtad. Jake es prácticamente un adulto y no ha hecho otra cosa que quererte, a pesar de tus problemas en el pasado… No estamos reprochándote nada.

—Así que Peter Conway sale indemne de esta discusión, y seguís echándome en cara esos problemas.

Michael levantó las manos.

—Kate, sabemos que te arrepientes. Estamos muy orgullosos de cómo estás consiguiendo… De cómo has enderezado tu vida. Lo único que el chico quiere es sentarse a hablar con Conway. Solo una hora. Jake tiene derecho a sentir curiosidad por su padre biológico. Él es perfectamente consciente de quién es Peter y de lo que ha hecho…

—¿Estoy consiguiendo enderezar mi vida? —espetó Kate.

—Lo siento, no quería decir eso.

—Papá, llevo sobria diez años, tengo un trabajo respetable, no debo dinero a nadie y, aun así, tengo que seguir pidiendo perdón, ¿no? Nunca se me perdonará… Lo único que puedo hacer es arrastrarme y disculparme eternamente, pero ese monstruo, Peter Conway, que ha cometido horrores indecibles, consigue dictaminar las condiciones de su reunión con Jake. ¿Por qué os postráis ante él? ¡Qué maravilla es el puto privilegio masculino!

Kate notaba que estaba perdiendo el control. Quería tirar el portátil por la ventana, a la playa. Amaba a Jake, pero ¿por qué quería ver a Peter Conway durante el preciado tiempo que tenían para pasar juntos durante sus vacaciones? Llevaba años intentando compensarlo por haber sido una mala madre cuando era pequeño, y ahora sus padres agasajaban a Peter Conway con una visita, que no había hecho otra cosa que causarles dolor y desgracias.

—¡Mamá! Tú no tienes que pedir perdón, ¡jamás! —dijo Jake, acercándose a la cámara.

Kate sintió que estaba a punto de echarse a llorar. Se secó una lágrima del ojo.

—Tú eres mi madre y te quiero. Y sé que tú me quieres a mí. También sé que Peter nunca será un padre de verdad.

Kate se sentó.

—Es solo que te echo de menos, Jake. Y llevo dentro la culpa de no haber estado todo este tiempo para ti. He permanecido apartada de ti demasiado tiempo. Ya estás a punto de ser un adulto, echar a volar y vivir tu propia vida… Que es lo que debes hacer, pero tengo la sensación de que nunca he tenido la oportunidad de ser tu madre.

Se hizo un silencio incómodo. No eran precisamente la familia más expresiva del mundo.

—Mamá, solo quedaré con él para hablar —dijo Jake, casi suplicándole—. Durante años, he escuchado lo que la gente decía de él. Los cuchicheos a mis espaldas sobre que mi padre era un asesino en serie… Lo han convertido en un villano de leyenda, en un famoso. Cargaré con eso siempre. No quiero tenerle miedo. Si pudiese hablar con él, sacarlo de la ficción… No es más que una persona.

Todos volvieron a quedarse callados durante un largo rato. Kate seguía odiando la idea de que Jake visitara a Peter, pero sus palabras la habían impresionado. El labio inferior le temblaba.

—Ay, Catherine —se lamentó Glenda—. Todos te queremos, no lo olvides.

—Necesito un pañuelo —contestó Kate, que ya notaba que tenía mocos y las lágrimas le recorrían la cara.

Corrió a buscar pañuelos, se sonó la nariz y trató de recomponerse. Respiró hondo varias veces y oyó a Jake y a sus padres hablando en el ordenador.

—Vale, ya he vuelto —dijo mientras se sentaba de nuevo—. Bueno, ¿y cómo irás a ver a Peter?

Jake, Glenda y Michael cruzaron una mirada incómoda.

—Mamá, me gustaría ir mañana a tu casa. La visita con Peter es el lunes en el hospital Great Barwell, obviamente.

—¿Para qué quieres venir hasta aquí si luego tienes que deshacer el camino? —preguntó Kate.

Se hizo otra pausa incómoda.

—Peter solo ha accedido a verme si vienes tú también, mamá.

41

El hombre se montó en el ascensor. Era un montacargas gris, antiguo y práctico. Para ponerlo en marcha, había que introducir una llave en una cerradura en la pared izquierda del ascensor y girarla a la derecha. Las puertas se cerraron, se apagó cualquier atisbo de luz y la máquina comenzó su ruidoso descenso.

Las gafas de visión nocturna que llevaba consigo cada vez que bajaba eran pequeñas y compactas. Se las quitó de la cabeza y se las puso en los ojos. Estas se activaron con un zumbido mecánico y, entonces, el hombre comenzó a ver el interior del montacargas en blanco y negro, aunque con un tono verdoso.

Abrió el pequeño revólver para comprobar las balas que llevaba en la recámara. Acto seguido, la hizo girar y volvió a cerrar el arma con un clic. «Seis balas». Tenía que usarlas sabiamente, y era fácil entrar en pánico si ella se descontrolaba. Debía estar tranquilo.

La había retenido una semana y se lo había pasado bien, muy bien, de hecho, pero la mujer ya mostraba signos de debilidad. En el pasado, se había quedado un poco más de tiempo con un par, pero se volvieron locas y acabaron autolesionándose. Una de las chicas murió de pronto, privándole de cualquier tipo de clímax. Otra dejó de asearse a modo de protesta, lo que le pareció repulsivo. Lo mejor era que eligiese sus muertes cuando todavía estaban lo suficientemente sanas como para asustarse.

Su parte favorita era justo después de secuestrarlas, cuando solo las miraba y las perseguía en la oscuridad; cuando se alimentaba de su miedo. Le gustaba dejar obstáculos para que tropezaran. Le encantaba la ira que desprendían cuando se caían, cómo perdían el control. El momento en que empezaban a enloquecer, pero seguían teniendo esperanza. Disfrutaba dándoles bofetadas, golpes y pinchazos en la oscuridad, desorientándolas.

En el pasado había secuestrado a algunos chicos, pero con ellos no era tan divertido, pues se defendían antes. Con los hombres usaba un cuchillo; cortarles los tendones de las rodillas no era mortal, pero les impedía deambular mucho por ahí.

En cuanto a lo que se refería al sexo, prefería a las chicas, aunque violar a los hombres era igual de excitante.

Para acabar con sus vidas había elegido una pistola pequeña. Una escopeta rasga la piel y causa muchísimo daño. Utilizó una para pegarle un tiro a uno de los chicos en la cabeza, pero aquello fue un desastre terrible, sesos por todas partes.

El ascensor bajó lentamente los dos pisos hasta su mazmorra en el subsuelo. Técnicamente, solo había una planta de diferencia, pero realmente estaba dos pisos por debajo de varias capas de tierra y completamente insonorizada del mundo exterior. Aunque su mazmorra estuviese tan abajo, una vez colocó una grabadora en la planta baja para comprobar el sonido que se oía allí si disparaba una pistola en el sótano. Abajo, el ruido fue ensordecedor y resonó por todo el espacio cerrado, pero la grabadora solo captó un leve crujido, y estaba seguro de que este no se oyó fuera del edificio. Estaba muy bien aislado.

El ascensor se detuvo con una sacudida. El hombre giró la llave y se abrieron las puertas.

No estaba preparado para encontrársela de pie en las puertas del ascensor, bañada en el resplandor verde que veía a través de sus gafas de visión nocturna. En el sepia teñido de verde, la chica parecía delgada y débil. Tenía los pómulos hundidos y su largo cabello estaba grasiento.

—Aquí estás... —dijo la chica mirándolo directamente.

El hombre dudó un segundo y se subió las gafas de visión nocturna, por lo que momentáneamente estuvo tan ciego como ella. ¿Lo veía? ¿Entraba luz por algún sitio? Las gafas emitieron otro zumbido electrónico cuando se las quitó. Estaba completamente a oscuras.

—Te veo con mis oídos —gruñó.

El hombre la escuchó chillar en la oscuridad. Volvió a ponerse las gafas, pero ella ya estaba yendo hacia él con algo en la mano. Al tirarse encima del hombre, la pistola salió por los aires. Él notó un dolor punzante abriéndose paso entre la carne de su hombro.

La pistola aterrizó en el suelo, lejos del ascensor. Los dos acabaron chocando con una de las paredes del ascensor y se cayeron al suelo. La mujer, sin dejar de gritar, le atravesó la camisa de una puñalada; él notó que algo afilado le cortaba peligrosamente cerca del pezón derecho.

«¿Cómo coño lo ha hecho?», pensó. La chica lo golpeó en un lado de la cabeza con el arma.

El hombre aulló, y ella le clavó el trozo de porcelana en las costillas antes de que él le diese una patada para alejarla. Magdalena aterrizó sobre su vientre. Con el golpe, las gafas de visión nocturna se le habían quedado a un lado de la cabeza, así que tuvo que recolocárselas. Le asestó otra patada y la chica salió rodando entre gemidos del ascensor.

En ese momento, él, que había entrado en pánico, introdujo la llave en el ascensor y la giró a la derecha. No apartó los ojos de la mujer hasta que las puertas se cerraron por completo. Cuando la máquina empezó a sonar y a ascender a la planta baja, se echó contra la pared. Estaba temblando y le faltaba el aire. «Madre mía». Comprobó que no le había hecho nada grave. Tenía un corte en el hombro de la camisa y dos en el pecho; no dejaba de sangrar. ¿Cómo era posible? Estaba medio muerta de hambre.

Notó las lágrimas corriéndole por las mejillas, lo que hizo que se enfadase todavía más. Solo consiguió respirar con normalidad cuando llegó a la planta baja y se abrieron las puertas.

Salió a la tenue luz de la sala y se sentó en el suelo mientras intentaba taponarse las heridas. Seguramente necesitaría puntos en el hombro. ¿Cómo demonios justificaría las heridas?

—¡Joder! —gritó.

Entonces se dio cuenta.

«No, no, no. ¡No!».

El revólver. Se le había caído el revólver.

42

Magdalena palpó la superficie del revólver y se lo pasó entre las manos. Era de verdad. Nunca había tenido un arma entre las manos, pero esa pesaba bastante. No era de plástico. Había oído que algo se caía al suelo cuando se había abalanzado sobre él, pero pensó que sería un cuchillo. Se le heló la sangre al pensar que había bajado allí con una pistola.

«¿Ha bajado con el seguro puesto o no?».

La policía en Italia llevaba armas, pero nunca había visto a un agente sacar su pistola. Pensó que había vivido una vida tan sencilla… Bueno, al menos hasta ahora.

Magdalena pasó los dedos por uno de los lados del arma, encontró lo que creyó que era el mecanismo de seguridad y lo pulsó.

Levantó el arma, la mantuvo lejos de su cuerpo e hizo un poco de presión en el gatillo. No se movió, sino que notó una resistencia, como si estuviese bloqueado.

«Ha bajado sin el seguro puesto; iba a dispararme».

No dejó de darle vueltas. ¿De qué se sorprendía? La había violado al menos dos veces y había estado allí abajo, observándola en la oscuridad. Las pocas veces que se había acercado a ella, lo había sentido mientras la olía. Se estremeció. Estaba harto de ella e iba a matarla. ¿Pretendería hacerlo rápido? Lo dudaba; dependía de con cuántas balas hubiese cargado el arma.

Le costó unos cuantos intentos, pero al final consiguió abrir la recámara. Inclinó la pistola hacia delante y palpó el interior. Había seis balas en los huecos de la recámara.

La mente comenzó a irle a cien por hora. El hombre volvería; o intentaba quitarle el arma, o la mataba antes de que pudiese dispararle. Se estaba volviendo loca por no poder ver nada.

Unos meses atrás, había ido a ver una obra en la universidad sobre la vida en las trincheras de la Primera Guerra Mundial. Los actores usaron armas de verdad, con balas de fogueo, pero hacían un estruendo tan tremendo y el contraste del fogonazo del disparo en la oscuridad del teatro era tan grande que hicieron que el público gritase del miedo.

A lo mejor, si disparaba la pistola en la oscuridad, se produciría un resplandor de luz y vería lo que la rodeaba.

«Joder, ya es algo», pensó. ¿El destello de un disparo le daría tiempo suficiente como para ver dónde estaba? «Tengo seis balas». Era increíble tener algo de poder después de las interminables horas y los días en la oscuridad, impotente. Sentía que no quería renunciar a sus seis balas. No podía verlas, pero en su imaginación eran de plata. Seis balas de plata. Seis oportunidades plateadas para defenderse.

Las paredes estaban hechas de yeso y las puertas del ascensor, al final del pasillo, eran de acero grueso. Lo mejor que podía hacer era disparar a la pared izquierda del pasillo; la bala no rebotaría en el yeso.

Con una mano temblorosa, levantó la pistola y apuntó a la izquierda. Quitó el seguro, abrió los ojos de par en par y apretó el gatillo.

BANG.

El estruendo fue aterrador y el retroceso la empujó con fuerza, pero se obligó a no cerrar los ojos. En aquella fracción de segundo de brillante luz vio el vestíbulo iluminado. Llevaba tanto tiempo en la oscuridad total que la imagen apareció quemada durante unos segundos en su retina. No pestañeó, intentando captar toda la información posible antes de que se desvaneciese. El pasillo estaba vacío. La puerta del pequeño aseo se encontraba a la derecha y era de un horrible color verde guisante. La pared de la derecha estaba manchada con lo que parecía una enorme salpicadura de sangre. «Dios mío». Se estremeció al pensar que había toqueteado aquella pared y que incluso había pegado la oreja. Ella no era la primera víctima; allí abajo había muerto más gente.

No tenía tiempo para asustarse. Había visto algo más en el techo de encima de las puertas del ascensor durante el milisegundo de luz. Había una trampilla.

Le quedaban cinco balas. Magdalena se giró sobre sí misma y disparó una bala contra la pared del fondo de la habitación con la cama y el lavabo.

BANG.

En el destello vio la silueta de la habitación y le dio muchísimo asco. Los azulejos eran blanquecinos y estaban manchados con salpicaduras de sangre. El colchón estaba teñido con unas enormes manchas oscuras, que se hacían cada vez más grandes y formaban una especie de estampado. En su imaginación, la habitación era blanca. También había visto la cama en su mente, pero estaba limpia. ¿Significaba que era una optimista? Siempre había pensado que era negativa, de las que siempre ven el vaso medio vacío. «A lo mejor estar secuestrada en una mazmorra con un violador loco te ha ayudado a verlo todo desde un punto de vista más positivo», pensó con resignación.

No había ninguna trampilla en el techo ni ninguna puerta secreta.

Magdalena tosió al respirar el polvo que se había levantado por el impacto de la bala en los azulejos. Volvió a poner el seguro de la pistola, se la metió en la cinturilla de los vaqueros y volvió a tientas por el pasillo hasta las puertas del ascensor.

Él volvería; no sabía cuándo, pero el hombre tenía que haberse dado cuenta de que ahora ella tenía su revólver. Lo único que esperaba era haberle hecho unos cortes lo suficientemente profundos como para que necesitase puntos. Eso le daría algo de tiempo.

Encontró el ascensor al final del pasillo y levantó los brazos; no llegaba al techo. En el fogonazo de luz del disparo había visto que el techo del pasillo era bastante alto.

¿Cómo llegaría hasta la trampilla?

43

El hombre se quedó helado cuando escuchó el eco del estallido del primer disparo por el hueco del ascensor. Tenía la mano lista para girar la llave y volver a bajar. Se quedó quieto con la llave en la mano. Ya había encontrado la pistola y había disparado. ¿Y si se suicidaba? No, era demasiado peleona como para volarse los sesos.

Sacó la llave, salió del montacargas y fue hasta la caja de herramientas que guardaba junto a la entrada. Sacó un trozo de cuerda, la botella de polvo de ángel y una palanca. Examinó el extremo curvo y afilado de la herramienta y sonrió diabólicamente.

—Me las vas a pagar, zorra asquerosa —dijo.

Regresó al ascensor y metió la llave. Tenía que bajar ya. Ella seguía a oscuras. Todavía podía vencer si iba preparado. Le pegaría un buen golpe en la cabeza a esa guarra y después le daría una dosis mortal de polvo de ángel. No, la apuñalaría en la columna vertebral. Eso la dejaría inmóvil y la obsequiaría con una muerte lenta y dolorosa. Bajó la mirada hasta la llave. Estaba manchada de sangre.

—Mierda, mierda, mierda —susurró.

La sangre le corría por el brazo, debajo de la manga. Se metió la palanca en el bolsillo trasero de los vaqueros, fue hasta su mochila y rebuscó unos pañuelos en su interior.

Agarró como pudo un paquete de pañuelos y se secó la sangre de las heridas. Después se rasgó la manga de la camisa, intentando arrancársela por la parte que ella le había rasgado, y usó ese trozo de tela para vendarse la herida.

La parte delantera de la camisa estaba empapada de sangre. Se desabrochó los botones. Los dos cortes del pecho eran menos profundos, pero también tendrían que vérselos.

Se limpió las manos temblorosas y se colocó las gafas de visión nocturna en la cabeza.

«Bang».

El segundo disparo lo sobresaltó de tal manera que la palanca se le cayó al suelo y el golpe emitió un ruido metálico.

«Cuatro balas». ¿Qué hacía? ¿Pretendía abrir el ascensor a disparos?

Una imagen de la película *La señal* se apareció en su mente: el momento en que la escalofriante chica cadavérica con el pelo largo, mojado y grasiento trepaba por el pozo con las piernas y los codos retorcidos en noventa grados. ¿Treparía ella por el hueco del ascensor?

—¡Céntrate, joder! —se gritó a sí mismo.

Se agachó para coger la palanca y más gotas de sangre mancharon el suelo. El pecho de la camisa estaba cada vez más empapado con la sangre de las dos manchas que se abrían paso por la tela. Sintió que iba a desmayarse.

El hombre dudó, pero después sacó la llave de la cerradura del ascensor, salió de este y metió la llave en la de la pared de fuera. La giró y las puertas del montacargas se bloquearon.

Ahora no podría salir, incluso si trepaba por el hueco del ascensor. Y si se metía ahí y empezaba a subir, activaría de nuevo el ascensor y aplastaría su repugnante cuerpo anguloso.

Bajó la mirada hasta las manos ensangrentadas. No dejaban de temblar.

—¡Quietas! ¡Parad! —suplicó a sus manos.

Necesitaba pensar qué hacer.

Tenía que tranquilizarse e ir al médico. La dejaría sudar, que se debilitase y, después, volvería con una escopeta. Se la cargaría nada más salir del montacargas y terminaría con el desastre.

Solo volvería a sentirse seguro cuando sus sesos decorasen las paredes.

44

Kate y Jake llegaron a las nueve de la mañana del lunes al Hospital Psiquiátrico Great Barwell y los enviaron directamente a la puerta de entrada. El complejo estaba compuesto por una enorme extensión de edificios victorianos de ladrillo, que se veía minúscula al lado de la tremenda superficie de campos perfectamente cuidados que la rodeaban. El psiquiátrico se construyó junto a una calle residencial, así que una acera era como cualquier otro barrio de las afueras, pero, si mirabas al otro lado, una valla de seis metros que terminaba en alambre de espino recorría la carretera.

Durante muchos años, Peter Conway había determinado la vida de Kate. Fue su jefe en la Policía Metropolitana, la protegió, la ascendió y la motivó en su trabajo. Fueron amantes durante un breve periodo de tiempo (ella sabía que se trataba de un tremendo error, incluso cuando creía que era un policía normal) y después vino el traumático descubrimiento de que él era el Caníbal de Nine Elms.

Capturar a Peter fue el mayor triunfo de Kate, así como su mayor error. La historia fue un caramelo para la prensa amarilla: agente de policía principiante se acuesta con su jefe, lo desenmascara, descubre que es un asesino en serie y, por último, como guinda del pastel, da a luz a su hijo.

Él era la persona a la que culpaba de todo: su bajada a los infiernos, el final de su carrera en el cuerpo de policía, su alcoholismo y su turbulenta relación con Jake. Tenía tanta ira, miedo y odio guardados hacia él... Y con todas esas emociones había convertido a Peter Conway, alias el Caníbal de Nine Elms, en una especie de criatura mitológica. Un monstruo agazapado en la oscuridad, preparado para atormentarla toda la eternidad.

En la conserjería, la mujer con la cara más inexpresiva del mundo estaba sentada detrás de un panel de monitores de televisión mientras miraba atentamente imágenes borrosas de la calle y de la valla del perímetro. Kate abrió la boca para hablar, pero de repente sonó una sirena. La mujer, que venía de dar un buen bocado a su empanadilla, negó con el dedo cubierto con un guante.

—¡PRUEBA DE SIRENA! —gritó mientras se tragaba el bocado de empanadilla—. ¿Tenéis algún documento de identidad?

Kate y Jake sacaron sus pasaportes y los introdujeron en la trampilla. La mujer los cogió y comenzó a pasar las páginas. Kate pensó que tenía los dedos bastante grasientos. La conserje buscaba la página en que aparecían sus fotos. El pasaporte de Jake caducaba en un mes y, en la foto, era un niño de once años delgado y desgarbado que sonreía a la cámara con una mella en las paletas. La mujer esbozó una sonrisa. La sirena empezó a sonar más bajo y al final se paró.

—Te has convertido en un jovencito muy guapo —lo piropeó.

—¿La sirena suena cuando alguien se escapa? —preguntó Jake.

—La probamos todos los lunes a las nueve de la mañana —dijo la mujer.

—Hemos venido a ver a Peter Conway —intervino Kate.

Cuando la mujer se dio cuenta de quiénes eran, cambió su actitud con respecto a Jake y volvió a su gesto inexpresivo mientras imprimía los pases de visitantes.

—La última vez que la sirena saltó fue cuando tu padre se escapó. También mató a una de las médicas de aquí —lo informó mientras les daba los pases por la ventanilla—. Id hasta esa entrada, alguien os espera ahí.

En silencio, fueron hasta donde había dicho la mujer. En el hospital se encontraban algunos de los criminales más peligrosos de Reino Unido, pero el lugar estaba cuidado y era bonito, tranquilo y ordenado. Lo único que te recordaba dónde estabas era la enorme valla y las torres de vigilancia esparcidas a intervalos, en las que había guardias armados sentados en sus puestos para no perder de vista a los presos.

—La doctora a la que mató… Le rajó el cuello con un pincho que él mismo fabricó, ¿no? —preguntó Jake para romper el silencio.

—Sí, se llamaba Meredith. Estaba casada y tenía un niño pequeño —contestó Kate. Prefería contar siempre la verdad.

—Mamá, estoy un poco asustado —comentó Jake.

—¿Un poco? —exclamó Kate—. Me preocuparía si no tuvieras miedo… Pero tranquilo, estarás detrás de un cristal muy grueso, no podrá tocarte.

Todo aquello le parecía una locura. ¿Acaso visitar a aquel monstruo ayudaría a que Jake explorase su pasado? Siguieron caminando en silencio hasta llegar a la entrada.

Peter Conway había propuesto un acuerdo: vería a Jake si Kate entraba primero y se quedaba con él una hora. Kate había ido en coche el día anterior a casa de sus padres en Whitstable, donde habían hablado largo y tendido sobre el pasado y lo que implicaría para Jake ver a Peter. Glenda dijo algo que se quedó grabado en la mente de Kate.

—Catherine, tienes que desmitificar a Peter Conway, por la cordura de Jake y por la tuya. El hombre es muchas cosas: un monstruo, el padre de Jake, la razón por la que nuestra familia se separó… Pero no es más que una persona. Ha determinado nuestras vidas durante demasiado tiempo.

El proceso de seguridad por el que Kate y Jake tuvieron que pasar fue larguísimo: dos máquinas de escáner de rayos X, un cacheo y muchas más intervenciones antes de llegar a la grande y espaciosa zona de recepción de paredes blancas.

Un tabique de cristal recorría el centro del espacio y se encontraba con una pared de cristal en perpendicular. Esta se extendía a los lados del tabique para delimitar una sala de visitas. A cada lado de la parte exterior del tabique había guardas de seguridad sentados en sus escritorios con sus dispositivos de control. Las pantallas mostraban imágenes de la sala de visitas y del pasillo exterior. Un hombre, que se presentó como el doctor Grove, estaba esperando a Kate y a Jake. Vestía de manera informal y los hizo sentir muy cómodos.

—La ley impide que grabemos vuestras visitas. Tenéis que dejar los dispositivos móviles, ordenadores, tabletas y portátiles a los guardas de seguridad antes de entrar —los informó.

Kate y Jake sacaron sus teléfonos móviles y se los dieron a los agentes que estaban en sus escritorios.

—Si deseas finalizar la reunión, por favor, haz una señal y cualquiera de nuestros agentes te abrirá la puerta para que puedas salir. Jake, vamos a la cafetería mientras tu madre charla con Peter.

—Buena suerte, mamá —le deseó Jake antes de desaparecer con el médico.

Uno de los guardias de seguridad se acercó a la puerta de cristal y pulsó unos números en el teclado. La puerta hizo clic y se abrió con un zumbido.

—No olvides hacerme una señal si me necesitas —le recordó el hombre con una sonrisa.

Kate atravesó la puerta y esta se cerró tras ella con otro clic y otro zumbido. No se oía ruido de fondo. El agente que se quedó fuera volvió a su escritorio y se puso a hablar con su compañero. Movía la boca, pero no se oía nada. Kate se dio la vuelta y observó la habitación. Estaba iluminada con una luz clara y las paredes estaban pintadas de color verde claro. En tres de ellas no había ventanas, y la cuarta era un tabique de cristal grueso del techo al suelo que daba a una sala idéntica a la sala donde se encontraba. Una mesa cuadrada de plástico y una silla estaban atornilladas al suelo; al otro lado del cristal había exactamente lo mismo.

Se oyó un sonido y un hombre apareció escoltado, con las manos esposadas a la espalda y paso encorvado. Tardó un momento en darse cuenta de que era Peter Conway. Años atrás, cuando trabajaban juntos, era un hombre atlético, que medía más de un metro ochenta y, hasta hace poco, en las fotos que le hacían dentro de su celda, le recordaba a un animal enjaulado por ser tan corpulento y estar metido en un espacio tan reducido.

El hombre que se acercaba al tabique de cristal era prácticamente un anciano. Estaba esquelético. Tenía los hombros encorvados y joroba, la cara y la boca chupadas, y arrugas muy profundas. Se había recogido el pelo canoso, que ya le clareaba, en una coleta. Llevaba unas gafas de cerca de culo de vaso, unos vaqueros y un jersey verde pálido. Le habían esposado las manos a la espalda y los dos celadores que lo acompañaban iban armados con porras, gas pimienta y tásers en los bolsillos de sus cinturones. No le habían puesto la capucha antiescupitajos. Kate había leído que Peter tenía que llevarla en todo momento si estaba en una zona común. Ya había mordido a varios celadores y a unos cuantos pacientes a lo largo de los años.

La mujer no escuchó lo que decían los guardias porque el sistema de sonido estaba silenciado. Lo sentaron delante de ella, pero Peter no levantaba la vista de la mesa. Estaba pidiéndole algo a los agentes. Fue entonces cuando se dio cuenta de que no tenía dientes, solo le quedaban las encías, por lo que parecía mucho mayor.

De pronto, el sonido se activó y su voz salió por el altavoz que había instalado en el tabique de cristal.

—Quiero que me los deis ahora.

—Te los daremos antes de salir —dijo uno de los celadores.

Acto seguido, le quitó las esposas a Peter. Su compañero se quedó a su lado, con el táser en la mano y listo para usarlo.

—Quédate sentado hasta que vengamos a por ti, Peter —añadió el celador mientras se guardaba las esposas en un bolsillo.

Le dejó una cajita de plástico en la mesa y, después, los dos se marcharon de la habitación por la puerta. Esta emitió un zumbido, se abrió, salieron y la cerraron tras de sí. La puerta se cerró y Peter cogió la cajita de la mesa. Se dio la vuelta y, cuando volvió a mirarla, se parecía más al hombre que ella recordaba.

—Hola, Kate —saludó mientras le sonreía con una hilera de dientes blancos, perfectos y falsos—. Estás más gorda.

45

Kate y Peter se quedaron sentados y en silencio, mirándose frente a frente a través del grueso cristal que los separaba.

Glenda le había preguntado qué había pensado ponerse para la visita. Quería que se sacase todo el partido posible para la ocasión, pero a Kate le pareció bastante retorcido que tuviese que ponerse guapa para el hombre que había intentado asesinarla. Dos veces. Al final decidió ponerse lo mismo que se pondría para ir a trabajar cualquier día: unos elegantes vaqueros azules y un jersey de lana verde. Lo irónico fue que ese día Peter y ella llevaban un conjunto parecido.

Kate pensó que se asustaría al ver a Peter. Sin embargo, no sabía muy bien qué sentía.

—¿Qué le ha pasado a tus dientes? —preguntó para romper el hielo.

Él sonrió con una escalofriante sonrisa de cine.

—¿Has oído la frase: «Te reventaré tanto los dientes que no podrás volver a masticar en tu vida»?

—Sí.

—El preso que me amenazó con eso cumplió su palabra. Para cuando terminó, solo me quedaban intactas las muelas del final —continuó—. También me partió la nariz y el pómulo izquierdo.

—Tienes que decirme quién es, quiero estrecharle la mano —respondió Kate.

—No querrías tocársela si supieses dónde la ha metido —comentó Peter sin dejar de sonreír—. Es un pedófilo cruel y violento.

Kate no dejó que notase el asco que le daba. Volvieron a quedarse en silencio durante todo un minuto mientras se resistían a apartar la mirada. De pronto, ella suspiró y se recostó en la silla.

—Bueno, ¿de qué quieres hablar durante los próximos...
—Miró el reloj— cincuenta y siete minutos?

—¿Has ido a algún sitio bonito de vacaciones? —se interesó el hombre.

—No, ¿y tú?

—No, pero me han dicho que aislamiento está muy bonito en esta época.

Aquello fue un destello del hombre que conocía. Durante un segundo, le pareció una persona normal haciendo una broma tonta y reconociendo su incomodidad mutua. Quiso sonreír, pero se frenó. Aquello era surrealista. Después de todo, había estado a punto de hacerla reír. Aquello fue como un recordatorio de lo peligroso que era.

—¿Por qué quieres ver a Jake? —preguntó Kate—. Nunca te ha importado tener un hijo.

—Jake quería verme y eso te jode, ¿no?

—¿Qué vas a decirle? —preguntó con un tono severo.

Peter levantó las manos e ignoró su pregunta. Tenía los dedos torcidos y deformados por la artritis.

—Tan solo me alegraré de verlo y escuchar su voz.

—No se parece a ti —añadió Kate en un tono más chillón del que pretendía.

—Pues es una pena, porque yo era un cabrón bastante guapo. ¿A que sí? —Kate levantó una ceja—. Sí, te guste o no, lo era. Conseguí meterme en tus bragas y, madre mía, estabas muy mojada cuando entré ahí.

Kate se levantó.

—No eres más que un triste viejo verde que tiene que dejar sus dientes en un vasito en la mesita de noche. Tengo cosas mejores que hacer con mi tiempo —espetó.

Fue hasta la puerta de cristal y dio unos golpecitos mientras notaba cómo la cara se le sonrojaba de la vergüenza.

—Kate, Kate... —Se puso en pie—. Perdóname... Vuelve. Empecemos de nuevo. Por Jake. Ese era el trato, ¿no? Si tú me recibes, yo lo recibo.

Había algo de desesperación en su voz y, pese a que cada célula del cuerpo de Kate quería salir de allí, sabía que Jake necesitaba ver a su padre. Aunque solo fuese para comprobar que era un viejo patético. Respiró hondo y volvió a su asiento. Los dos se sentaron y, de nuevo, se hizo un silencio eterno. Peter se quitó las gafas y limpió los cristales con el jersey.

—Has dicho que tenías cosas más importantes que hacer que estar aquí conmigo —comenzó, y se puso las gafas—. ¿Como qué?

—Peter, tengo una vida y no es de tu incumbencia —contestó, aunque sonó poco convincente.

—Ha sido el terapeuta de Jake el que ha sugerido que me visite. Va a terapia porque tú encontraste un cadáver durante los días que pasó contigo en verano —continuó Peter, que se inclinó para acercarse al cristal y la señaló para enfatizar el *tú*—. Jake también vio el cuerpo, ¿no?

—Sí, estábamos buceando en un embalse —respondió.

—¿Qué aspecto tenía el cadáver?

—Era de un chaval joven, poco mayor que Jake —comentó.

—¿Le dieron una paliza hasta matarlo?

—Tenía el cuerpo lleno de laceraciones. La teoría de la policía es que se ahogó y, después, una de las lanchas de mantenimiento que patrullan el embalse le pasó por encima.

—Y ¿qué cree ahora la policía?

Kate no sabía si responder.

—Creen que fue su amigo.

Peter se recostó en su silla.

—Mmm… Pero tú no piensas lo mismo, ¿verdad?

—No encaja con un crimen pasional.

—¿Eran amantes?

—No, me refiero a pasional en el sentido de un arrebato de ira, de violencia.

Entonces Kate pasó a describirle las circunstancias de la muerte de Simon, le contó la historia del secuestro de Kirstie Newett y, al final, se dio cuenta de que estaba hablándole de todo el caso, de las otras personas que habían desaparecido y de Magdalena. Kate sentía cómo descargaba el peso del caso en Peter mientras él escuchaba atentamente.

—Simon vio algo en el embalse durante su paseo de medianoche.

242

—Sí —confirmó Kate.

Peter cerró los ojos y comenzó a recitar: «Al pasar la barca le dijo el barquero... Las niñas bonitas no pagan dinero...». Después abrió los ojos y la miró.

—¿Crees que Simon estaba en el armario? ¿Que era gay?

—No.

—¿Esa noche no estaría haciendo *cruising* cerca del embalse? A lo mejor quiso pagarle en carne el viaje al barquero y las cosas subieron de tono. —Kate lo miró con incredulidad—. No estoy provocándote. Tienes que dar un paso atrás y pensar en estas cosas.

—No, Simon vio a alguien en la orilla —lo corrigió Kate.

—¿Por qué crees que no fue Geraint?

—Geraint no tenía acceso a una embarcación; creo que a Simon lo apuñaló la misma persona que después lo persiguió con la lancha.

—¿Es posible que Geraint viera a la persona que persiguió a Simon con la lancha?

—Puede, pero habría dicho algo. Estaba en libertad condicional cuando todo esto pasó. ¿No crees que no habría perdido la oportunidad de echarle la culpa a otro?

—¿Y el anciano? El vagabundo. El que tenía la navaja de Simon —preguntó Peter.

—La encontró en el barro de la orilla. No creo que viese nada... No sé...

Kate se frotó los ojos. Toda esa información conflictiva la confundía.

—¿Dónde está el vagabundo ahora mismo?

—No lo sé.

—Simon no tenía enemigos, que tú sepas. No era rico. Su amigo no tenía planes ni motivos para asesinarlo. Así que, lógicamente, a Simon lo mataron porque vio algo.

—¿Cómo puedes estar tan seguro? —quiso saber Kate.

—Yo no pierdo nada, así que lo observo todo desde un prisma objetivo. Añade una familia rica e influyente a la ecuación y tienes un gran caso.

—¿Y Magdalena?

—Lo más seguro es que ya esté muerta. ¿Cuánto hace? ¿Ocho días desde que desapareció? Concentraos en encontrar su cuerpo. Tendrá que deshacerse de él. Ese será el momento en que las dos partes del caso colisionen.

Kate bajó la mirada hacia sus manos, desolada. Desolada por su vida personal, por su conexión con el monstruo que tenía delante y por no ser capaz de resolver el caso y salvar a Magdalena.

—Eras una buena agente de policía —dijo Peter.

—Es un poco raro escucharte decir eso.

—Pues lo eras.

—Y tú también, Peter —contestó ella levantando la vista para mirarlo—. Piensa en todo lo bueno que podrías haber hecho.

El hombre puso los ojos en blanco.

—Kate, siempre has sido una idealista. Creías que como agente de policía hacías el «bien». El mal ya está ahí fuera. Un agente no puede regalar bondad como si fuera Papá Noel. Todo lo que puedes hacer es impedir que las personas sigan haciendo cosas «malas»…

Hizo un gesto con los dedos para poner «malas» entre comillas.

—¿Por qué te metiste en el cuerpo? —preguntó—. Es una pregunta legítima, ahora que estamos hablando del «bien» y del «mal».

Chasqueó la lengua contra la dentadura.

—Me gusta resolver puzles. No me importaba la naturaleza de los crímenes en los que trabajábamos. No me daba ningún subidón pillar al malo y meterlo en la cárcel. Solo quería ser más listo que ellos. Resolver el rompecabezas.

—Como si un caso de asesinato fuese un puzle —intervino Kate.

—Sí, cuando consigues encajarlo todo te sientes el rey del mundo y, por supuesto, para mí, el otro lado, que no me pillasen, también era emocionante.

—¿Por eso me odias? ¿Por descubrirte? ¿Debería sentirme la reina del mundo? —preguntó.

—No te odio, Kate. Tú fuiste la única que resolvió el rompecabezas y por eso tenías que morir.

Kate se quedó helada al escucharlo hablar con tanta objetividad. De pronto, tuvo un *flashback* de aquella lluviosa noche en su apartamento, la noche en que resolvió el puzle y descubrió que él era el Caníbal de Nine Elms. Peter ya lo sabía cuando apareció en su puerta y entró a la fuerza.

«La acorraló en la habitación de su pisito, se subió encima de ella y le clavó un cuchillo en el abdomen… Tenía cara de loco, la sangre le salía a borbotones por el corte que le había hecho en la cabeza y sus labios mostraban unos dientes teñidos de rosa.

Kate no dejó de defenderse mientras la sangre se extendía por su barriga. Al final consiguió lanzarlo de la cama y darle en la cabeza con una lámpara de lava.

La mujer fue dando tumbos hasta el teléfono y llamó a la policía. En ningún momento pudo apartar la vista del cuchillo que tenía clavado en la tripa. El dolor era insoportable, pero sabía que si se lo sacaba se desangraría.

¿Cómo de cerca estuvo de apuñalar al minúsculo embrión que crecía en su interior? ¿Estuvo a punto de apuñalar a Jake?».

Kate oyó un zumbido y levantó la vista. Su visita había terminado. La cicatriz de la barriga le ardía.

—Parece un caso fascinante. Te diría que quiero que lo atrapes, pero una parte de mí espera que no lo consigas. ¿Me avisarás cuando encontréis el cadáver de Magdalena? —preguntó Peter.

El conjuro se rompió y el antiguo Peter, el agente de policía que ella había conocido, desapareció.

Justo antes de que Kate respondiera, cortaron la conexión de sonido entre ellos. Quería haberle dicho una última palabra, pero no la habría oído. Alzó la vista y vio a Jake esperando en la puerta para entrar a ver a su padre.

46

El viaje desde el Hospital Great Barwell hasta Ashdean fue largo y, durante la primera parte, Jake no abrió la boca. Kate no le preguntó de qué había hablado con Peter hasta que no pararon en un área de servicio de la autopista. Los dos pidieron un café y encontraron un sitio libre en un rincón tranquilo.

—Parecía muy nervioso —respondió Jake—. ¿Te has dado cuenta de que cuando he entrado estaba toqueteándose la boca?

—Usa dentadura postiza —aclaró Kate.

—Vale, ya me parecía a mí que tenía los dientes demasiado blancos.

Kate le sonrió y le agarró la mano.

—¿Te ha asustado?

—No.

—¿Te ha contado algo desagradable?

—Mamá, ya está bien —la interrumpió avergonzado, y se soltó de su mano.

Había una adolescente muy guapa al otro lado de la cafetería que los observaba. Jake removió el café y miró a la mesa.

—¿Qué te ha dicho, entonces?

—No lo sé. Solo hemos charlado. Quería saberlo todo sobre mi iPhone.

—¿Sobre tu iPhone?

—Sí, me ha dicho que, cuando lo metieron en la cárcel, él no tenía teléfono; tenía uno instalado en el coche, pero entonces los móviles eran una novedad…

Kate recordó el teléfono-ladrillo con antena que tenía allá por 1995.

—Le he hablado sobre, ya sabes, iPhones, la App Store y que yo lo uso para mis cosas. He salido y les he preguntado a los de seguridad que estaban en el escritorio de la puerta de la sala si me podían devolver mi móvil para enseñarle a Peter mis fotos y esas cosas, pero no me han dejado…

—¿Y qué más?

—Me ha preguntado qué música escuchaba, porque hablando de todo el tema de los iPhones le he dicho que descargo toda la música en iTunes. Me ha dicho que tenía mucha suerte; él tenía que ir a la tienda a comprar discos y su madre solo ponía los que a ella le gustaban. Tenía que pedirle permiso para comprarlos hasta cuando los pagaba con su dinero. Me ha contado que un par de veces llegó a casa con un disco que su madre no había escuchado nunca, y que la mujer lo escuchaba treinta segundos y, si no le gustaba, lo partía por la mitad.

—Qué dura —dijo Kate.

—Sí. Le ha encantado la idea de la tienda de iTunes. Quiere enviarme una tarjeta regalo por Navidad… Le he dicho que te preguntaría a ti y a la abuela si podía.

Kate asintió en un intento de mostrar su incomodidad.

—Le encanta David Bowie.

—¿Qué? —preguntó Kate.

—Que a Peter le encanta David Bowie. Es el tío de la peli esa de *Dentro del laberinto,* la que antes veíamos cuando iba a tu casa. Ese que tiene los ojos de dos colores, como yo.

—Sí, sé quién es David Bowie. Y no tiene cada ojo de un color. Lo que ocurre es que la pupila de uno de los ojos está permanentemente dilatada, por lo que parece que son de dos colores.

—Ah —exclamó Jake.

Parecía decepcionado porque sus ojos no fuesen como los de Bowie. A Kate le pareció raro que después de tantos años no supiese que a Peter Conway le gustaba David Bowie. Conocía muchas intimidades de su infancia y de la inquietante relación con su madre, Enid. Aparentemente, nunca estuvo entre sus prioridades saber cuál era la música que más le gustaba.

—Peter me ha recomendado un álbum, *The Rise of Ziggy Stardust…* O algo así.

—*The Rise and Fall of Ziggy Stardust and the Spiders from Mars* —lo corrigió Kate—. Creo que lo tengo en casa.

Jake ya había sacado su iPhone y estaba dándole golpecitos en la pantalla.

—Ya lo he puesto a descargar —comentó.

—Qué rápido —se asombró Kate.

No sabía qué esperaba que hubiese pasado en la visita. Había deseado en secreto que a Jake le hubiese dado asco el monstruo que era su padre. Lo último que habría esperado era que Peter le recomendara canciones para que las comprase en iTunes.

—¿De qué habéis hablado vosotros? —preguntó Jake mirándola con curiosidad, después de meterse una cucharada de espuma de capuchino en la boca.

—Nuestro encuentro ha sido menos ameno... No hemos hablado de música. Pero hemos encontrado un punto en común y hemos hablado de nuestros tiempos en la policía —contestó Kate.

Se preguntó si no era una mierda que no hubiesen hablado más sobre Jake... Pero, de nuevo, no quería que Peter se relacionara con su hijo.

—No he olvidado lo que te hizo, mamá... Sé lo cruel que fue con los dos.

—¿Te ha pedido perdón? ¿Ha mostrado algún remordimiento?

—No, no hemos hablado de eso —respondió Jake—. Pero sigue grabado en mi mente. No he olvidado lo que te hizo a ti y a todas esas mujeres... He leído que, aparentemente, Ted Bundy era un buen padre. Su novia tenía un concepto completamente distinto de él porque vio una faceta de él que nadie más conocía. A lo mejor hoy he tenido suerte y he conocido la parte de Peter que sigue siendo buena.

Kate no se esperaba tanta madurez y perspicacia por parte de su hijo.

—¿Quieres volver a verlo?

Jake se encogió de hombros y removió su capuchino.

—Él quiere que vuelva, pero le he dicho que a lo mejor podríamos cartearnos antes.

—Eso depende de ti, Jake. Ya sabes que antes de cumplir los dieciséis no podía contactar contigo, pero, si quieres enviarle cartas, en el hospital le darían tu dirección o puedes pedir que te las envíe a un apartado de correos.

Jake asintió.

—¿Y su madre, Enid? Es mi abuela, ¿no?

—Sí, el año que viene saldrá de prisión —dijo Kate.

Le alegraba tener una conversación tan delicada con su hijo y, pese a todo, consiguió contener la necesidad de decirle: «Nunca llames a esa zorra loca "tu abuela"». Enid Conway tenía una relación enfermiza con Peter. Había rumores de que mantenían relaciones sexuales y, por si fuera poco, también estuvo involucrada en el plan de fuga de Peter del hospital. Después de aquello, la condenaron a tres años de cárcel.

—Si Peter hubiese conseguido escapar y se hubiesen ido a vivir al extranjero, habría estado ahí fuera, dando tumbos por el mundo… —Jake se estremeció—. Prefiero que esté detrás de un cristal de seguridad y rodeado de guardias.

Kate asintió y le sonrió.

—Deberíamos llamar a la abuela por Skype para contarle cómo ha ido —propuso Kate—. ¿Estás bien?

Jake asintió. Ella estuvo a punto de apretarle la mano otra vez, pero se acordó de la atractiva rubia que había al otro lado de la cafetería y se limitó a sonreírle.

Se terminaron los cafés y reanudaron su viaje de vuelta a casa. En el coche escucharon *The Rise and Fall of Ziggy Stardust and the Spiders from Mars,* pero al final Jake se quedó dormido en el asiento del copiloto tan profundamente que hasta roncó un poquito.

Kate volvió a pensar en su conversación con Peter sobre cómo funcionaba la mente de un asesino en serie y Magdalena regresó a sus pensamientos.

Sentía esa especie de molestia en la barriga. Tenía que hablar de nuevo con Kirstie Newett. Que hubiese llegado a obsesionarse con Arron Ko no significaba que su historia fuese falsa. Había muchas otras cosas que para Kate no encajaban.

Si alguien estaba secuestrando a mujeres, ¿cómo lo hacía? Kate quería pensar que hoy en día las mujeres eran más espabiladas. ¿Por qué alguien tan inteligente como Magdalena pararía en medio de la carretera y se metería en el coche de un extraño? A lo mejor se detuvo porque iba disfrazado de anciano.

Kate alzó la vista y vio que todavía les quedaban dos horas para llegar a casa. Primero dejaría que Jake se pusiera cómodo y, entretanto, llamaría a Tristan.

47

Magdalena notaba que prácticamente se le habían dormido las manos y los brazos del esfuerzo de escarbar en el suelo de hormigón que rodeaba la base del retrete. Parecía tan liso... Tan sólido e irrompible.

Estaba usando los trozos de la tapadera rota de la cisterna para raspar el hormigón y el yeso que fijaba el váter al suelo. Si conseguía sacar la taza del váter y arrastrarla hasta el pasillo, la usaría como escalera para llegar hasta la trampilla.

Magdalena no era consciente de cuánto tiempo había pasado desde que le había plantado cara al hombre y había encontrado la pistola. Se sentía peligrosamente débil. Tenía agua, pero llevaba mucho tiempo sin comer. Los calambres del estómago eran cada vez más intensos y hasta hacían que se doblase del dolor. Tuvo que hacer acopio de todas sus fuerzas para reunir las reservas de energía que le quedaban y no parar de escarbar el suelo que rodeaba el retrete. Seguía atenta al ascensor y con el arma a mano, metida en la cinturilla de los vaqueros y con el seguro puesto.

Quería dormir, pero le aterraba cerrar los ojos por si él volvía en la oscuridad, la encontraba y le quitaba el arma. Cuando empezó a oír la voz de su *nonna* Maria, supo que estaba a punto de perder la cordura.

«Vamos, Magdalena, eres una chica fuerte. La chica más fuerte que conozco. No puedes rendirte. Todos nosotros estamos esperándote fuera, en la superficie... Y cuando vuelvas a casa te haré tus *gnocchi* favoritos con los champiñones de nuestra huerta. Prométeme que no te quedarás dormida, que no dejarás de escarbar».

La voz la tranquilizó y le hizo olvidarse de las manos y los brazos dormidos. Magdalena notó que estaba quedándose dormida y dejó caer la cabeza sobre la fría porcelana. El asqueroso hedor la despertó de golpe.

«Sigue, no pares. Estás a punto, cariño, ya no queda nada».

48

Después de unos días de intenso trabajo en el caso, a Tristan se le hizo raro levantarse un domingo y no quedar con Kate. Lo había llamado para avisarle de que llevaría a Jake a visitar a Peter Conway. Hablaron muy poco y ella, obviamente, estaba distraída.

A pesar de todo lo que Henry Ko les había contado en la escena del crimen de Ted Clough, Tristan no dejaba de darle vueltas al caso. No quería rendirse con Magdalena. Pasó el domingo y el lunes buscando en la página web del registro de la propiedad para volver a investigar los edificios que estaban dentro de la finca de Shadow Sands. Había muchos locales comerciales, tiendas y despachos, además de muchísimos inquilinos, como Ted, que alquilaban las viviendas de la finca. También contaban con tres casas señoriales. Thomas y Silvia vivían cada uno en una, y la tercera era la discoteca abandonada de Hedley House. Tristan había ido de fiesta allí un par de veces cuando era adolescente. Recordaba que había una sala de baile enorme en el interior, una zona que parecía una caverna con una barra, un guardarropa, los baños y poco más. Intentó encontrar unos planos o un cianotipo en internet, pero no tuvo suerte.

El lunes se iba desvaneciendo mientras Tristan seguía trabajando en el escritorio de su habitación cuando escuchó el crujido de la madera en la planta de abajo.

—¿Hola? —preguntó.

No obtuvo respuesta. Escuchó otro crujido y, a continuación, pasos. Se levantó y agarró la botella vacía de champán que habían bebido por su dieciocho cumpleaños y que usaba para sujetar la puerta.

La agarró como si fuese un bate de béisbol y bajó las escaleras. Miró en el baño y en la habitación de Sarah, pero no había nadie.

Hubo otro crujido en la planta baja y un chirrido. La imagen del cadáver de Ted Clough le vino a la mente. Volvió a ver el cuerpo retorcido al pie de la escalera y el cuello roto. Le había parecido una muerte muy violenta y le había quitado el sueño.

Tristan agarró la botella de champán con todas sus fuerzas y bajó lentamente las escaleras. La puerta del salón estaba entreabierta y, cuando se acercó, oyó más crujidos y chirridos, que venían de dentro.

Abrió la puerta de una patada y entró en la sala con la botella de champán en alto, listo para atacar.

—¡Dios! ¡Tristan! —gritó Sarah, con la mano aferrada al pecho.

A esta se le cayeron un boli y un cuadernito que llevaba en la mano. Estaba en cuclillas junto a una caja de botellas de vino abierta colocada al lado de la puerta de la cocina.

—¡Madre mía! Creía que eras un intruso —exclamó Tristan.

El corazón se le iba a salir del pecho. Soltó la botella en la mesa del comedor y se dio un masaje en el dedo gordo del pie; se había hecho daño al golpear la puerta.

—¿No me has oído?

—No.

—Estaba arriba y he dicho «hola», pero no has respondido.

—Si me llamas desde arriba, no te oigo —dijo ella.

—¿Qué haces aquí, Sarah?

—¿Qué quieres decir con qué hago aquí? Es mi casa.

—Pero dijiste que te quedarías con Gary hasta la boda. Podrías haberme avisado.

—Ya he vuelto un par de veces a por ropa limpia. Pensaba que estarías trabajando —contestó su hermana.

—Es la semana para preparar los exámenes en la uni… De vacaciones.

—Ah.

Sarah recogió el cuadernito del suelo y Tristan vio que había escrito una larga lista de números.

—¿Qué es eso? —preguntó.

—Me han llamado del sitio de la boda. Han decidido cobrarnos el descorche de las botellas. Una libra por botella, que se tiene que sumar a todo esto —respondió Sarah mientras señalaba las torres de cajas.

—Qué cara más dura.

—¿Me echas una mano para retirar esta torre de cajas? No recuerdo si hay seis u ocho botellas por caja. Está escrito en la cara que está mirando a la pared.

Tristan se acercó a la pila de cajas que estaba junto a la puerta de la cocina y la movió cuidadosamente para separarla de la pared.

—Ocho —le informó.

—Ocho por dieciséis es ciento veintiocho; me cago en Dios, eso son ciento veintiocho libras solo por descorchar los blancos —se lamentó Sarah—. El presupuesto de esta boda se nos está yendo de las manos. Donna-Louise ha engordado dos tallas desde que la contrataron en el asador de Brewers Fayre y estoy teniendo que pagar más pruebas de vestidos. ¡Puaj! ¡Estoy hasta las narices de hablar de la puta boda!

Soltó el cuaderno y se frotó los ojos. Después de todo, a Tristan le daba pena.

—¿Te apetece una cerveza? —le propuso.

—Sí, gracias.

El chico fue a la cocina, volvió con dos cervezas frías y le tendió una a su hermana. Sarah le dio un buen trago.

—Gracias. Qué bien sienta —dijo después de secarse la boca con el dorso de la mano.

—Salud. No hay nada como una cerveza fría —añadió Tristan.

Chocaron los botellines y volvieron a beber.

Se hizo un silencio incómodo. Había comenzado a llover, y a los oídos de Tristan llegaba el traqueteo de las gotas que se estrellaban contra los canalones de fuera. Sarah soltó su cerveza en la mesa.

—Tristan, creo que deberíamos afrontar eso de lo que ninguno de los dos quiere hablar —propuso Sarah.

—Creía que no querías seguir hablando de Donna-Louise y su vestido de dama de honor.

A Sarah le dio la risa. La cara se le iluminó y parecía otra persona completamente diferente. Una feliz y sin preocupaciones. Tristan se alegró de verla reír. Pasaba tan poco...

—No tiene gracia —dijo sin parar de reírse, a pesar de sus palabras—. Me refiero a ti, a lo que me contaste. Que eres gay. Siento si mi reacción fue dura, pero tú tampoco te quedaste corto. No puedes esperar que nos lo tomemos como algo tan normal.

—¿Por qué no?

—Es mucho que digerir...

—Sí, pero tú solo lo has oído. Yo soy el que tiene que vivir siendo así.

Sarah suspiró y dio un sorbo a la cerveza.

—Ha llamado la policía. Nos han dicho que fuiste a prestar declaración y les contaste que Gary y yo no sabíamos que habías salido esa noche. Gracias.

—No pasa nada. ¿Por qué no ha venido Gary contigo? Sois inseparables.

Hubo una pausa incómoda.

—Iba a acompañarme, pero nunca había conocido a una persona gay, así que estaba nervioso.

—¿Qué quieres decir con que no había conocido a una persona gay antes?

—Eso mismo, Tris.

—Yo soy una persona gay. Gary me conoce desde hace un año. Os acompañé a Francia a por el alcohol para la boda, ¡cuatro veces! ¿Acaso dice que no me conoce?

—Claro que te conoce, Tris. Es solo que no te conoce fuera del armario.

—Soy la misma persona, Sarah. ¡No ha cambiado nada!

—Lo sé, lo sé. Como he dicho, también es nuevo para nosotros... —se defendió Sarah. Se hizo otro silencio incómodo—. Esa chica, Magdalena, ¿sigue desaparecida?

—La policía cree que se salió de la carretera mientras conducía su moto, cayó en una zanja de la A1328 y acabó en el mar, pero Kate y yo discrepamos...

No quiso mencionarle cómo descubrieron el cadáver de Ted Clough. Lo único que conseguiría es que Sarah se pusiera nerviosa, se preocupase y le echase la bronca. Ya estaba arrugando los labios solo por escuchar el nombre de Kate. Tristan se acabó la cerveza. Se estaba volviendo imposible hablar con

Sarah sin que cualquier aspecto de su vida se convirtiese en algo incómodo.

—¿Necesitas que te ayude a mover las cajas de alcohol? —ofreció el chico para cambiar de tema.

—No, gracias. Sammo, el amigo de Gary, vendrá a echarnos una mano. Es transportista en Harry Stott, la empresa de camiones de reparto. Es un favor y no piensa cobrarnos nada. Hará un poco de sitio en uno de los camiones y se pasará por aquí el domingo.

—Qué malotes.

—No puedo permitirme alquilar una furgoneta grande y los camiones de Harry Stott están todo el día yendo y viniendo de Ashdean a Exeter. Los domingos es el día que tienen más trabajo —comentó Sarah.

Tristan soltó su botellín; de pronto, la cabeza comenzó a irle a cien por hora.

—¿De dónde salen los camiones de Harry Stott a Exeter?

—Creo que van por la autopista de Portsmouth y Bournemouth. Pasan por Ashdean de camino a Exeter. Sammo debería poder pasarse por aquí sin que lo pillen. La empresa ha instalado GPS en los camiones.

—Así que ¿su ruta principal a Exeter pasa por la A1328? —preguntó Tristan.

—¿Por la A1328?

—La carretera principal que va de Ashdean a Exeter pasando por Shadow Sands y la discoteca Hedley House —explicó Tristan, que comenzaba a impacientarse con su hermana.

—Sí, Sammo dice que los domingos pasa por ahí un camión de Harry Stott cada hora, por lo que debería tener espacio para nuestras cajas.

—¿Puedes darme el número de Sammo?

—Tiene mujer, está casado.

—No quiero su número para eso —la cortó Tristan, que ya había perdido la paciencia con sus tonterías—. Quiero preguntarle si pasó por el embalse de Shadow Sands el domingo pasado.

49

Kate y Jake acababan de llegar a casa cuando llamaron a la puerta. La mujer abrió y vio que era Tristan.

—Kate, perdón por molestarte. Creo que tengo una pista de alguien que vio a Magdalena en la A1328 antes de que la secuestraran —dijo sin aliento. Echó un vistazo al salón desde la entrada—. Lo siento, ¿es buen momento?

Kate se dio cuenta de que Tristan estaba muy emocionado.

—Sí, Jake está arriba, duchándose. ¿Qué? ¿Quién…? Vamos fuera —indicó mientras agarraba su abrigo.

Salieron por la puerta de entrada y dieron la vuelta a la casa para ir a las dunas que había en la cima del acantilado. Había un par de sillas de escritorio encalladas en el montículo de arena, que hacía de cortavientos, pero ninguno de los dos quiso sentarse.

Tristan le explicó brevemente el tema del alcohol de la boda de Sarah y lo del amigo de Gary que trabajaba para Harry Stott.

—Sarah me ha dado el número de Sammo y lo he llamado. Él no hizo la ruta de la A1328 el domingo pasado, cuando Magdalena desapareció, pero va a preguntar por ahí, esperemos que ya esté en ello, para averiguar si alguno de los transportistas vio algo… —Sacó su teléfono y miró la pantalla—. Estoy a tope de cobertura, así que espero que me llame pronto. Además, he echado un vistazo a todas las propiedades y edificios que hay en la finca de Shadow Sands. Tengo una lista.

Se sacó un papel doblado del bolsillo y justo en ese momento le sonó el teléfono.

—¿Quién es? —preguntó Kate.

—Un número desconocido —respondió Tristan a la vez que le enseñaba la pantalla del móvil.

—Ponlo en altavoz. Vamos a sentarnos, no hace mucho aire, pero…

Los dos se acomodaron en las sillas de escritorio y Kate acercó su asiento al de Tristan.

—Y no le hagas ninguna pregunta capciosa, por si sabe algo.

Tristan asintió y descolgó la llamada.

—Hola, ¿Tristan? Soy Dennis. Sammo me ha dicho que querías hablar conmigo —comenzó la voz al otro lado del teléfono.

Parecía un hombre mayor y tenía un leve acento de Devon. Tristan le agradeció que lo hubiese llamado y le explicó los motivos por los que quería hablar con él, pero lo hizo con cuidado de no darle ninguna pista.

—Estoy aquí con mi jefa, Kate —añadió.

—Hola —saludó Kate.

—Sí, hola. Sammo me ha contado algo sobre una mujer desaparecida. Yo vi a una joven con el pelo largo y negro en una moto amarilla. Se paró a ayudar a un vejestorio que había aparcado a un lado de la carretera —comentó.

—¿Recuerdas cuándo fue? —preguntó Tristan.

—La semana pasada, el domingo. El domingo 14 —contestó—. No sé, entre las doce del mediodía y las cuatro.

Kate se echó las manos a la cabeza durante un segundo y miró a Tristan conmocionada. Él le agarró la mano.

—Exactamente, ¿dónde la viste? —quiso saber Kate.

Intentó que los nervios no le afectasen a la voz.

—A pocos kilómetros de Ashdean, justo antes de llegar al embalse… Me acuerdo porque el viejo dejó una rueda de repuesto en mi camino y casi lo atropello.

Tristan apretó la mano de Kate con fuerza.

—¿Viste qué aspecto tenía el anciano? —continuó Kate.

—Iba como la mayoría de los viejos zoquetes de la zona. Pantalones desgastados, una chaqueta de *tweed*… Ya sabes, como si se hubiese pillado un traje en una tienda de caridad hace años. Llevaba una boina, gafas. Tenía una barba larga, tupida y canosa, y el pelo le asomaba por la boina…

Cuando terminaron de hablar con Dennis, Kate comenzó a andar de un lado para otro en la arena.

—Coincide con lo que me contó Kirstie Newett —dijo al fin—. Kirstie describió al hombre que la secuestró como un anciano canoso en un coche viejo de color claro. Me dijo que tenía los ojos de un extraño color azul, casi púrpura, como si llevase lentillas.

—Podría ser un disfraz —concluyó Tristan—. Si solo se hubiese cambiado el color de los ojos, seguiría siendo reconocible, pero a lo mejor se pone un peluquín, o se deja la barba larga y después se la vuelve a afeitar.

Kate temblaba de la emoción y del *shock*. Y pensar que había estado a punto de dejarse persuadir por Henry Ko. Había dejado que le desmontara toda su teoría.

—Eso significa que Kirstie Newett dijo la verdad, la secuestraron. Y a Magdalena también. No se la ha tragado una zanja durante una tormenta —añadió Kate.

—¿Qué hacemos ahora? —preguntó Tristan.

Kate se paró en seco.

—Han pasado ocho días desde que Magdalena desapareció y la policía ni siquiera se ha interesado por ella. Nadie la está buscando. —Miró el reloj. Eran las siete de la tarde—. He estado dándole vueltas a lo de Hedley House. Ulrich Mazur y Sally-Ann Cobbs salieron de allí y los secuestraron mientras regresaban a Ashdean. Si la familia Baker está metida en esto de alguna manera, lo lógico es que los hubiesen encerrado en algún lugar de Hedley House… Ahí es donde tiene que estar Magdalena. No sé si habrá un sótano, pero deberíamos ir a comprobarlo.

—¿Cuándo? —quiso saber Tristan.

—Esta noche. Ya —respondió Kate.

50

Después de lo que parecieron horas raspando y picando, Magdalena notó que el hormigón que unía la taza del váter con el suelo se resquebrajaba y el retrete comenzaba a aflojarse.

La chica se puso en pie y se frotó las manos en un intento por volver a sentirlas. Se dio unos minutitos para descansar y beber agua y, después, comenzó a mover la taza del inodoro de un lado a otro. Se desprendió bastante rápido y, con un repentino crujido, se despegó de donde lo habían instalado en el suelo. La tubería que lo conectaba por la pared con la cisterna también se soltó sin esfuerzo. El corazón le dio un vuelco por la emoción, y no se dio cuenta de que tenía los vaqueros empapados del agua que le había salpicado el váter. Además, estaba chorreando de sudor por todo el esfuerzo.

Magdalena arrastró el váter para sacarlo del pequeño aseo. Tiró de él por el pasillo y escuchó un leve sonido metálico cuando la porcelana tocó las puertas de metal del ascensor.

Se subió al inodoro y no cupo en sí de gozo cuando vio que tocaba el techo y palpaba el yeso irregular. Lo había colocado un poco más a la izquierda de la trampilla y se dio cuenta de que tendría que estirarse para alcanzarla. Recolocó la taza y volvió a subir. Cuando pasó las manos por la escotilla del techo, notó que la habían instalado a ras del soporte exterior. Tocó un pequeño hueco en el que parecía que se podía introducir una llave o una moneda y girarla para abrir la trampilla.

—Mierda —susurró.

Se desanimó. ¿Esto no tenía fin? ¿Tenía que ser todo tan difícil siempre? Volvió a bajarse del váter, mareada por todo el esfuerzo físico que había realizado.

«Azulejos rotos. Se han roto cuando he disparado la segunda bala», pensó.

Volvió corriendo a la habitación de la cama, utilizando las manos como guías y tocando las paredes y los marcos de las puertas mientras intentaba no pensar en las manchas de sangre que había visto en esos breves instantes de luz que le había dado el disparo. Encontró la cama y, a los pies de esta, palpó trozos de azulejos rotos.

Se agachó y comenzó a tocar el suelo con cuidado para escoger cuidadosamente las teselas. Encontró un trozo largo y grueso con la esquina plana que terminaba en una punta fina y afilada que podría ser una buena arma para añadir a su arsenal. Se lo metió en la cinturilla del pantalón junto con la pistola. Después palpó un corte plano de azulejo que tenía el grosor y el peso de una moneda. Salió corriendo a la entrada, encontró la taza del inodoro y se subió a ella. Introdujo el trozo de azulejo en el mecanismo de apertura de la trampilla: entraba perfectamente. Lo giró a la derecha y la pesada trampilla se abrió. Magdalena tuvo que hacerse a un lado para que no le diese en la cabeza.

Enseguida notó una corriente de aire, pero no vio nada porque estaba deslumbrada por la luz. Sintió una punzada en los ojos cuando las pupilas se le contrajeron, y tuvo que dejarlos unos minutos entrecerrados. El tiempo que pasó hasta que se acostumbró a ver otra vez lo dedicó a disfrutar del aire que entraba por la escotilla. La entrada se inundó con una tenue luz gris; no era brillante, pero, después de pasar días sumida en la oscuridad, le pareció más que suficiente.

Llegó a ver que, junto a las puertas del ascensor, había una pequeña cerradura. Seguramente no la había tocado en la oscuridad. Se bajó de la taza del váter y se acercó a ella. Era una pequeña cerradura dorada. «Así es como debe de abrir el ascensor desde aquí».

Por la cabeza le pasaron todo tipo de pensamientos dementes: ¿por qué no había pensado en eso? ¿Por qué no había buscado con más insistencia una cerradura? ¿Podría haber dejado que el hombre se acercase más a ella para intentar quitarle la llave en la oscuridad? No, eso era ridículo. Pasó los dedos por el agujerito. Ojalá tuviese una horquilla. No sabía cómo forzar una cerradura, pero por lo menos podría intentarlo.

Se dio la vuelta y observó el pasillo; ahora que había luz, a lo mejor veía algo, cualquier cosa en la que no hubiese caído... Después miró la trampilla de cerca.

La luz venía de arriba, y entrevió que la escotilla daba al hueco del ascensor. A unos diez metros estaba la otra puerta. Todavía tenía los brazos cansados y temblorosos, así que tuvo que emplear toda su energía para volver a subirse a la taza del inodoro y colarse por la trampilla.

Dentro había una pequeña plataforma a un lado del hueco del ascensor, y Magdalena se tumbó un momento porque no paraba de jadear y tenía que intentar recuperar el aliento. El ascensor estaba colgando mucho más arriba, con tirabuzones de cables sueltos que se desprendían del cubículo.

La joven se incorporó y comenzó a buscar puntos de apoyo en las paredes del hueco que la ayudasen a escalar hasta arriba, pero eran lisas. No había nada a lo que agarrarse.

—No, no, no —exclamó mientras golpeaba el puño contra la pared.

Se sentó en cuclillas; el cansancio había vuelto a conquistarla.

El hombre volvería para matarla.

Tenía que permanecer al acecho. Utilizar la trampilla para sorprenderlo y asesinarlo antes de que él la matase a ella.

51

Kate le pidió a Myra que se quedase con Jake, y Tristan y ella salieron en su coche en dirección a Hedley House.

Tuvieron que volver sobre sus pasos hasta Ashdean para coger la A1328. Una neblina comenzó a avanzar desde la costa mientras iban de camino al embalse de Shadow Sands. Kate empezó a inquietarse. La visibilidad era bastante mala en aquella carretera desierta sin farolas. Encendió las luces largas. Estaban solos en el asfalto. Tomaron una curva que los alejó del acantilado y, de pronto, se vieron flanqueados por un montón de árboles. La niebla se hizo más espesa.

—Esto no me gusta —dijo Tristan, que se había agarrado al salpicadero.

Mientras tanto, los pequeños bancos de niebla golpeaban sin cesar el parabrisas y los dejaban sin visión unos segundos. Kate disminuyó la velocidad un poco, pero estaba desesperada por llegar a Hedley House. ¿Y si Magdalena había estado allí todo el tiempo? Habían pasado por delante muchísimas veces. Estaba tan cerca… ¿Estaría Kate perdiendo su olfato? ¿La respuesta había estado todo el tiempo delante de sus narices?

—Kate, ve más despacio —le pidió Tristan cuando llegaron a una curva donde los bancos de niebla eran más espesos.

El coche patinó al tomar la curva en cuarta, se metió de golpe en la cuneta y comenzó a dar tumbos y a temblar.

—Lo siento —se disculpó.

La mujer frenó y disminuyó la velocidad para tomar mejor la próxima curva. Al final salieron a un claro en el que la visibilidad era mejor, pero delante de ellos la niebla seguían avanzando a empujones entre los árboles. Cuando llegaron a ese tramo, el coche se vio envuelto en un manto blanca, y Kate no veía más allá de unos metros. La luz de los faros se reflejaba en la niebla y daba la sensación de que había una pared blanca enfrente de ellos. Aceleraron para salir cuanto antes del banco de niebla y volver a un tramo con visibilidad, pero se encontraron a un ciervo parado delante de ellos. Kate no tuvo tiempo de reaccionar e, instintivamente, dio un volantazo para esquivar a la hermosa criatura. El coche se salió de la carretera y se subió a la cuneta, pero más allá se encontraron con una escarpada ladera y bajaron entre unos árboles enormes durante unos cuantos metros, hasta que se estrellaron contra uno de ellos.

Kate no sabía cuánto tiempo llevaban ahí cuando abrió los ojos y vio los airbags desinflados. Tristan estaba a su lado e igual de aturdido.

—¿Estás bien? —preguntó la mujer mientras comprobaba que no se había hecho nada.

Le dolían la cara y el cuello, pero no tenía ninguna herida mortal.

—Sí —contestó el chico, que también estaba asegurándose de que estaba bien. Se tocó la cara—. Creía que los airbags estaban ahí para proteger, pero me siento como si me hubieran dado un guantazo.

—Yo también —respondió Kate.

Intentó abrir la puerta, pero vio que estaba bloqueada por el tronco de uno de los árboles.

—No puedo salir por mi lado.

Tristan se las apañó para abrir su puerta y tuvo que trepar para poder bajar. Kate pasó por encima de la palanca de cambios y salió tras él.

Aparentemente, el coche no había sufrido grandes daños. Se habían salido de la carretera, habían bajado diez metros por una cuesta y habían acabado chocando contra un enorme roble de cuyo tronco asomaban un montón de nudos. El parachoques delantero era el que había salvado el coche: se había quedado encajado en una de las protuberancias del árbol. El vehículo se había quedado colgando con las dos ruedas delanteras suspendidas en el aire. La puerta del conductor estaba destrozada, pero el resto del coche parecía estar bien.

—¿Podremos sacar el coche marcha atrás? —preguntó Tristan.

Kate siguió la mirada de su compañero hasta la cima de la cuesta y, después, volvió a las ruedas delanteras, que estaban colgando sobre el suelo.

—Vamos a ver si lo podemos desenganchar del árbol —propuso.

Los dos fueron hasta el morro del coche y se apoyaron en el parachoques.

—¿El freno de mano está puesto? —quiso saber Tristan.

—No —contestó Kate mientras empujaban—. Esto no pinta bien, está atascado.

—¿Dónde está mi teléfono? —añadió, y comenzó a palparse los bolsillos de la chaqueta y de los vaqueros.

Volvió al asiento del copiloto y agarró su móvil de los pies del lado del conductor. No tenía cobertura.

—Yo tampoco tengo señal —dijo Tristan mientras levantaba el teléfono.

Treparon por la tierra blanda de la cuesta ayudándose de los árboles y los arbustos a los que podían agarrarse. Llegaron a la carretera, que seguía desierta. Ni un coche.

El ciervo ya no estaba donde habían dado el volantazo y los bancos de niebla comenzaban a dispersarse. Salieron a la carretera para alejarse de los árboles y buscar algo de cobertura, pero no consiguieron nada.

Kate se dio la vuelta y se alejó un poco del asfalto con el teléfono en alto. El camino dibujaba una curva cerrada a la derecha y, a lo lejos, vio el largo tramo de carretera que pasaba por el embalse. Al final, en la cima de una colina y haciendo contraste con el claro cielo nocturno, estaba Hedley House.

Y una de las ventanas estaba iluminada.

52

Todo estaba demasiado tranquilo de camino a Hedley House. Al ver la ventana iluminada no se lo pensaron dos veces y salieron corriendo para allá.

El río Fowey apareció a su izquierda, entre los árboles, y durante unos veinte metros los acompañó el ruido que hacía a su paso. Era un sonido alegre entre la oscuridad, la niebla y la inquietud con la que Kate cargaba.

El río enmudeció de pronto cuando el embalse apareció ante sus ojos. Estaban en el punto en que el afluente del embalse se topaba con las compuertas, que lo absorbían para mezclarlo con las oscuras y tranquilas aguas del embalse.

Kate recordó el día que fue a hacer submarinismo con Jake y encontraron el cuerpo de Simon Kendal flotando en las profundidades, junto al chapitel cubierto de crustáceos de agua dulce de la iglesia.

Kate se paró a mirar la compuerta por la que el río desembocaba en el embalse.

—¿Qué pasa? —preguntó Tristan, que también se detuvo.

—Dylan Robertson le dijo a Ted y a otros compañeros de mantenimiento que mintiesen sobre los cadáveres que se habían encontrado en el agua y que dijeran que los habían hallado al otro lado de la compuerta... El captor de Kirstie Newett la dio por muerta y estaba a punto de lanzarla al embalse cuando se despertó... Ted Clough iba a presentar una declaración para dejar constancia de lo que sabía y lo encontraron muerto. Lo único en común a todo esto es la familia Baker. Dios, por favor, no permitas que Magdalena esté ya en las profundidades del embalse...

La voz de Kate se le quebraba de la emoción. Estaba agotada, pero la adrenalina corría por sus venas.

—Vamos —le pidió Tristan, y tiró de ella.

Kate asintió y continuaron por el pequeño tramo de camino que les quedaba para llegar a Hedley House.

El *parking* era grande y estaba descuidado, con hierbajos esparcidos por la gravilla tan crecidos que llegaban a la altura de la cintura, o hasta los hombros. Abandonaron la carretera y se adentraron por la maleza, que crujía al rozar los hombros de Kate.

La mujer agarró el bote de gas pimienta que tenía dentro del bolso y se dirigió al edificio sin quitarle ojo. Este parecía hacerse más grande a medida que se acercaban a él. Cuando pasabas por delante con el coche parecía que estaba mucho más lejos, pero ahora que lo tenían enfrente se alzaba implacable ante ellos.

Un coche se acercó por la carretera. Los dos se escondieron entre los hierbajos para que no los vieran desde el automóvil. Entonces, el vehículo aminoró la marcha. Los faros proyectaban en el edificio unas largas sombras deformes de la maleza. Acto seguido, giró y entró en el *parking*.

Kate se sintió completamente desprotegida oculta tras aquellos largos y finos hierbajos. Alargó la mano para indicar a Tristan que no se moviera. Tal vez solo habían parado en el *parking* para hacer pis.

Dos personas salieron del coche, un hombre alto y otro más bajo. Kate les vio las caras cuando se dirigieron al maletero. Eran Thomas Baker, por su altura y su cara larga y huesuda, que parecía demacrada bajo aquella luz tan tenue; y Dylan Robertson, el chófer de Silvia Baker, que caminaba encorvado y llevaba un grueso abrigo de invierno con el cuello levantado. Abrieron el maletero y sacaron dos palas grandes y un montón de sábanas. Thomas lo llevó todo hasta la puerta principal de Hedley House y Dylan agarró su escopeta del asiento trasero del coche. A continuación, comprobó que estaba cargada y la cerró con un clic. Después, cerró el maletero de un portazo y siguió a Thomas hasta la entrada.

El hombre estaba peleándose con lo que parecía un candado, pero al final consiguió abrir una puerta de seguridad de acero. Luego, los dos hombres desaparecieron en el interior.

—¿Qué hay dentro de la discoteca? —preguntó Kate.

—¿Qué quieres decir? Lo mismo que en todas las discotecas —contestó Tristan.

—No, me refiero a cómo es el plano del interior. ¿Te acuerdas?

—Básicamente es una sala de baile enorme que ocupa la mayoría del espacio. En uno de los extremos había una barra y unos baños. También había un despacho del gerente. Recuerdo que una chica de mi colegio decía que uno de los porteros la llevó allí a echar un polvo. Creo que también había una cocina al otro lado, pero no me acuerdo bien —explicó.

—Cuando entremos detrás de ellos, ¿vamos a salir a una sala de baile donde quedaremos completamente expuestos? —concretó Kate.

—No, había un guardarropa pasando la puerta de los baños, y tenías que atravesar otras puertas para llegar hasta la sala de baile y la barra… ¿Qué has querido decir con «cuando entremos detrás de ellos»? —quiso saber Tristan.

—Vamos —dijo Kate.

Se aseguró de que sujetaba el botecito de gas pimienta en el sentido correcto y se dirigió a la entrada utilizando los hierbajos, que la cubrían hasta los hombros, para ocultarse. En el silencio de la noche, el sonido de los pies arrastrándose por la gravilla y el crujido que hacía al apartar los juncos de su camino le pareció ensordecedor.

Kate aminoró la marcha cuando ya estaban a punto de llegar a la puerta de entrada; habían vuelto a cerrarla, pero el candado estaba abierto. Se quedaron quietos para intentar escuchar algo. Nada. Entonces vio que había otro coche aparcado al otro lado del edificio, entre las sombras.

Se acercaron a echar un vistazo. Era un Land Rover lleno de salpicaduras de barro. Kate se giró hacia Tristan.

—¿Qué hacemos? —preguntó.

Estaba claro que el chico estaba asustado.

—Ya hemos llegado hasta aquí. Magdalena podría estar dentro. No sé qué hacen estos coches aquí. ¿Y si le están haciendo algo horrible?… No podemos irnos. Deberíamos echar un vistazo dentro y después llamar a la policía —susurró.

Kate asintió.

Volvieron a la entrada principal y Kate empujó la puerta. Esta se abrió sin ningún esfuerzo y los dos entraron.

53

La luz que salía del hueco del ascensor había devuelto la esperanza a Magdalena. Ahora podría ver y no se tropezaría en la oscuridad.

Se sentó un momento y pensó en sus próximos movimientos. Había llegado a dos conclusiones. El ascensor solo funcionaba con una llave, así que o encontraba algo que pudiese utilizar como llave o tenía que esperar a que el hombre volviera para quitársela.

Exploró lo más rápido que pudo el pasillo, el baño y la habitación con la cama y el lavabo, con la esperanza de encontrar un trozo de metal o incluso una horquilla que pudiese utilizar para fabricarse una llave improvisada. Mientras buscaba en la tenue luz, intentó no mirar las manchas y las salpicaduras de sangre de las paredes ni las partes del suelo de hormigón en las que había calado. No había nada. Habría sido increíble poder hacerse una llave que la sacara de aquella prisión.

Solo con escapar, escabullirse de noche, encontrar el camino de vuelta a su casa, hacer las maletas y volver a Italia ya sería muy feliz. En ese momento, se acordó del calvario por el que tuvo que pasar Gabriela después de la violación, los interrogatorios interminables de la policía y, por último, el juicio. En un momento de debilidad, Gabriela le confió a Magdalena que desearía no haber contado nada a nadie.

Por aquel entonces, Magdalena pensó que estaba loca; el hombre tenía que pagar por lo que había hecho. Pero ahora la comprendía. Magdalena quería sobrevivir y, si lo conseguía, nunca le contaría a nadie por lo que había pasado.

Volvió al ascensor, se paró delante de la taza del váter que había colocado enfrente de las puertas y levanto la vista. Si esperaba ahí arriba, al acecho, podría sorprenderlo. No le quedaban muchas fuerzas, pero desde esa posición privilegiada podría dispararle en cuanto saliera del ascensor. Apuntaría a la parte de arriba de su cabeza y le volaría los sesos. Después, le quitaría las llaves y escaparía.

El único problema era la taza del váter. Se quedó mirándola. Era grande y pesada y, si seguía debajo de la trampilla cuando el hombre saliera del ascensor, se daría cuenta de que estaba allí. Sabría que estaba escondida en la escotilla.

Magdalena se sentó en el filo de la taza. Era de porcelana y pesaba un quintal. Se había dejado la espalda solo para arrastrarla desde el baño a la entrada. Entonces vio algo que hizo que se incorporara de la emoción. Le habían quitado la tapa, pero los dos agujeros que la unían a la taza seguían ahí.

Se levantó y corrió hasta la habitación en la que dormía. No quería llamarla dormitorio porque eso haría que pareciese que se estaba hospedando allí, pero tenía que analizar la cama. Gracias a la tenue luz procedente del pasillo, se dio cuenta de que el colchón descansaba encima de un bloque de hormigón. Era muy fino y estaba asqueroso, pero las sábanas bajeras estaban cosidas a la gomaespuma.

Magdalena agarró un trozo afilado de un azulejo de porcelana y rajó la sábana en tiras largas.

54

Kate y Tristan entraron en la discoteca. Estaba pobremente
iluminada y apestaba a moho. Kate notó que la moqueta por
la que andaban estaba empapada. A su izquierda había un
largo mostrador de madera cubierto de excrementos de pá-
jaro y polvo y, detrás, entre las sombras, se atisbaban las filas
y filas de percheros; algunos estaban rotos y medio colgando
de la pared. A la derecha se encontraban los aseos de mujeres
y caballeros, a los que les habían quitado las puertas. Estaban
en el guardarropa.

Se escabulleron hacia el baño de señoras y caballeros res-
pectivamente.

—Lo único que hay aquí son unos baños viejos que apes-
tan y suciedad —susurró Tristan cuando salió.

Kate asintió. El baño de señoras estaba exactamente igual.
Al final del guardarropa había tres grupos de puertas dobles con
ventanas redondas. Estaban cerradas, pero al otro lado del cristal
vieron una luz encendida. Kate fue a la puerta del medio y miró
a través del vidrio. Una lámpara encima de un soporte brillaba
encendida en mitad de la enorme sala de baile vacía. Aquello era
un caos de basura, pájaros muertos y excrementos de aves.

La mujer se dio cuenta de que la luz no alcanzaba a iluminar las esquinas de la sala. Abrió la puerta, que emitió un leve
crujido, y entraron sigilosamente a la enorme habitación.

Se notaba que antaño había sido un sitio elegante y bien
decorado. Algunos trozos grandes de las molduras originales
del techo continuaban intactos, pero otras partes de la yesería
se habían desprendido. También había agujeros por donde se
veía el cielo nocturno.

El suelo de la pista de baile era de madera y estaba mojado
y cubierto de porquería y suciedad. A lo largo de la pared del

fondo se veían las persianas negras de lo que era una barra de bar que se había dejado de utilizar hacía mucho tiempo.

Tristan señaló algo a la derecha; al final de la larga sala de baile había un conjunto de puertas dobles por las que salía luz. No veían qué había dentro de la habitación, pero se oyeron murmullos. «¿Hay más de dos personas?», se preguntó Kate. Era difícil de adivinar. Miró en derredor por la pista de baile; a su izquierda había otra puerta doble y atisbó a leer un cartelito en el que ponía: «Sótano».

Kate era consciente de que habían visto a Dylan entrar en la sala de baile con una escopeta. Thomas también llevaba dos palas grandes y pesadas. Además, a lo mejor había más personas armadas o con ganas de pelea en los despachos del fondo. Sin embargo, no tenía sentido que hubiese tanta gente involucrada, ¿no? Aunque también era verdad que había mucho interés en encubrir las desapariciones de Magdalena y de los demás.

Kate señaló la puerta. Tristan estaba blanco como la pared, pero accedió. Los dos cruzaron la pista de baile a toda prisa y abrieron la puerta que conducía a un pequeño y sucio pasillo. A la derecha, este llevaba hasta una cocina enorme que parecía una caverna desierta. En las paredes había marcas de suciedad que mostraban dónde habían estado los electrodomésticos. En el centro del suelo vieron los restos de bastantes hogueras. Salieron de allí y corrieron por el pasillo en la otra dirección, donde, al final, encontraron las puertas metálicas de un ascensor grande. Kate pensó que no pasaría nada cuando pulsara el botón que había al lado, pero la ventanita de la puerta se iluminó desde dentro.

Tristan levantó las cejas en señal de alarma. Kate tiró del manillar y la puerta se abrió fácilmente.

—Un momento, ¿qué estamos haciendo? —preguntó Tristan en voz baja.

—Puede que Magdalena esté ahí abajo —le recordó Kate—. Hemos visto a Dylan y a Thomas entrar, así que tiene que haber otra parte en el edificio. Tenemos que bajar ahí y ayudarla. Tengo este espray de pimienta. Si presiono aquí sale un chorro enorme en forma de arco.

Tristan miró el botecito que tenía en la mano.

—Ojalá tuviésemos un arma —confesó.

—Pero no la tenemos.

—Vale, vamos a allá —afirmó el chico.

Entraron en el ascensor. Solo había un botón, en el que ponía: «Sótano».

Kate lo pulsó. Al resucitar, la maquinaria les dio varias sacudidas y rechinó. A través de la ventanita de la puerta vieron cómo el pasillo se elevaba y desaparecía de su vista, mientras el ascensor descendía lentamente. El zumbido de los engranajes y el chirrido del motor hacían mucho ruido.

Un minuto después, el ascensor se detuvo con una nueva sacudida.

—Fuera no se ve nada —dijo el chico mientras miraba por la puerta del ascensor.

Esta se abrió con un crujido, y Kate y Tristan salieron a la oscuridad.

Encendieron las linternas de sus móviles.

Era un espacio muy grande y vacío, con el suelo de hormigón y paredes oscuras, en la que el agua goteaba y formaba charcos. Kate intentó iluminar con su linterna la mayor cantidad de espacio posible, igual que Tristan. Aparte de una torre de ladrillos antiguos y un saco de hormigón que estaban entre las sombras de una esquina, el sótano estaba desierto. Unos rayitos de luz se colaban por un pequeño tragaluz a la derecha y, cuando Kate se acercó a él, vio un conducto de ventilación que daba al *parking* de arriba.

Kate miró a Tristan. Estaba tan segura de que Magdalena estaba cautiva en el sótano de Hedley House... Buscaron una vez más con las linternas por todo el espacio para asegurarse y, al final, volvieron al ascensor.

—¿Qué hacemos ahora? —preguntó Tristan.

—Tenemos que salir de aquí sin que nos vean —respondió Kate.

Alargó el brazo para pulsar el botón y, antes de que pudiese llegar a este, las puertas se cerraron, el ascensor resucitó con otra sacudida y comenzó a subir de nuevo.

Kate retiró la mano.

—No he tocado el botón y nos está llevando arriba —comentó Kate.

Sintió el miedo en su propia voz. Respiró hondo y buscó el gas pimienta en su bolsillo.

—Quédate detrás de mí. Si grito es que voy a disparar el espray, así que, si me oyes, cierra los ojos y tápate la nariz.

Tristan pegó la espalda a la pared; tenía cara de estar aterrorizado. El ascensor se movía tan lento… Y lo único que podían hacer era esperar. No había otro botón en la pared, ni siquiera para pararlo en caso de emergencia.

El ascensor frenó en seco y alguien tiró de la puerta para abrirla.

Esperando el ascensor estaban Thomas Baker, Dana Baker, Stephen Baker y Silvia Baker. Al lado de Silvia estaba Dylan Robertson, apuntando con su escopeta al interior del ascensor, es decir, a Kate y a Tristan. A su derecha, se encontraba Henry Ko con su padre, Arron Ko. Verlos a todos juntos les resultó impactante, quizá porque era la primera vez que Kate veía al exjefe de policía. Se parecía mucho al hombre de la foto del periódico, pero esa noche llevaba unos vaqueros informales y antiguos y un abrigo de lana. Le alivió ver a Henry Ko, aunque había algo de alegría descontrolada en cómo miraban al ascensor. Como si hubiesen estado esperando el momento de capturar un ratón y por fin lo tuviesen arrinconado para poder cargárselo.

—Fuera del puto ascensor —les ordenó Dylan, que los miraba por encima del cañón de la escopeta.

55

Kate hizo un gesto de dolor y levantó la mano para tapar el resplandor de la linterna.

—¿Estáis sordos? —trinó Silvia Baker mientras apuntaba al ascensor de servicio con la linterna—. Vamos, ¡fuera! ¡Esto es allanamiento!

Silvia iba vestida como la reina en su día libre: unas katiuskas que no llamaban la atención, una falda escocesa plisada, una chaqueta Barbour acolchada y un pañuelo en la cabeza.

—Un momento, un momento, estos no son otros chavales que se han colado —dijo Thomas.

—Parecen un poco mayores para ser unos niños que han forzado la puerta con la idea de hacer una hoguera —añadió Stephen.

Él también iba vestido de manera informal, con un polar grueso.

—Eh, yo os conozco —exclamó, como si fuesen viejos amigos que se habían encontrado en un club de caballeros—. Vinieron a verme a la tienda.

Los dos intrusos salieron del ascensor lentamente.

—Puedes bajar el arma —dijo Kate a Dylan, que los miraba de forma amenazante y se balanceaba sobre sus pies.

La mujer estaba envalentonada ante la presencia de Henry y Arron Ko. Miró a Henry, que parecía nervioso.

—Inspector jefe Ko —lo llamó Kate—, ¿podría bajar el arma?

Henry no parecía cómodo cumpliendo su petición, así que fue Arron el que se adelantó y agarró la escopeta con la mano.

—Vamos, Dylan, ya está bien —le pidió, y empujó la boca de la escopeta hacia abajo hasta que Dylan cedió.

—Legalmente tengo derecho a disparar a los intrusos —gruñó Dylan.

—Eso no significa que tengas que hacerlo —lo corrigió Arron.

—Pero sí que habéis entrado sin permiso —intervino Henry.

Todos se quedaron en silencio mientras miraban a Kate y a Tristan con expectación.

—¿Qué cojones hacéis vosotros dos aquí?

—Hemos hablado con un camionero —comenzó Tristan, que tuvo que alzar la voz—. El día de la desaparición de Magdalena Rossi, la vio con un hombre mayor a un lado de la carretera. La descripción del anciano coincide con la información que Kirstie Newett nos dio de él, lo que significa que la historia de su secuestro podría ser real.

Hubo un momento de silencio. Kate examinó las expresiones de los Baker y de los Ko. Todos parecían desconcertados, mientras que Dylan estaba molesto porque no le habían dejado disparar su arma.

—Henry, ¿quiénes son? ¿Quiénes sois? —preguntó Silvia sin dejar que el inspector respondiera.

No había reconocido a ninguno de los dos.

—Yo soy Kate Marshall. Trabajo como profesora en la Universidad de Ashdean, y él es mi socio de investigación, Tristan Harper —dijo Kate.

Silvia pareció relajarse un poco ante la noticia de que eran unos intelectuales.

—Pero ¿qué hacéis aquí? ¿Tiene algo que ver con la universidad?

«¿Es tonta o se lo hace?», pensó Kate.

—No, creíamos que Magdalena Rossi estaba secuestrada aquí, en el sótano. Este es un edificio en ruinas, alejado de la carretera y que cuenta con un espacio bajo tierra —contestó Kate.

Ahora que tenían delante a toda la familia Baker sonaba a estupidez.

—¿De eso hablabais cuando vinisteis a la tienda? —preguntó Stephen.

—Sí, también vinieron a hablar conmigo, a acosarme en el trabajo con preguntas sobre esa joven desaparecida —intervino Dana, que todavía no había dicho ni una palabra.

Estaba detrás de su tía e iba vestida con una larga gabardina azul y unos zapatos rojos de tacón.

—¿Qué hacéis aquí de noche y tan tarde? —quiso saber Kate.

—No tenemos por qué dar explicaciones a unos intrusos —espetó Thomas.

El hombre miró a Kate y a Tristan desde arriba, como si fueran dos niños desobedientes.

—Estamos planeando convertir Hedley House en apartamentos residenciales. Todos los que estamos aquí somos accionistas de este nuevo proyecto, quitando a Henry, pero Arron sí que lo es.

Arron Ko asintió.

—No estoy en mi mejor momento en lo que a salud se refiere, para nada. Henry es mi heredero —explicó mientras daba un paso adelante.

Kate se dio cuenta de que cojeaba muchísimo y tenía que ayudarse de un bastón.

—Arron, por favor, no. No tienes que decirles nada… —intervino Silvia, cuya voz se apagó poco a poco.

Parecía que realmente le angustiaba lo que el hombre estaba contando.

—¿Quién es esa Magdalena? —preguntó la anciana—. ¿Thomas?

—Eso, Thomas. Sigo sin entender cómo pudiste llegar tan rápido el otro día, cuando encontramos el cadáver de Ted Clough —añadió Kate.

Sabía que estaba apostando alto lanzando esa acusación, pero no tenía nada que perder.

Thomas abrió la boca para protestar, pero Henry dio un paso al frente y le puso la mano en el brazo.

—Ya he hablado de esto con la señora Marshall y el señor Harper —anunció—. Les he dicho que abandonen esa teoría ridícula de que la familia Baker y mi padre tienen algo que ver con la desaparición de Magdalena Rossi.

Arron Ko parecía verdaderamente sorprendido ante la acusación.

—¿Qué? Miradme. No se puede decir que esté lo bastante en forma como para ir por ahí secuestrando a gente —dijo mientras levantaba su bastón.

—¿Cómo explicas lo que le pasó a Kirstie Newett? —preguntó Kate.

Arron Ko cerró los ojos y se dejó caer en su apoyo. Kate vio en los rostros del resto de la familia que todos sabían quién era Kirstie.

—Me cago en la leche. ¡Esa joven nunca nos va a dejar en paz! —exclamó Arron—. Es verdad, encontré a Kirstie a un lado de la carretera una noche, cuando volvía del trabajo. Era más bien tarde. La llevé al hospital. Sabían quién era cuando la recogí. La habían llevado a comisaría bastantes veces por prostitución. Además, tenía un problema con las drogas y, durante un tiempo, salió con unos cuantos camellos que digamos que podían considerarse personas despreciables.

—¿No la creíste cuando te dijo que la habían secuestrado? —inquirió Tristan.

—Creía que alguien podía haberla secuestrado —contestó—, pero tenéis que ser conscientes de que Kirstie ya le había mentido a la policía. Lo primero que pensé fue que necesitaba ayuda. Estaba en un estado terrible, llena de moratones y empapada de arriba abajo. La llevé al hospital y pedí que la derivasen a un psiquiátrico para que la cuidasen allí.

—¿Por qué formas parte de este proyecto como accionista? —continuó Tristan—. ¿No supone un conflicto de intereses?

—Arron, ¡no respondas a eso! —gritó Silvia—. Este joven es un impertinente. Esto es ridículo. No tenemos que justificarnos ante ningún idiota, ya mayorcito, que ha allanado nuestra propiedad. ¡Nosotros deberíamos ser los que hacen las preguntas aquí!

Arron alargó la mano, se la puso en el hombro y le acarició el brazo.

—No pasa nada —la tranquilizó—. Silvia y yo nos conocemos desde hace muchísimos años, desde que éramos jóvenes, y amablemente me ofreció la oportunidad de invertir en la empresa, aunque de una forma algo modesta —les explicó.

—Arron, ya está bien —le pidió Silvia, que había relajado un poco el gesto.

—Aun así, Thomas, no creo que esté bien que un agente de policía de un rango tan elevado como el de Arron, y ahora Henry, estén tan íntimamente relacionados con vuestro negocio familiar —dijo Kate.

—Como civil, Arron tiene derecho a hacer negocios y a ser accionista —rebatió Thomas—. Pero que no se te olvide que la finca de Shadow Sands es muy grande, cuenta con una comunidad de inquilinos y la central hidroeléctrica es un proyecto de infraestructura colosal que pertenece parcialmente al Gobierno. Me preocuparía que la policía local *no* estuviese involucrada en proteger su comunidad y la central…

Kate se dio cuenta de que se le hinchaba una vena del cuello. Claramente, no le gustaba que le hiciesen preguntas.

—Arron, doy por hecho que, cuando te jubilaste, ascendiste a la inspectora jefe Varia Campbell sin que ella lo pidiera para traer a Henry y que ocupase su puesto como inspector jefe del distrito de Devon y Cornualles.

—Ah, eres tremendamente vulgar —comentó Silvia—. Soy muy amiga del decano de la Universidad de Ashdean y le diré un par de cosas la próxima vez que lo vea.

—Tenemos un testigo, un camionero, que vio a Magdalena el domingo 14 de octubre, el día que desapareció, hablando con un hombre en una cuneta —continuó Kate, haciendo oídos sordos—. Nos ha contado que Magdalena estaba ayudando a un anciano a cambiar una rueda del coche. Aquello fue cerca del punto en el que se recuperó su moto amarilla de la zanja.

—Hemos pedido al camionero que llame a vuestro teléfono de asistencia para que os lo haga saber oficialmente —añadió Tristan.

—Sí, y creo que con la prueba de este testigo al menos debería garantizarse un registro de las propiedades más grandes de la finca de Shadow Sands y otro del embalse —concluyó Kate—. Y pondré el grito en el cielo si esto no ocurre.

Henry y Arron Ko cruzaron una mirada.

—¡Señora, tiene la cara como el hormigón! —gritó Silvia—. Usted no puede venir aquí a imponer condiciones a la policía.

—Yo era agente de policía —aclaró Kate—. Y siempre se registra cualquier zona de agua que esté cerca del lugar de una desaparición. Y Kirstie Newett puede ser culpable de muchas cosas, pero la descripción que nos dio de su secuestrador coincide con el hombre que el camionero vio con Magdalena en la cuneta. También pediré a Kirstie Newett que haga una declaración formal, algo que usted le negó en su momento. Así que lo repito: el embalse tiene que registrarse, al igual que cualquier instalación que esté vacía o deshabitada, y hay muchas en la finca de Shadow Sands.

Kate respiró hondo.

—Tendrás mucho trabajo, Thomas —comentó Stephen—. Él es vuestro hombre. El señor de la hacienda. Todos los locales comerciales están a su nombre.

Stephen usó un tono en particular. ¿Era triunfo o envidia? Kate sentía el conflicto entre los dos hermanos. Stephen continuó.

—Ahora, por mucho que me guste andar por ahí helándome de frío y charlando de gilipolleces, tengo que volver a casa con los niños. Jassy está esperándome.

—¿Harás tu trabajo como agente de policía y registrarás el embalse y las instalaciones de los alrededores? —preguntó Kate a Henry.

Se sentía como una loca, pero su instinto le decía que tenía que presionar, por mucho que incomodase a su público.

—Lleva razón, Henry, deberías haber registrado las instalaciones —dijo Arron, que seguía apoyado en su bastón.

Parecía muy cansado. Silvia echó una ojeada a su espalda y los dos intercambiaron una mirada.

—El pantano es más difícil. El Gobierno es dueño de parte del proyecto de infraestructura; en ese caso, las reglas cambian —intervino Thomas.

—Eso es. Ni siquiera podemos poner un jardín en los terrenos del centro de visitantes que colindan con la central eléctrica —añadió Dana; era la segunda vez que hablaba.

—Bueno, cuando queráis podéis volver a meter las narices en mi tienda —les ofreció Stephen, que estaba molesto y quería irse ya—. Es lo único que es de mi propiedad, solo eso. No tengo nada que ver con la puta finca ni con todo este circo. Ahora debo irme, de verdad.

—Sí, esto ya se ha alargado bastante —gruñó Dylan, que seguía con la escopeta en su regazo—. Henry, ¿te encargas tú de la escolta policial de estos dos fuera de las instalaciones?

56

—¿Dónde has aparcado tu coche? —preguntó Henry mientras los acompañaba al *parking*.

—Nos hemos salido de la carretera a más o menos un kilómetro de aquí, justo antes de llegar al embalse —comentó Kate.

—Entonces, ¿dónde queréis que os deje? —les ofreció cuando llegaron a su vehículo.

—En mi coche, no puedo dejarlo ahí. Tenemos que llamar a la grúa.

El resto de la familia salió por la puerta principal un segundo después.

Silvia, Dylan, Dana y Arron se metieron en el Land Rover. Dana tuvo que ayudar a Arron a subirse al asiento trasero del coche. Thomas y Stephen se pararon a cerrar la puerta y, a continuación, se dirigieron al otro automóvil. Silvia les lanzó una mirada de desprecio cuando salieron a la carretera.

* * *

Kate y Tristan no abrieron la boca en todo el camino que hicieron en el coche de Henry de vuelta al punto donde su coche se había salido de la carretera. Se detuvieron en la cuneta, salieron del coche y Henry llamó al seguro.

—Puedo quedarme con vosotros hasta que lleguen —les ofreció—. Dicen que estarán aquí en veinte minutos.

—No, no pasa nada, gracias —respondió Kate.

Henry se dio la vuelta para volver a su coche.

—¿Vas a registrar todos los edificios de la finca? —añadió ella.

—Sí —contestó, pero no parecía muy convencido.

Se subió en su coche y desapareció en la carretera.

Kate y Tristan se quedaron un momento en silencio mientras contemplaban los faros del vehículo desaparecer por la colina en su viaje de vuelta a Ashdean.

—No creo que nadie vaya a registrar ningún edificio, ¿no te parece, Tris? —comentó Kate—. Esté donde esté Magdalena, ya está muerta.

Tristan sacó el trozo de papel que llevaba en el bolsillo con la lista en la que había trabajado mientras Kate estaba en el Great Barwell con Jake.

—Iba a enseñártelo antes, pero nos hemos distraído con la llamada de Dennis. Es la lista de todos los edificios de esta finca que son propiedad de la familia Baker —comentó.

Kate tomó el trozo de papel y encendió la linterna del móvil. Había una lista de edificios con sus direcciones. La mayoría eran casas residenciales, como la de Ted Clough. Algo de la lista llamó la atención de la mujer e hizo que se parase en seco. Se quedó mirando fijamente el sexto punto: «Antigua Central Telefónica, Frome Crawford».

Estaba rodeada de bastantes viviendas y un par de granjas propiedad del Gobierno. El edificio estaba registrado a nombre de Stephen Baker.

Kate recordó lo que Stephen Baker les había dicho unos minutos antes: «Lo único que es de mi propiedad es la tienda. No tengo nada que ver con la puta finca».

Pero cuando hace unos días habían ido a visitarlo, escuchó a la mujer de Stephen, Jassy, hablando por teléfono al fondo de la tienda mientras ellos charlaban con él… ¿Qué había dicho? Estaba quejándose al transportista de que habían enviado unas cajas con suministros a la dirección incorrecta. Dijo: «No, a la central telefónica no; es a Hubble, en la calle principal de Crawford».

—Tris, ¿tienes cobertura en el móvil? —preguntó.

—Tengo un par de barras —contestó con el teléfono en alto.

—¿Puedes buscar la antigua central telefónica de Frome Crawford en Google Maps?

Tristan realizó la búsqueda; tardó un momento en cargar, pero al final apareció en la pantalla.

—¿Puedes aumentar el mapa? —añadió, entrecerrando los ojos para mirar la pantalla; le molestaba su resplandor en la oscuridad de la carretera.

—Está en un polígono industrial fuera del pueblo —dijo el chico.

—¿Por qué mentiría Stephen sobre eso? Cuando hemos hablado de llevar a cabo un registro en los edificios ha dicho que su única propiedad era la tienda —comentó Kate.

Miró a Tristan y los ojos se le abrieron como platos.

—Madre mía, es Stephen Baker —exclamó—. Y está reteniendo a Magdalena en esa vieja central telefónica.

Kate miró calle arriba y calle abajo, pero no venía ningún coche a lo lejos.

—Maldito y estúpido coche —gritó, y acto seguido le dio una patada al parachoques trasero.

El automóvil se movió un poco en el barro.

—¿Puedes llamar a un taxi?

—Ya sabes cómo funcionan las cosas en Ashdean. No llegan tan lejos —respondió Tristan.

Kate no podía estarse quieta.

—¡Tenemos que llegar allí ya, Tris!

—¿Y si llamas a Myra?

—No tiene carnet. ¿Y Sarah?

Tristan hizo una mueca.

—Tristan, por favor, sé que tienes temas pendientes con tu hermana, pero necesito que la llames ahora mismo —suplicó Kate.

57

Stephen Baker comenzó a encontrarse mal mientras volvía a casa en el coche de su hermano Thomas. Dentro del automóvil hacía calor. Thomas siempre tenía que llevar la calefacción a toda potencia.

—¿Puedo abrir la ventanilla? Estoy asándome —le pidió Stephen mientras se secaba el sudor de la frente.

Thomas pulsó un botón de los mandos principales que había en la zona del conductor y abrió un centímetro la ventanilla del copiloto. El viento entró por la rendijita, pero Stephen ni lo notaba. Sintió que el estómago le daba un vuelco y tuvo que taparse la boca.

—Dios, ¡ábrela en condiciones! —espetó, y apretó el botón.

La ventanilla se bajó y el helado aire fresco entró como un torrente en el coche. Respiró hondo, aliviado.

Thomas se subió el cuello de la camisa para cubrirse con un movimiento delicado de sus largos dedos.

«Es como una ancianita, siempre preocupado por no resfriarse», pensó Stephen.

—Creo que ya está bien —dijo Thomas, y pulsó el botón en su consola.

La ventanilla de Stephen se cerró.

La niebla ya se había dispersado; de nuevo, había buena visibilidad en la carretera.

—¿Vas a permitir que la policía registre los edificios de la finca? —preguntó Stephen mientras miraba de reojo la cara seria de su hermano.

—Sí —contestó Thomas mientras miraba con gesto sombrío la carretera—. Ya me han llamado un montón de inquilinos preocupados por el asesinato de Ted Clough.

El coche pasó por un bache y Stephen notó una sacudida en el estómago. Volvió a taparse la boca con la mano y se mordió el dedo índice.

—¿La policía tiene alguna idea de quién es?

—No, creemos que lo más seguro es que haya sido otro de los inquilinos. Tenemos a mucho chungo —comentó Thomas—. Ese es el problema de los contratos de arrendamiento que pasan de padres a hijos. Y últimamente salen muchísimos de esos anuncios de «compro oro» en la tele. Alguien se enteró de que Ted tenía veinte mil libras en monedas de oro y no perdió la oportunidad de robar al pobre anciano.

—¿Y qué va a pasar con el embalse? ¿Crees que la policía se tomará en serio a esa mujer? —le preguntó Stephen, intentando mantener un tono desenfadado.

—No lo sé. ¿Por qué de repente te preocupas por todo esto? Cuando te casaste con Jassy dejaste muy claro que no querías tener nada que ver con la hacienda.

—Exacto, pero tienes muy poca memoria. Me forzaron a elegir entre Jassy y mi parte de la finca, ¿te acuerdas? —le recordó.

El hombre fulminó a Thomas con la mirada y su hermano hizo lo mismo.

—Fue tu elección —contestó su hermano—. ¿Estás bien? Tienes mala cara.

—Estoy bien —se apresuró a decir.

El estómago volvió a darle un vuelco.

—Si quieres preocuparte por alguien que sea por Arron. Tenía un aspecto horrible.

—Los médicos le han dado seis meses.

—Madre mía. El estrés ha sido el motivo por el que ha enfermado. El estrés de estar haciendo malabares con una esposa y una amante. Estoy seguro de que estaría como un roble si hubiese tenido los cojones de dejar a su mujer hace años para irse con la tía Silvia. Siempre ha sido el amor de su vida.

—Yo no sé nada de eso. Todos los involucrados en esa historia han perdido algo. Lo que a mí me preocupa es qué pasará cuando Arron estire la pata. Su uno por ciento de la empresa tiene que quedarse en la familia —respondió Thomas.

Para el alivio de Stephen, ya habían llegado a la calle principal de Frome Crawford.

—Bueno, ya estamos aquí —dijo Thomas mientras aparcaba el coche en la acera de la tienda de productos de cocina—. Dale un beso a Jassy y a los niños de mi parte.

—Vale, gracias —se despidió Stephen.

Salió del coche y fue hasta la entrada. Buscó tranquilamente las llaves en sus bolsillos y las metió en la cerradura mientras Thomas volvía a ponerse en marcha.

Cuando lo perdió de vista, sacó la llave. En ese momento, le sonó el teléfono y se lo sacó del bolsillo. Era Jassy.

—Mierda —murmuró.

Se escondió bajo el toldo de la tienda para que no se lo viera desde arriba y contestó.

—Hola, cariño —la saludó.

—Ey, ¿te queda mucho? Me gustaría saber si puedo acostar ya a los niños o tengo que esperarte —le preguntó Jassy desde el otro lado del teléfono.

—Lo siento, mi vida, pero esto se está alargando un poco. Me queda por lo menos una hora —le contestó.

—Vale…

Stephen notó la desilusión en su voz.

—Te quiero, te veo en un ratito —se despidió.

Colgó y apagó el teléfono. Comprobó que no lo viera nadie desde debajo del toldo y rodeó el edificio hasta la parte de atrás en la que estaba la dársena de carga y descarga de su tienda, donde tenía el coche aparcado. Lo abrió y se metió dentro para quitar el freno de mano. Utilizó el asfalto para impulsarse y empujar el coche hasta que lo sacó rodando de la dársena a la calle.

Stephen tenía cara de estar agotado tras el esfuerzo de empujar el coche hasta la carretera y notó una dolorosa quemazón en el pecho. Una vez hubo llevado el coche hasta la calle principal, se metió dentro y encendió el motor. Se levantó el jersey, vio una línea de manchitas de sangre casi imperceptible en la camiseta y se la subió con cuidado. Los puntos que le habían dado en el pecho se le habían abierto.

—¡Mierda! —gritó, y dio un manotazo en el salpicadero.

Se dio unos suaves toquecitos en la herida con un pañuelo que usó para taponar las zonas por las que le salía la sangre.

Stephen no alcanzaba a comprender cómo aquella chica había conseguido dar la vuelta a las tornas. No quería admitirlo, pero estaba asustado. Siempre había sido capaz de mantener a raya a todos los que habían bajado a su mazmorra. Le tenían miedo. Ahora era él quien sentía miedo. Además, ella tenía su pistola, y eso era imperdonable. Después de que le diesen los puntos en el hospital, debería haberle enseñado las heridas a Jassy e inventarse cualquier cosa, pero no lo había hecho.

—¡Joder! —exclamó, y volvió a golpear el salpicadero.

En su mente revivió el momento en que Kate Marshall apareció en el ascensor con su guapito asistente. ¿Le estarían siguiendo la pista ya?

«Todo el mundo está agazapado, esperando para atacarme, pero no van a atraparme. ¡Antes muerto que preso!», pensó.

Los ojos le escocían. El sudor le caía por la frente. Se lo limpió con la manga de la camiseta, metió primera y se alejó por la carretera.

58

Sarah llegó en su coche diez minutos después de que Tristan la llamase.

—¿Estáis bien? —preguntó mientras bajaba la ventanilla.

Miró a Kate, luego a Tristan y, finalmente, al vehículo incrustado en el árbol.

—Estamos bien. Gracias a Dios que se inventaron los airbags —le respondió Tristan, que fue corriendo a la puerta del copiloto y se metió en el coche.

—¿Qué vais a hacer con el coche? —quiso saber Sarah.

—He llamado al seguro —contestó Kate mientras se sentaba en el asiento de atrás y se ponía el cinturón de seguridad.

Entonces se dio cuenta de que Sarah tenía el pelo mojado y que llevaba una bata y unas zapatillas de estar por casa de conejitos.

—Tristan, ¿seguro que no te has hecho nada? —insistió la mujer sin escuchar a Kate.

—Estoy bien —la tranquilizó—. ¿Qué haces en pijama?

—Estaba en el baño cuando me has llamado.

Kate se inclinó entre los asientos delanteros.

—Sarah, necesitamos que nos lleves ahora mismo a un antiguo polígono industrial cerca de Frome Crawford —le pidió.

Sarah se volvió hacia Tristan.

—¿Esto a qué viene? Creía que os iba a llevar a casa.

—Sospechamos que tienen a Magdalena secuestrada allí —le explicó Tristan.

Sarah los miró a los dos.

—No lo decís en serio —exclamó—. ¡Es tarde!

—Sarah, esto es muy serio. Muy serio en plan emergencia. ¡Tenemos que ir ya! —le aclaró su hermano.

—¡Ya, Sarah! —gritó Kate.

En ese momento, pareció darse cuenta de lo que le estaban pidiendo y asintió.

—Vale, pero no voy a saltarme los límites de velocidad. Este es el coche de Gary y todavía le quedan por pagar tres años del plan de financiación.

—¡Ya! —aulló Kate.

Su lentitud era frustrante.

Sarah encendió el motor y tuvo que hacer tres agonizantemente lentas maniobras para dar la vuelta, pero al fin salieron de vuelta a Ashdean.

* * *

Magdalena tenía las manos doloridas de desenrollar el trozo de sábana trenzada en el pasillo. Las matemáticas no eran lo suyo, pero calculó que la distancia que había entre el suelo y la trampilla tenía que ser de unos dos metros. Necesitaba el doble para conseguir una buena sujeción de la taza de porcelana del váter y poder levantarla desde arriba para subirla por la trampilla. El problema era que el colchón era demasiado pequeño, un poco más grande que uno de matrimonio. Empezó a sacar tiras de tela de la parte de la mitad y terminó con trozos que eran demasiado finos y que acababan rompiéndose. Creyó oír el zumbido del ascensor bajando un par de veces y se paró para escuchar qué pasaba, pero su oído estaba jugando con ella. Todo su cuerpo vibraba de cansancio y por la adrenalina; le preocupaba quedarse sin sus reservas de energía y desplomarse del agotamiento.

La soga medía poco más de dos metros. No era mucho, pero tendría que apañárselas con eso. Había trenzado seis tiras con todas sus fuerzas y había anudado cuatro secciones de tela para que formasen una. Ella siempre le hacía trenzas a su hermana cuando estaba en casa, pero intentó no pensar en ello mientras hacía lo mismo con su cuerda. La posibilidad de no volver a ver a su familia la superaba.

Magdalena pasó uno de los extremos por uno de los agujeros que había en la parte trasera del váter y lo anudó con fuerza para que no se deshiciera. Después se pasó la otra punta por encima del hombro, se aseguró de que tenía los afilados trozos de porcelana en el bolsillo, se subió a la taza del inodoro y se impulsó para alcanzar la trampilla.

Si mirabas arriba desde el cuadradito que formaba la plataforma, se veía el culo del ascensor y, si mirabas abajo, te encontrabas con el hueco en el que se paraba la máquina antes de que se abriesen las puertas. Dejó caer el extremo de cuerda que había subido por el filo de la plataforma y la usó para ayudarse a descender por el agujero del ascensor; estaba al otro lado de las puertas de metal. Agarró la cadena de sábanas y comenzó a tirar. Notó que esta aguantaba el peso del inodoro. Se echó hacia atrás para usar su propio peso y así poder izar la taza de váter hasta la trampilla. La cuerda se tensó. Creía que le iba a costar mucho más subirla. Dio un buen tirón y volvió a dejarse caer hacia atrás para hacer de contrapeso, pero perdió el equilibrio cuando el retrete subió hasta la escotilla y voló por encima de la plataforma. Se estrelló contra el suelo del hueco del ascensor, y Magdalena tuvo que hacerse a un lado para que no le cayese encima.

—Mierda —exclamó con los ojos clavados en los tres trozos de porcelana rota que descansaban en el soporte de metal donde paraba el ascensor.

* * *

Stephen fue en su coche hasta el edificio. Estaba al final de una larga calle desierta en la que había varios almacenes viejos y algunas casas adosadas abandonadas, bañadas en las sombras. Las luces de la ciudad brillaban sobre una colina, pero no alcanzaban la calle, que estaba envuelta en la oscuridad. El hombre aparcó al lado del edificio y salió del coche.

Las manchas de sangre del pecho de la camiseta eran cada vez más grandes, y maldijo a aquella chica por lo que le había hecho.

Stephen fue hasta el maletero del coche y lo abrió. Sacó una manta y unas cuantas bolsas reutilizables del supermercado para levantar un poco la alfombrilla. En el hueco redondo donde suele estar la rueda de repuesto llevaba las gafas de visión nocturna, una pistola y una caja de balas de repuesto.

Abrió el tambor del arma para asegurarse de que las balas seguían ahí. Después lo hizo girar y lo cerró con un movimiento ágil.

A continuación, fue hasta la puerta lateral, que era la entrada original, abrió el candado y entró en el edificio.

Por dentro era un espacio enorme y abovedado, como una caverna, en el que cabían perfectamente seis coches grandes. Durante un tiempo lo usó como almacén de la tienda de menaje de cocina, pero se volvió demasiado arriesgado, especialmente cuando los niños crecieron y Jassy comenzó a interesarse por llevar el negocio. Los almacenes de la zona se usaban durante el día, pero incluso así, el movimiento en la calle era algo puntual. Aquel lugar había sido su parque de atracciones durante los últimos veinte años, intermitentemente, sin contar el tiempo que estuvo viviendo en Estados Unidos.

Aquellos años no disfrutó de su pasatiempo. En suelo extranjero no tenía la confianza suficiente como para secuestrar y matar a nadie, y menos con la pena de muerte y unas fuerzas del orden tan estrictas. Cuando volvió a Inglaterra con Jassy y tuvieron hijos, una parte de él pensó que quizá podría cambiar, pero volvió la sed y, gracias a ella, descubrió que tenía su propio feudo. Como miembro de la familia Baker, tenía acceso a tierras, dinero y protección. No dejó de hacerlo porque no tenía por qué.

El inmueble estaba vacío. Lo había mantenido así para que si alguien se colaba dentro no tuviese ningún incentivo para quedarse allí. Además, era el único que tenía las dos llaves del ascensor. Una estaba en su bolsillo y la otra, enterrada en un cajón de su casa.

«Tiene una pistola». Aquellas palabras no dejaban de repetirse en su cabeza. Tenía que estar preparado para dispararle en cuanto bajase y se abrieran las puertas del ascensor.

Volvió a comprobar que tenía balas, metió la llave en la cerradura del ascensor y la giró a la izquierda. Las puertas se abrieron lentamente. Sacó la llave, entró en el cubículo, después la metió en la cerradura de dentro y la giró a la derecha. Las puertas se cerraron y el ascensor comenzó a bajar lentamente.

Se colocó las gafas de visión nocturna y las encendió. Luego sacó la pistola y se preparó para cuando se abriesen las puertas. ¿Estaría esperándolo justo en la salida del ascensor o se habría escondido en una de las habitaciones?

El ascensor comenzó a temblar y se paró con un desagradable chirrido. Se quedó quieto un segundo; era la primera vez que pasaba.

Dudó, pero al final respiró hondo y giró la llave para abrir las puertas.

* * *

Kate, Tristan y Sarah aparcaron fuera de la central telefónica abandonada.

—No me gusta la pinta que tiene esto —dijo Sarah con las pupilas clavadas en los sombríos edificios.

—Quédate en el coche. Cierra el seguro de las puertas y llama a la policía —le ordenó Kate.

Si hubiese ido sola, habría esperado a entrar dentro antes de llamar a la policía, pero ahora que Sarah estaba involucrada había más personas en juego.

—Kate, por favor, ¿puedes pasarme la llave inglesa de la parte de atrás? —le pidió Sarah con mucha educación.

Kate la encontró en el suelo.

—No irás a hacer nada con esto, ¿no?

—No soy tan estúpida. Pero la usaré para darle en la cabeza a ese tío si sale e intenta lo que sea —gritó.

Kate asintió. Era una buena idea, aunque no estaba muy segura de si Sarah llegaría muy lejos cuando tuviese que salir corriendo con esas zapatillas de conejito.

—Bien pensado. Agárrala bien y pégale con el extremo —le aconsejó Kate—. ¿Tienes algo más que podamos usar como arma?

—Hay una palanca en el maletero —comentó Sarah mientras sujetaba la llave inglesa entre sus finos y pálidos dedos.

Salieron del coche. Tristan buscó la palanca en el maletero, la cogió y lo cerró con un portazo. Sarah activó el cierre central y, acto seguido, la vieron coger el móvil para llamar a la policía.

Kate se aseguró de que el botecito de gas pimienta que llevaba en la mano estaba del lado correcto. Miró a Tristan. Este asintió y le dedicó una sonrisa nerviosa.

—Vale, vamos allá —dijo.

Fueron hasta la puerta lateral del edificio.

Un candado abierto colgaba de los tiradores de la puerta. Kate solo tuvo que empujarla para que se abriese.

—¿No ha sido demasiado fácil? —preguntó Tristan sin poder ocultar el miedo en su voz.

—Sí —contestó Kate.

Y así se adentraron en la oscuridad.

* * *

Magdalena comenzó a temblar casi sin querer cuando oyó el ascensor. Llevaba mucho tiempo esperando sentada en la plataforma que había sobre el hueco con la pistola en su regazo.

Desde allí el ruido del ascensor se oía mucho más alto, y la chica vio cómo una caja enorme se aproximaba desde arriba hacia ella. En el último segundo pensó que iba a aplastarla. Estuvo a punto de rozarla, pero pasó junto a la plataforma en la que estaba agachada, la dejó encerrada en el pequeño espacio y la luz volvió a apagarse.

Se había debatido entre si dejar allí los trozos rotos de la taza del inodoro o no, para que no pudiese bajar del todo, pero eso significaría permanecer allí más tiempo, con el paso bloqueado por un ascensor roto. Además, si él no podía entrar, ella no podría salir. Magdalena no sabía cuánto tiempo llevaba sin probar bocado, pero le preocupaba morir de inanición si pasaba más tiempo allí.

El retrete se había roto en tres pedazos cuando se había caído en el hueco del ascensor, lo que facilitó un poco volver a subirlos a la plataforma.

El ascensor chirrió al aplastar los trocitos de porcelana y se detuvo. La chica se puso en cuclillas y apuntó con el arma al hueco de la trampilla. Las manos no dejaban de temblarle por el esfuerzo físico y la falta de comida. Por un momento, pensó que las puertas se habían roto, pero entonces se abrieron.

Ella ya tenía la pistola preparada cuando su captor puso un pie fuera del ascensor. Vio las gafas de visión nocturna apoyadas en la coronilla y que apuntaba al frente con una pistola. Magdalena dirigió el cañón de su arma a la parte de arriba de la cabeza y apretó el gatillo.

El sonido del disparo fue ensordecedor. No sabía si las manos le habían temblado o había sido culpa del retroceso de la pistola, pero falló, y la bala impactó en el suelo, al lado del hombre. En la fracción de segundo antes de que ella volviese a disparar, él alzó la vista y la miró por el hueco de la trampilla. Era la primera vez que lo veía. En su mente, era un anciano, pero descubrió que era más joven. Aun así, reconoció la nariz, los labios gruesos y los dientes del hombre que la había secuestrado en la cuneta; parecía que había pasado una eternidad desde aquello.

Algo hizo clic en la mente de Magdalena. De pronto, el miedo y el hambre desaparecieron. Sintió una oleada de ira y odio hacia el hombre que la había desprovisto de tantas cosas. Con la poca energía que le quedaba, lazó un grito de guerra y se tiró encima de él desde la trampilla. En ese momento, tropezó con el filo de la trampilla y cerró la portezuela con un golpe. Para cuando los dos cayeron al suelo, el pasillo volvía a ser la boca del lobo. Quería matarlo. Sintió el cuerpo del hombre bajo el suyo y comenzó a golpearlo con el arma y a arañarle la cara. Notaba su cálido aliento y la forma de sus músculos contrayéndose cada vez que gritaba, hasta que Stephen la empujó para zafarse de ella. Magdalena se dio un buen golpe cuando aterrizó en el hormigón, pero no soltó el arma. Hubo un fogonazo y dos estallidos ensordecedores. Los dos habían disparado.

* * *

Kate y Tristan miraron por el espacio vacío de la central telefónica. La sala estaba bañada en las sombras y solo había una ventanita en la parte de arriba de la pared de la fachada. Encendieron las linternas de sus móviles. Olía a moho y a humedad, pero parecía como si acabasen de barrer. El suelo de hormigón estaba limpio. A continuación, se acercaron a las puertas del ascensor del fondo y, en ese momento, se oyó un estallido amortiguado y después otro.

—¿Qué ha sido eso? —preguntó Tristan.

—Un disparo —contestó Kate—. Mierda, hemos llegado tarde.

Buscó con la mirada unas escaleras, pero la única forma de bajar era por el ascensor. Kate fue corriendo hasta él y pulsó el botón para llamar al ascensor sin pensar en quién tendría el arma.

—Deberías quedarte aquí —le aconsejó a Tristan mientras escuchaban el ascensor trepar lentamente hasta arriba.

—Ni hablar, bajo contigo —se negó él.

Finalmente, el ascensor llegó y se subieron. La luz del interior era tenue y había un olor desagradable, como a carne en descomposición. A su izquierda había una llave. Tristan la giró primero a la izquierda y luego a la derecha. Las puertas se cerraron y el ascensor comenzó a bajar entre sacudidas y un tremendo estruendo.

Cuando estuvieron cerca de la salida, oyeron un aullido, un grito y otro disparo. A Kate se le erizó el vello de la nuca.

Tristan levantó la palanca y Kate hizo lo mismo con el gas pimienta. Cuando las puertas se abrieron, los dos iluminaron el pasillo con las linternas de sus móviles y vieron a dos figuras tiradas en el suelo.

Durante un segundo, los dos cuerpos alzaron la vista al resplandor. Era Stephen Baker, con la nariz ensangrentada, sobre una mujer sucia y demacrada, con el pelo negro, largo y grasiento. La había inmovilizado en el suelo y estaba estrangulándola.

—¿Magdalena? —preguntó Kate.

No tuvo tiempo para procesar el hecho de que Magdalena estuviera viva y allí abajo con Stephen Baker.

Junto a la pierna de Stephen, había un par de gafas de visión nocturna y, a pocos metros de ellos, una pistola tirada en el suelo de hormigón.

Lo siguiente que pasó pareció ocurrir a cámara lenta. Kate salió corriendo y se lanzó a por el arma. Consiguió cogerla, pero justo entonces Stephen le agarró la mano. Tiró de ella hacia arriba, bajo la barbilla de Kate, así que la mujer se llevó un buen golpe en la mandíbula. Ella no soltó el arma, pero el hombre intentó abrirle el puño con todas sus fuerzas.

Kate olió su sudor. Stephen le agarró la mano y comenzó a separarle los dedos del arma. Justo cuando finalmente tuvo que soltarla, el hombre la dejó caer, perdió la fuerza y cayó al suelo. Kate alzó la vista y vio que Tristan le había dado un golpe en la cabeza con la palanca.

Hubo un segundo de silencio y, a continuación, oyeron a Magdalena gritar. Agarró la otra pistola, que estaba al otro lado del pasillo, y disparó al cuerpo inconsciente de Stephen. Una bala impactó en la pared y provocó una explosión de yeso; otra le dio en el hombro izquierdo. La chica se tambaleó un poco y caminó a duras penas en dirección a Stephen sin dejar de apuntarle con la pistola.

—¡Magdalena! ¡Para! —gritó Kate—. Hemos venido a por ti. A estás a salvo. ¡Para, por favor!

Magdalena gritó, se acercó un poco más, le puso la pistola en la nuca y apretó el gatillo. Hizo clic. No quedaban balas.

—Tranquila, estás a salvo —dijo Kate mientras intentaba quitarle la pistola de las manos.

Se la pasó a Tristan junto con la segunda arma. Kate no quería apartar la vista de Stephen Baker, que seguía tumbado bocabajo en el suelo. Magdalena no podía parar de gritar, estaba dominada por la histeria. Kate intentó controlar la situación, pero todo aquello le había puesto la piel de gallina y le había helado la sangre.

—Vacía la otra arma, Tristan —le pidió Kate.

Al principio le costó un poco, pero consiguió abrir el tambor y descargarla en el suelo.

Entretanto, Kate abrazó a Magdalena para tranquilizarla.

—Estás a salvo. Hemos venido para llevarte a casa —continuó Kate.

—¡Él me raptó! Me ha tenido aquí —aulló Magdalena—. Me ha tenido aquí… A oscuras y con frío. —Y empezó a hablar en italiano muy rápido.

Tristan se agachó junto al cuerpo de Stephen. Gemía y la sangre no dejaba de manar de la herida que la joven le había hecho en el hombro.

—Tienes que hacerle presión en el hombro. No quiero que se desangre y se nos muera —le ordenó Kate.

En medio de aquel caos no escucharon que el ascensor volvía a la planta baja. Las puertas se abrieron y Henry Ko salió acompañado de Della Street, otros dos agentes y dos paramédicos. Se quedaron parados un momento y los miraron a ellos tres, que estaban junto a Stephen Baker.

—Por fin llegáis —espetó Kate—. Ella es Magdalena Rossi. Stephen Baker la secuestró y la ha tenido aquí prisionera —anunció en tono triunfante—. Magdalena le ha disparado en defensa propia y se está desangrando.

Henry Ko estaba blanco como la ceniza. Abrió la boca para hablar. Los agentes y los paramédicos se acercaron corriendo a ellos. Uno de ellos pidió refuerzos, Della fue a ayudar a Magdalena y los paramédicos relevaron a Tristan para curar la herida de bala del hombro de Stephen Baker.

Kate se puso en pie y se acercó a Henry Ko.

—¿Me crees ahora? —preguntó.

Epílogo

Dos semanas después

Kate y Tristan llegaron a la morgue de Exeter una mañana soleada de principios de noviembre. Kate aparcó en el *parking*, apagó el motor y miró a Tristan.

—¿Estás seguro de que quieres hacer esto? —preguntó.

El chico dudó, pero al final le dijo que sí con la cabeza.

—Siento que tengo que verlos. Se lo debo… No he desayunado, para asegurarme —le contestó.

Entonces Kate se dio cuenta de que ya tenía la cara blanca como la pared. Ella también asintió y respiró hondo.

Fueron hasta la puerta de entrada y les abrieron con un zumbido. Alan Hexham llegó a la salita de recepción mientras ellos firmaban la hoja de ingreso.

—Buenos días —los saludó, con su rostro siempre tan solemne y jovial—. Tenéis que cambiaros. Poneos los monos y las mascarillas, por favor.

Kate y Tristan se pusieron el uniforme y entraron a la morgue. Encontraron una fila de tres cuerpos tumbados en mesas de autopsias de acero inoxidable. Parecía que estaban casi momificados. No tenían pelo y había zonas en las que faltaba la piel, que parecía curtida y de color oscuro. Un fuerte y desagradable olor a putrefacción y agua estancada inundaba la sala.

—Han recuperado a estas tres pobrecitas, todas chicas, en el embalse, a una profundidad de cuarenta metros —comenzó Alan—. Las envolvieron en tela y les pusieron peso para que se hundieran. El frío, la falta de oxígeno a esa profundidad y las sábanas que recubrían los cuerpos han retrasado la descomposición.

Kate se acercó al primer cuerpo para verlo bien. Le daba asco y pena que el embalse hubiese escondido todos esos cuerpos durante tanto tiempo. Miró de reojo a Tristan. El chico tenía la espalda pegada a la pared y estaba palidísimo.

—No sé si sabéis cuántos cadáveres se han encontrado ya —continuó Alan.

—La última vez que me lo dijeron iban por siete —contestó Kate.

—Ah, pues el equipo de buceo ha recuperado ya doce cuerpos del embalse, y me han informado de que otro grupo va a bajar a lo largo del día de hoy. Ya he llevado a cabo nueve autopsias. Estas tres chicas llegaron bien entrada la noche de ayer.

Por su etapa en la policía, Kate sabía que bucear a una profundidad superior a los veinticinco metros no era fácil. En algunas partes del embalse el agua bajaba hasta los cuarenta o cincuenta metros. A esas profundidades, los buzos de la policía tenían que usar una mezcla especial de oxígeno y solo podían pasar un tiempo limitado bajo el agua.

Alan siguió con su explicación.

—Los seis tipos de ADN diferente que la policía ha encontrado en el sótano de la central de teléfonos de Frome Crawford concuerdan con seis de los cuerpos que se han encontrado ya, incluidos los de Sally-Ann Cobbs y el de Ulrich Mazur.

Kate se giró para mirar a Tristan. Había perdido el poco color que le quedaba en la cara.

—¿Y qué hay de los otros seis cuerpos? —preguntó el chico con la voz temblorosa.

—He hablado con Della —contestó Kate—. También han encontrado residuos de bastantes tipos de lejía y sosa cáustica ahí abajo, lo que significa que Stephen Baker pudo haberlo limpiado todo muchas veces y haber destruido el ADN… Pero siguen buscando. Y, por supuesto, la policía investigó el ADN que se encontró en el cadáver de Ted Clough; coincidía con el de Stephen Baker.

Este confesó una historia fantástica cuando lo detuvieron. Le contó a la policía que había secuestrado y asesinado a dieciséis personas, pero, según comentó, fue ahí cuando perdió la cuenta. Además, admitió haber asesinado a Ted Clough. Les dijo todo esto para intentar hacer un trato con la policía y conseguir una sentencia reducida, pero Della le confesó a Kate que, si reconoces haber matado a diecisiete personas, no estás en una buena situación para negociar.

—Creo que ya hemos visto bastante —concluyó Kate, y miró por última vez los cadáveres que descansaban sobre las mesas de autopsias.

—Sí. ¿Os apetece una taza de té? —les ofreció Alan.

La conversación continuó una vez se acomodaron en su despacho y tuvieron sus humeantes tazas de dulce té.

—No entiendo cómo Stephen lanzaba esos cuerpos al embalse sin ningún miedo a que lo pillasen —comentó Alan mientras se sentaba en su silla—. En todo este tiempo, dos acabaron flotando, los de Fiona Harvet y Becky Chard, y Dylan Robertson encubrió las causas de las muertes.

Kate sopló el té y le dio un sorbito.

—Stephen Baker le contó a la policía que Arron Ko y su tía, Silvia Baker, llevaban muchos años manteniendo una relación romántica —le explicó Kate—. Por lo visto, montaban unas fiestas increíbles cuando la mujer de Arron viajaba por trabajo. Una noche, cuando Stephen era todavía muy pequeño, tras un largo día bebiendo alcohol, Arron estaba llevando a Silvia en coche cuando atropellaron y mataron a un joven. Él estaba a punto de ascender a superintendente y, si alguien se enteraba de lo que acababa de pasar, sería el fin de su carrera, así que Silvia le pidió a Dylan que se ocupase del cadáver. El hombre le puso peso y lo tiró al embalse. Stephen escuchó a Silvia y a Arron hablar sobre aquello cuando todavía era un adolescente... Y años más tarde, cuando este comenzó a desarrollar su obsesión por secuestrar a jóvenes, supo que, mientras que su tía Silvia y Arron Ko viviesen, nadie obtendría el permiso necesario para registrar el embalse. Le dieron el lugar perfecto para deshacerse de los cuerpos.

—¿Así que no tenían ni idea de lo que hacía Stephen ni de que todos esos cadáveres estaban bajo el agua? —preguntó Alan.

—A Dylan lo detuvieron hace dos días, pero la policía sigue intentando determinar si sabía algo de que Stephen tirase cadáveres al embalse. Creen que no sabía nada. Lo único que hizo todo este tiempo cuando intentaba evitar que se registrase la zona fue proteger a Silvia, a Arron y a sí mismo —respondió Kate.

—Han suspendido a Henry Ko y está pendiente de los resultados de la investigación —añadió Tristan mientras agarraba el té con las dos manos.

Parecía que su cara había recobrado un poco de color.

—Dice que no sabía nada del cementerio submarino de Shadow Sands. Les ha contado que su padre siempre insistió en que no se registrara nunca el embalse por el coste que le supondría a la empresa —explicó Kate.

—¿Crees que es lo bastante tonto como para creerse eso? —quiso saber Alan.

—Me parece que ha sido lo suficientemente tonto como para no dudar de la palabra de su padre —contestó Kate—. Él era la razón por la que no dejaban de ascenderlo. ¿Arron Ko fue el que movió los hilos para que viniese otro forense a hacerle la autopsia a Simon Kendal?

Alan suspiró.

—Sí, fue él. No he podido contároslo antes, pero ahora que todo se ha destapado, sí… ¿Creéis que la mujer de Stephen se olía algo?

—Ya ha presentado la demanda de divorcio y se ha llevado a los tres niños de vuelta a Estados Unidos para estar con su familia —comentó Kate—. La policía se lo ha permitido, por lo que no debe de ser sospechosa.

—¿Por qué crees que Stephen hizo algo así? Secuestrar a las víctimas durante tanto tiempo antes de matarlas.

—Me he pasado muchos años intentando entender qué mueve a los asesinos en serie. A veces hacen lo que hacen porque no tienen empatía y desean poseer el poder y el control. Por lo que Magdalena le ha contado a la policía, Stephen sentía muchísimo placer teniéndola allí, torturándola en la más completa oscuridad. Si sobrevive a la prisión, estoy segura de que los psicólogos van a hacer cola para estudiarlo.

—¿Y qué pasó con Simon Kendal? —preguntó Alan.

—Estaba en el lugar equivocado en el momento equivocado. Della me dijo que creen que Simon se cruzó con Stephen cuando iba a deshacerse de un cuerpo; barajan la posibilidad de que sea el de una joven llamada Jennie Newlove que desapareció a finales de julio. Hasta ahora, apenas se sabe nada de cómo desapareció.

Alan asintió con seriedad.

—Uno de los cuerpos que hemos identificado durante las autopsias es el de Jennie Newlove —le dijo.

—También creen que Simon se levantó en mitad de la noche a dar un paseo, pilló a Stephen tirando su cadáver y comenzaron a pelearse —añadió Kate.

—¿Y qué hay de la piqueta? —preguntó Alan—. Yo fui el que alertó de que lo habían apuñalado con una cuando le eché un vistazo al informe del caso.

—Hace unos días soltaron y absolvieron a Geraint —aclaró Kate—. Este dice que falta una de las piquetas que la policía requisó de su apartamento. Los agentes creen que Simon llevaba una consigo por si necesitaba defenderse. El *camping* está en mitad de la nada y los indigentes suelen frecuentar los baños. Stephen pudo apuñalarlo con la piqueta. Entonces Simon se vio arrinconado, se tiró al agua y comenzó a nadar, pero Stephen lo persiguió en su lancha hasta la parte alta del embalse. Simon perdió muchísima sangre y se ahogó, por eso encontré su cuerpo flotando junto a la torre de la iglesia.

* * *

Kate agradeció la luz del sol cuando salieron de la morgue. El frío que habían pasado dentro le había calado los huesos, y ver aquellos cadáveres le había helado la sangre todavía más, si es que eso era posible.

Los dos se pararon fuera del coche para entrar en calor con el sol.

—¿Estás bien? —se preocupó Kate.

Tristan tenía los ojos cerrados y había echado la cabeza hacia atrás para disfrutar del sol en la cara. Al escucharla, los abrió.

—Sí, creo que sí —respondió.

—Sarah y Gary me han enviado una invitación para su boda —comentó Kate para cambiar de tema.

—Me dijo que iba a invitarte —contestó el chico.

—¿Qué ha hecho que cambie de opinión?

—Creo que te admira en secreto porque fuiste a por Magdalena sin pensártelo dos veces.

—*Fuimos* sin pensárnoslo dos veces —lo corrigió Kate.

—Y, por supuesto, ahora Sarah puede contar la historia de cómo ella condujo el coche en la huida —continuó Tristan con una sonrisa de complicidad—. Pero, para que lo sepas y que no te pille por sorpresa, en la versión de Sarah nos llevó a toda velocidad y gracias a eso llegamos a tiempo y pudimos salvarle la vida a Magdalena. Ah, y tampoco llevaba la bata puesta ni las zapatillas de conejitos de estar por casa.

Kate comenzó a reírse.

—En la invitación pone que puedo llevar a un acompañante y estoy pensando en pedírselo a Jake. Ese fin de semana está en casa conmigo.

—Eso sería muy guay. ¿Está bien después de todo lo que ha pasado y de ver a Peter?

Kate se encogió de hombros.

—No lo sé. Me ha pedido permiso para escribirle. No es que esté encantada con la idea, pero al menos parecer ser consciente de qué tipo de persona es su padre —le contestó—. Ya veremos qué pasa… ¿Qué tal estás tú con Sarah?

—Comienza a entender el hecho de que me gustan los chicos.

—¿Y tú cómo lo llevas? ¿Estás cómodo con esta nueva situación?

—Yo me alegro de haber sido sincero conmigo mismo. Lo único que me pasa es que me pone un poco nervioso tener una cita —confesó con una sonrisa.

—Madre mía, no vas a tener ningún problema para conseguir citas —se rio Kate.

Cuando terminaron la conversación, entraron en el coche. Justo antes de encender el motor, Kate se giró hacia Tristan. Había algo más y tenía que contárselo.

—Oye, he pensado mucho sobre el futuro: voy a renunciar a mi trabajo en la universidad —dijo.

—¿Por qué?

—Porque siempre he querido ser agente de policía. Los dos sabemos cómo acabó aquello y desde entonces he disfrutado mucho siendo profesora. Me ha venido muy bien en los últimos ocho años, pero quiero ser detective privada a tiempo completo. Hacerlo en condiciones. Todavía no tengo ni idea de por dónde empezar... Pero no te preocupes, me quedaré el resto del curso. Además, sé de muchos otros profesores que querrían que fueses su ayudante de investigación...

Kate suspiró. Le aliviaba haberlo soltado, pero le preocupaba Tristan.

—¿Y si lo hacemos juntos y montamos el negocio entre los dos? Ya sé que tendría que dar varios cursos y que a lo mejor tengo que seguir trabajando a media jornada en la universidad un poco más hasta que todo esté asentado y cojamos carrerilla.

—Qué alegría que digas eso —exclamó Kate—. Pero ¿cómo lo hacemos?

—Vayamos a tomar un café y empecemos a planearlo —propuso—. Para mí, un *caramel macchiato*.

Kate asintió y le sonrió, y los dos condujeron por las calles bañadas de sol en busca de una cafetería en la que planear su futuro como detectives privados.

Carta del autor

Queridos lectores:

Gracias a todos los que os habéis puesto en contacto conmigo para decirme que disfrutasteis con *La noche más oscura*. Vuestros mensajes de cariño y vuestras reseñas significan muchísimo para mí; estas cosas son las que me han hecho seguir escribiendo y me han dado fuerzas los días en los que el proceso creativo se me hacía cuesta arriba. Además, ha sido genial leer qué pensabais sobre Kate, Tristan y el resto de los personajes. Peter Conway no aparecía en el primer borrador de *Bajo aguas oscuras,* pero recibí tantos mensajes en los que me decíais lo mucho que habíais amado y odiado a Peter y había tanta gente que quería saber qué había sido de él, que decidí incluirlo en *Bajo aguas oscuras* y creo que incluso ha mejorado la historia. Gracias. No dejéis de escribirme, me encanta conocer todas vuestras opiniones.

Como siempre, me gustaría agradeceros que hayáis decidido leer uno de mis libros. Si habéis disfrutado con *Bajo aguas oscuras,* os agradecería que se lo comentaseis a vuestros familiares y amigos. Escribo esto al final de cada libro, pero el boca a boca sigue siendo el arma más poderosa para que los lectores descubran mis libros. ¡Vuestro respaldo es el que marca la diferencia! También podéis escribir una reseña del libro. No tiene que ser larga, solo de unas cuantas palabras, pero con eso también me ayudaríais a que nuevos lectores tengan un primer contacto con mis libros.

Como ya he mencionado antes, la ciudad de la costa británica de Ashdean, su universidad y sus habitantes son ficticios, como lo es la bahía de Thurlow, donde se encuentra el acantilado en el que se asienta la casa de Kate Marshall. Si queréis localizarlo en el mapa de Reino Unido, en mi imaginación Ashdean se encuentra en la costa del sur de Inglaterra, junto a un pueblecito encantador llamado Budleigh Salterton.

También he de añadir que la finca de Shadow Sands, el embalse y la central eléctrica son fruto de mi imaginación, igual que el Hospital Psiquiátrico de Great Barwell, al que hemos vuelto por segunda vez para visitar a Peter Conway.

El resto de lugares que he usado en el libro son reales, pero como en todas las historias de ficción, espero que me permitáis haberme tomado ciertas licencias dramáticas.

Si queréis saber más sobre mí o enviarme un mensaje, podéis hacerlo desde mi página web: www.robertbryndza.com.

¡Kate y Tristan volverán pronto con otro apasionante caso de asesinato! Hasta entonces...

ROBERT BRYNDZA

Agradecimientos

Quiero dar las gracias al brillante equipo de la editorial *Thomas and Mercer:* Liz Pearsons, Charlotte Herscher, Laura Barrett, Sarah Shaw, Oisin O'Malley, Dennelle Catlett, Haley Miller Swan y Kellie Osborne. También quiero agradecer su trabajo al equipo Bryndza: Janko, Vierka, Riky y Lola. ¡Os quiero muchísimo y os agradezco enormemente que me ayudéis a avanzar con vuestro amor y vuestro apoyo!

Mi mayor agradecimiento va para todos los que forman parte de la comunidad de los blogs de libros y a los lectores. Cuando empecé, fuisteis vosotros los que leísteis y defendisteis mis libros. El boca a boca es el medio publicitario más poderoso, y nunca olvidaré que tanto mis lectores como muchos de los maravillosos blogs de libros sois los más importantes. Espero que hayáis disfrutado leyendo *Bajo aguas oscuras*. Todavía quedan muchos más libros por venir, ¡y espero que me acompañéis en este viaje!

Principal de los Libros le agradece la atención
dedicada a *Bajo aguas oscuras,* de Robert Bryndza.
Esperamos que haya disfrutado de la lectura
y le invitamos a visitarnos
en www.principaldeloslibros.com,
donde encontrará más información
sobre nuestras publicaciones.

Si lo desea, también puede seguirnos
a través de Facebook, Twitter o Instagram
utilizando su teléfono móvil
para leer los siguientes códigos QR: